莲娜日记

青少版

〔苏〕莲娜·穆希娜 著

赵然 译

纳粹入侵，百姓饥寒交迫，
少女莲娜真实记录列宁格勒围城的
872个日日夜夜

中国出版集团
现代出版社

版权登记号 01-2014-5379

图书在版编目（ＣＩＰ）数据

　莲娜日记：青少版 /（苏）莲娜·穆希娜著；赵然
译. —— 北京：现代出版社，2017.3
　ISBN 978-7-5143-5712-7

　Ⅰ.①莲… Ⅱ.①莲…②赵… Ⅲ.①日记－作品集
－苏联 Ⅳ.①I512.65

中国版本图书馆CIP数据核字(2017)第000020号

作　　者　（苏）莲娜·穆希娜

译　　者　赵　然

责任编辑　罗　英　　袁子茵

出版发行　现代出版社

通讯地址　北京市安定门外安华里 504 号

邮政编码　100011

电　　话　010-64267325　64245264（传真）

网　　址　www.1980xd.com

电子邮箱　xiandai@cnpitc.com.cn

印　　刷　三河市金泰源印务有限公司

开　　本　155mm × 215mm　1/16

印　　张　12.875

版　　次　2017 年 4 月第 1 版　2017 年 4 月第 1 次印刷

书　　号　ISBN 978-7-5143-5712-7

定　　价　32.00元

前　言

　　这是一本列宁格勒女中学生的私人日记，日记作者的性格想必有些内向和孤僻。这本日记以著名苏联诗人米哈伊尔·尤里耶维奇·莱蒙托夫（Mikhail Lermontov）所著的《当代英雄》为榜样，日记作者"把自己所有的感受都记录下来，所有的感受，就像毕巧林（Petchorine）一样"。这段历史，也就是 1941 年 6 月 22 日德国纳粹入侵苏联的那个清晨，悄无声息又悲惨地在莲娜·穆希娜的日记中延展开来，和列宁格勒那两百多万名的居民一样，莲娜经历了痛苦漫长的围城封锁——872 个日日夜夜——任何一个城市可能都没有经历过这么可怕的围城，封锁期间，三分之一的列宁格勒人民，70 万名城市居民死于饥饿与虚弱。

　　想要了解那些饱受饥饿折磨、与世隔绝、经历了非人生活的列宁格勒人民异乎寻常的经历，目前来说，读者可参考的资料很少，其中最为著名的就是莉迪亚·金斯伯格（Lidia Ginzburg，1902—1990）所写的《列宁格勒围城日记》（Journal du siège de Leningrad）[①]。莉迪亚·金斯伯格是知名的普希金研究专家，也是安娜·阿赫玛托娃（Anna Akhmatova）[②]与奥西普·曼德尔施塔姆（Ossip Mandelstam）[③]的好友。然而，这本日记却与我们所要展现的那本完全不同，首先，也是最重要的，《列宁格勒围城日记》的作者是个知识丰富的知识分子，日记里的主人公则是个虚拟人物，可以说是代表了千千万万个围城中的居民，莲娜·穆希娜却是一名只有 16 岁的初中生，但她是多么成熟、敏感又善于观察啊！

　　《莲娜日记》是 20 世纪 60 年代才被收藏在档案馆中的，而最近，我们才从众多围城时期写的个人日记中将它找到，可以说，这些文字资料读起来是那样令人心碎，让我们对围城人民异乎寻常的经历有了身临其境的体验，特别是最痛苦的那段时期：1941—1942年冬天。1941 年 5 月 22 日开始，纳粹分子日复一日地向苏联伸出侵略的魔爪，之后，也就是 1942 年 5 月 25 日戛然而止。历史学家谢尔盖·亚罗夫（Serguï Yarov）对莲娜的日记手稿进行了复原，并做了相关调查研究，认为列宁格勒围城时期，莲娜没有死，并且，已经在 1942 年 6 月初，也就是日记终止后几天从城内撤离出去。

关于莲娜·穆希娜我们都知道些什么呢？事实上，我们所了解到的细节少之又少。莲娜于 1924 年 11 月 21 日出生于乌法（Oufa），20 世纪 30 年代与亲生妈妈玛丽亚·尼古拉耶夫娜（Maria Nikolaïevna）生活在列宁格勒。不久后，莲娜的生母患了重病，于是将女儿托付给姊妹伊莲娜·尼古拉耶夫娜（Éléna Nikolaïevna）抚养（这点可以在莲娜所写的日记里看到，莲娜一直称呼她这位姨妈为"莲娜妈妈"，借以与自己的生母进行区分，莲娜的生母死于1941 年 7 月，即战争初期）。1942 年 1 月 1 日，年迈的阿卡（Aka）（可能是莲娜妈妈的保姆）由于饥饿和虚弱离开了人世，之后，1942 年 2 月 7 日，莲娜妈妈也撒手西去，两个亲人去世后，年轻的姑娘一个人孤零零地被抛弃在了与世隔绝的列宁格勒城。她剩下的唯一远亲只有居住在高尔基（Gorki）（如今的下诺夫哥罗德 Nijni-Novgorod）的热尼亚（Jénia），莲娜妈妈同父异母的姊妹。最终，莲娜撤离的目的地也是高尔基，她所参加的撤离行动从 1942 年 5 月底开始，主要是通过拉多加湖（Ladoga）走水路，当然，整个行程中，由于围城时期的折磨，莲娜十分虚弱。

在高尔基，莲娜·穆希娜住在热尼亚·茹科娃（Jénia Jourkova）的家，战争结束后便返回了列宁格勒，不过在离开之前，她一直在高尔基继续修自己的学业。回到列宁格勒后，莲娜就读于实用美术学院，并获取了镶嵌技师专业文凭。不过，实习期结束后，莲娜并没在列宁格勒找到工作，于是只能接受先去外省，首先是苏联东北的小城雷宾斯克（Rybinsk），然后是苏联西伯利亚地区（Sibérie）的科迈罗沃（Kemerovo），在那儿，她为一家大型热电站绘制宣传海报。斯大林去世后，莲娜得到了一份在莫斯科的工作，为一间机械工厂进行美术图案设计。20 世纪 60 年代末，由于身体健康问题，

1941年莲娜·穆希娜（最上面一排左起第三）的班级合影

莲娜开始在家进行设计工作，为一家纺织工厂进行布料图样设计。1991年，莲娜·穆希娜逝世于莫斯科，享年66岁，与当时苏联人民的平均寿命相当。

尼古拉·韦尔特

---

① 《列宁格勒围城日记》（Journal du siège de Leningrad）：作者莉迪亚·金斯伯格（Lidia Ginzburg），巴黎，克里斯蒂安（Christian Bourgeois）出版社，1998年。

② 安娜·阿赫玛托娃（Anna Akhmatova）：生于1889年6月23日，卒于1966年3月5日，苏联"白银时代"的代表性诗人。阿赫玛托娃为笔名，原名是"安娜·安德烈耶夫娜·戈连科"。在百姓心中，她被誉为"苏联诗歌的月亮"（普希金曾被誉为"苏联诗歌的太阳"）。（译者注）

③ 奥西普·曼德尔施塔姆（Ossip Mandelstam）：生于1891年1月15日，卒于1938年12月27日，苏联诗人、评论家，阿克梅派最著名的诗人之一。（译者注）

④ 1984年起，苏联就出版了不少围城时期的私人日记：布罗卡德纳亚·柯尼伽（Blokadnaia Kniga）于A.阿达莫维奇（A. Adamovitch）及D.格拉宁（D.Granin）指导下所出的《封锁之书》。另外还有两本著名的私人日记已经被翻译成英文：伊莲娜·斯克里亚彼娜（Elena Skriabina）的列宁格勒日记：《在第二次世界大战中生存》[爱迪生(Edison)，新泽西州(NJ, Transaction Publishers)出版社，2000]；伊莲娜·柯琪娜（Elena Kochina）的围城日记[安娜堡(Ann Arbor)，密歇根州(MI, Ardis)出版社，1990]。

1941年莲娜·穆希娜（最上面一排左起第三）的班级合影

1941年

5月22日

为了通过俄国文学的考试，一直复习到凌晨5点才睡下。

今天早上10点起床，12点45分出门去学校。

走到学校门口的时候，我遇见了碰艾玛、塔玛拉、罗莎还有米夏·伊利亚雪夫几个同学，他们都已经通过了考试，看他们的神态，都开心极了。

我走上前去和柳夏·卡尔波娃及沃夫卡打了招呼，因为当时考试的铃声还没有敲响，我们参加考试的同学等候在大厅中央，班上所有的男生都分在了我们这一组，除了沃瓦·克里亚琴科。

考试的铃声响起，我们沿着楼梯步入教室，大家的表情都惴惴不安、神色紧张，除了我仍旧泰然自若，我相当确信自己一定不会通过考试。因为我非常清楚自己复习的那些东西，现在我的脑袋里杂乱得好像一锅粥，而且有些部分我甚至还没看完，坦白地讲，比起为自己，我替别人担心的还多一些。

我的心思没在考试上，心里一直想着沃夫卡，当然我并不是为他担心考试考得怎么样，相反，我甚至希望他能够考试不及格，因为如果他考试不及格，他绝对会伤心忧愁，我喜欢他伤心忧愁的样子。因为当他忧郁的时候，我便觉得他离我很近，那时我就好想把手搭在他的肩膀上，安慰他，这样他就能静静地望着我，温柔地、感激地微笑。

我一直想和他交往，和他说话，感受他停留在我身上的目光。

而此刻，他近在咫尺，稍稍伸下手便能触碰到他搁在我们课桌上的手肘。哦，不，我绝对不能这样做，坐在我身后的女孩子们会察觉我的动作，而且，他身旁还坐着他的同伴呢，让他们发现就不好了。怎么不好？我自己也不知道。我坐在桌前，双肘撑在课桌上，谁都不会发现我正偷偷地注视着沃夫卡。不，不是注视，只是单纯地望着。单单是望着他的脊背、他的头发、耳朵、鼻子和脸上的表情，就能带给我极大的快乐和满足。

沃夫卡侧着身子坐着，看着正在答题的季姆卡，不时和廖尼亚还有杨尼亚交谈。

他为什么只和他们说话，使眼色，而对待我就仿佛我是个根本不存在的人？

不过，我跟他们完全没法比！沃夫卡不是女孩子，而我也不是男孩子，他从来不多看其他女孩儿一眼，更何况是我呢？

我把头埋在臂弯里，任思绪驰骋。

我在怕什么呢？沃夫卡和那天在剧院见到的一样：穿着同一套西装，挂着同样的微笑。我的胆怯，仿佛被一只手抚平到消散一空，因为他是我深爱的沃夫卡，我这样想，一点儿也不觉得难为情。

我从柳夏那儿拿来他抄有文学课重点的笔记本，在封面上写下："祝你顺利通过考试拿满分。"碰碰他的手肘，我把本子推到他面前，给他看上面写的话。他马上转过身来，我的举动好像让他很开心，因为他灿烂地笑着也祝我考试顺利。我含混地说了些我自己都听不懂的话。

轮到我了。我在第二张课桌前坐下，都没回头看看同学们，所以，也没看到沃夫卡，不知道他对我的命运感不感兴趣。真希望沃夫卡在此刻也能想着我，也能为我担心。过了一会儿，点到了沃夫卡的名字，他坐到了我前面的位子。

我抽到了可怕的考题，第一题和第二题我都不会。所以，我决定先稍等片刻，再抽一份题目。除此之外也别无他法。沃夫卡坐在座位上，脊背微弓，想必非常紧张。他匆匆写满一张纸，然后又撕碎，攥在手里。拨弄拨弄已经凌乱的头发，思考片刻，又动笔答题。他两三次转过身来，其中一次我们的眼神触碰在一起。他神色无助，还带点儿询问的意味。怎么样？他含含糊糊地摇摇头，接着又开始奋笔疾书……

这次，我抽到了另一份试题，瞥了一眼后，马上发现情况还没有那么糟糕。

1）普希金抒情诗歌的主题。

2）感伤主义。

3）《当代英雄》的结构。

第二题我很熟悉，第三题也是，至于第一题，还需要好好想想。

此刻我知道，文学这科考试我算是过了。

我发现沃夫卡已坐在椅子边缘，频频回首。

而我在绞尽脑汁地回想普希金的那些诗，但我发现沃夫卡在为我担心，他一定知道我拿到了第二份试题，而且，我的神色又那么沮丧。

可最要命的是，每当如我所愿受到别人注意的时候，我便尽可能地努力让自己不被发现，因为我害怕他人会觉察到什么蛛丝马迹。

很蠢对吗？但事实就是如此。

沃夫卡看着我的眼睛（当他与人交谈的时候，往往会直视对方的眼睛，这却是我多数时间不能做到的），想要问我知不知道试题的答案。

我肯定地点点头，他这才放心下来。

沃夫卡在格利什卡后面被叫回答问题，他答题精准、清晰且快速，他很幸运，没用全部答完，也没再被问其他问题便通过了考试，沃夫卡离开了教室。

现在轮到我了，我也只能不再想他，不知道他有没有可能关心我，站在门口看我答题的状况，或许他早就高兴得把我忘了，现在已经开心地找他的伙伴们去了。

还是那句话，他不会浪费自己的时间想我的。

今天一整天我都无所事事，心境却慢慢得以平复，还有三天，时间算是相当充裕了。我总是这样，一旦稍稍放松就很难将心收回来。一天的时间就这样悄悄溜走了，我听了广播里播送的《德国民谣》节目，我特别喜欢民谣。节目之后，我一口气读完了普希金所有的民谣作品，幸好世界上没有污秽肮脏的灵魂，不然，他们一定会让我们不得安生的。

现在已经差不多 10 点了，我曾经向妈妈保证过自己要 9 点上床的，现在她随时可能过来，然后就会发现我并没有信守诺言，这可太没面子了，绝对会被认作是不守诺言的坏孩子，不过，我真的是写到兴之所至，实在收不住笔。

我现在决定每天要按时写我的日记，这样一来，等到以后读起来也会更加有趣的吧。天啊，阿卡进房间来了，可我还没上床睡觉。

"你该睡觉了，记得你跟我保证过什么吗？"

"好了，好了，知道了，"我说，"马上就睡。"

可是手上的笔却仍旧没有停下来（阿卡走出房间了），我想要把自己所有的感受都写进日记里，所有的，所有的感受，就像毕巧林（Petchorine）一样。不是吗？读他的日记是件多有趣的事儿啊！可是我却犯了个错误，因为我把日记写在了妈妈的记事本里，她发现后，有可能会大发雷霆的。

不过算了吧，我总会想到办法说服她的，而现在我需要把东西都放回原位。

5月23日

今天，睁开眼睛已经是上午 10 点整了，又一次错过了晨练时间，索性听听儿童广播节目《阿蒙森的青年时代》，阿蒙森（Amundsen）是一个多顽强的人啊！只要他想要的，他总能想办法得到。

如果我是一个男孩子，绝对会以他为榜样。

不知道为什么，我又想起了沃夫卡，真希望他能够成为一名极地探险家、研究员或是一名登山员。不过，我能感觉到，自己所希望的这些并不是他所热衷的，他可不想在冰山裂缝中摔得鼻青脸肿。如果有机会，我想就这个话题问问他的意思。但是，这想法什么时候能成真呢？或许我可能会被邀请到他父母那远离市中心的乡间做客，我们可以在那儿讨论这个问题。或者讨论我们下一学年的事儿、他的未来，还有我的。当然，如果他愿意和我聊聊的话。或许我误会了，我根本就不讨他喜欢。不，不可能，他应该还是有一点点喜欢我的，哪怕只有一点点而已。

晚上 10 点，继续写我的日记。我今天去了柳夏·卡尔波娃的家，得知了考试的结果。沃夫卡、格利沙、米夏·伊利亚雪夫、廖瓦、廖尼亚、杨尼亚、艾玛、塔玛拉、柳夏、贝芭、卓娅还有罗莎都拿到了 5 分。季姆卡、米夏·茨普金还有其他一些同学 4 分。剩下的则是勉强及格 3 分：基拉、我、柳夏、利达·克列门季耶娃、利达·索罗夫耶娃、亚夏·巴尔等。

白天我仍旧没做什么正事，到了晚上才开始好好读书，认真学习了第四章。柳夏和我今天去了小花园散步，花园里密密麻麻的都是人，维卡不在那里。

我总是觉得空虚，仿佛丢了点什么似的，我和柳夏一起散步，然后去了她家，和往常一样，我还是觉得有哪儿不对劲儿，这种空虚无助的感觉在现下备考的节骨眼十分明显。

我喜欢两个人一起温书，特别是温习德语这科的时候，而柳夏却更希望一个人独自温习，我和柳夏的搭配根本就不协调，这点我早就意识到了。

艾玛和塔玛拉结伴学习，罗莎和贝芭一起，柳夏也和一个我不知道姓名的同学一起复习，其他的女孩子们也都按照自己的方式结对准备考试。

而班上所有的男生则是随时保持联络。

比如沃夫卡，想独处的时候，就独自一人读书温习，可当他厌烦了这样的独处时光，同伴们便立即出现在他身旁。而我却是彻头彻尾的孤单一人，没有朋友，没有能够交心的闺中密友。

有时候妈妈会要我亲她，她也会爱抚我，但是我却仍旧闷闷不乐，因为那些阴郁的念头总是在我脑子里搅动不停。真想放声大哭，或是像疯子一样扯开嗓子大叫！不过，我是个好面子的人，表面上我能保持镇定，实际上内心真的没法控制自己，那缥缈的空虚感始终把我牢牢擒住。当妈妈不在家的时候，我希望她回来，而当她真在家的时候，我又焦躁地希望不要看到她，不要听到她讲话。所有人都让我觉得厌烦，妈妈和阿卡都是。

我渴望见到新的面孔，有新的际遇，我对任何新的事物，不论什么样的新鲜事物都充满了渴望。可事实上却什么也没有，我也不能再这样继续下去。我想逃离，逃离到任何遥远的地方，那里不会见到任何人，也不会听到任何人的声音，对！没有一个人。

我走着，突然想去找我最要好的女伴诉说我的忧愁，因为她关爱我，我要将我所有的痛苦都倾诉给她，这样一来我的内心将会如释重负。

可是我是那样寂寞，身边一个人也没有，找不到任何人倾诉，我把这些告诉妈妈吗？她会亲我，爱抚我，还会惊讶地问我："你想要什么呢！"在她的想象中，我没有朋友是因为我比较优秀，而其他人都不如我。

妈妈真傻，她什么都不明白，因为根本不是她想的那样！我是那么平凡，和其他人没什么两样，不过是脑子里有更多的想法而已。

实际上，这不是优势，而是缺点。

无时无刻地思考，每走一步都斟酌许久，细细地探究每一个细节，这难道不是缺点吗？如果我能思考得少一些，挂虑得少一些，我也就会在这世上活得轻松些。

好了，该睡觉了。

5月28日

今天考了德语，还不错，考得很顺利，班里有 13 个人得了满分，却没有沃夫卡，不知道是怎么回事？很容易的一个问题他却答错了，最后只得了 3 分。

明天要考代数，很快我就要解放了。

我有好多好多的计划。

今年假期我不能去度假了，因为没钱，不过没关系，我已经好久没有留在城里过夏天了，我一定找份工作，赚钱给自己买衣服。

我已经 16 岁了，却没有一件说得过去的衣服，更别提"时髦"这两个字眼了。

再一个原因是我要从 6 月 7 日开始每天勤奋温习德语，在新的学年里我要成为一名好学生，也不会被人评价为"学习能力太差"，还有，我很惭愧化学考试的成绩只保持在中下等的水平，勉强及格。我经常看到（手稿文字无法辨认）安娜·尼基弗尔洛夫娜和她的阿季卡……不，新的学年，我的化学一定要拿到满分，这样才能拿到好成绩。

5月30日

今天是妈妈的生日，我却开心不起来，也没有什么特别的事儿发生，妈妈依旧出去工作赚钱。的确，我们没有饿死，可这也并不是什么值得庆幸的事儿。

这段时间以来，妈妈不停地借钱，四处欠债，这让我在公寓里根本抬不起头来。之前我们从来没有这么糟糕过。

昨天考了代数，沃夫卡考得一般，我是满分，柳夏将将及格。至于其他人考得怎么样我就不清楚了。

考代数的前两天，整晚我都待在沃夫卡家里，沃夫卡、季马还有我一起找代数的例题，一起做练习，不过大部分时间我们都在闲扯。

我和沃夫卡的关系变得比冬天时要好，现在他总是像对待他的好朋友那样和我打招呼，这让我非常开心。

事实上，我越是经常和他见面，或者说，越是经常去他家里，就越少意识到对他的爱恋。但是，如果一旦我在某段时间见不到他，那股爱恋的火苗又会死灰复燃。

本来我计划今年夏天无论如何也要找一整天去拜访他的，但是现在我改了主意，最好我一整个夏天都见不到他。等今年秋天碰面的时候再像老友一般问候他，那样我们之间的关系会变得更加亲密。

假期分开之前，一定要问他要一张特写照片，等秋天见面的时候再让他重新拍一张。

我想这样做，对他对我，这都绝对是件有趣的事情，因为能够看到他一整个夏天的变化。

除了沃夫卡，我还想拿到季姆卡的照片，他已经答应给我了，还有米夏·伊利亚雪夫、艾玛、柳夏·伊凡诺娃、塔玛拉·阿尔杰米耶娃和贝芭的照片，不过想要拿到她们的照片恐怕比较麻烦。

明天要考几何，之后就只剩下两门考试：解剖学和物理。我不太担心解剖学，却对物理稍稍有些忧虑，离考试还有两天，备考的时间太少了。更糟糕的是，我们这组同学早上九点就要去考物理，那时候老师正精力充沛，而且要求也更严苛。后边考试的第二组同学就幸运多了，因为那时候老师已经有些许疲倦，甚至会开始打盹儿，在这种情况下答题会容易许多。

我发誓，沃夫卡绝对是一个好男孩儿。如果在新学期他能够当上班长，那就太棒了！

"如鱼得水"，能让我体会到这种感觉的地方只有沃夫卡的家。每次去他家，我就感到精力充沛，我生命里那些起起伏伏的暗涌也平静得仿佛一条小溪，平缓得浸没到我的双膝。

代数评测考试后，所有同学都聚集到薇拉·尼基季齐娜身边。沃夫卡则和其他男生聚在窗前。我走到黑板前，靠在上面，叫了声沃夫卡：他马上转过身向我走来。廖尼亚也和他一起走了过来。

"你做代数习题了吗？"

"没有，不想做。"

"要不，咱们一起挑几道题做吧。"

"哦，天啊，莲娜，我真的不想做！"

"你知道吗，沃夫卡，"我一边说一边用粉笔在黑板上乱画着，"有几道题我完全忘了解题方法，所以，明天的考试我很可能会不及格的"。

"你胡说些什么啊，明天我们的考题会很容易的。"

"还是老样子吧，我现在就去你家，怎么样？"

他点点头，说："廖尼亚，一起上我家来吧。有些方程式的解法我也不会，咱们一起做上两三道题怎么样？"

"不了，沃夫卡，现在真的不行……"

男孩儿们一起离开学校，我和沃夫卡一起出来，之后是杨尼亚。

我问沃夫卡："沃夫卡，你的德语怎么考得那么糟糕？"

他没吱声，杨尼亚代他回答：

"根本没有很差啊，比满分就差了一点而已。"

"不是分数的问题，是他答得不好。"

"那你呢？你答得就好吗？"

"问题不在于此，你没看出来吗，我现在说的不是我自己，是沃夫卡。"

"莲娜，如果你在考试前看到他，你就不会这么说了。那时候他就好像临终前的哈姆雷特一样。"

在小花园的路上碰见了格尼亚·尼古拉耶夫，我们彼此打了招呼，聊了几句。我本来可以向他多打听点儿事儿的，刚才却像个白痴一样，话也没讲几句就说再见。不过他倒是灿烂地冲我一笑，然后问道：

"你呢？过得怎样？考试如何？"

我真是蠢得可以，慌里慌张地回应了他后，甚至连手也没握一下，就和他道别了，头也没回一下。他可能回头看了我一眼，心里肯定在想：她可真是可笑啊！你说我怎么这么白痴，简直就是个笨蛋！好不容易遇见了格尼亚，却没能和他好好多说几句，下次我要是碰见他，一定要为我的笨拙向他道歉，然后还要问问他最近过得怎么样，夏天有什么计划？我有好多事儿要问他，最后，还能顺便要张他的照片。

6月2日

- -

　　解剖学我得了满分，班上几乎所有同学都得了满分，接下来就只剩下物理一科了。

　　马上就要到夏天了，去年夏天的时光基本都荒废了，而今年夏天不同，我以苏维埃女学生的身份保证：想要不虚度时光其实一点儿也不难，只要不懈怠就好。事实上，当学生临考时，他的道德感会有所提升，他会有意识地去温书，因为这样才能正确地回答问题。而当最后一门考试结束后，他便会感到一种莫名的空虚，那感觉就仿佛一切都已经结束，眼前就只剩下那看不到的空虚。于是乎，接下来就是重新回到松懈的状态，好像一切都理所当然。

　　在街上闲逛，去看电影，一个月只翻看一次书本，早上 10 点才起床，夜里 12 点才睡觉。日复一日，整个夏天就这样过去了。然后，不知不觉地开学的日子就又降临了。

　　但是这次，只要我能克服懒惰，毫不松懈，那么我的假期肯定会非比寻常。懒惰是什么？懒惰是苏维埃学生最难容忍的缺点，所以，就一定要克服它。

　　以下就是我的假期计划：

　　7 点起床，边听广播边晨练。

　　假期前期，我会跟随妈妈去普希金（Pouchkin）工作，利用工作空闲去散步，5 点钟离开那里。不出意外的话，晚上 7 点就能到家。

　　7 点 30 分到 8 点 30 分读德语，之后喝杯茶，听听广播或者读读书。

　　10 点 30 分洗澡，做锻炼。

　　11 点，正是广播节目最有趣的时候，我会关上收音机上床睡觉。

　　假期后期，也就是妈妈在普希金的工作结束之后，我俩会一起绘图。时间上我将这样分配：早上 7 点起床，晨练加收听广播；9 点钟开始工作；下午 4 点结束工作。

　　然后是散步，散步回来喝杯茶。然后跟着阿卡学习英语，之后是读书和收听广播节目。

6月4日

- -

　　明天要考物理，我被分到了第一拨，所以，寄希望于早起突击复习的心思想也不要想，而我又是如此懈怠，好像在向世人展示自己的萎靡不振，真不好意思承认我丝毫静不下心来着手复习。

　　最后一门考试了，只要再努力一下，努力最后一下，接着我就自由了。要不要在最后一刻放弃？我快要筋疲力尽了，但我要坚持复习，即便是要温习到凌晨1点钟，总之，明天我一定要成功通过考试。

　　对，我最后一门考试。快把你最后一丝力气用上吧，莲娜，明天，你就会自由了！没错，自由，你明白的，自由！

　　没错，我可不是懦夫，明天，我一定会顺利通过物理考试的！

6月5日

- -

　　物理我拿了满分。

　　假期开始了。

　　你好，自由！

6月6日

- -

　　早上10点多，我突然听到急促的门铃声，妈妈连忙过去开门。接着，门口的说话声传入耳中，妈妈在和一个男人讲话。我脑中闪过一个念头，可能是有人给妈妈带东西来了，大概是舞台模型或是其他什么东西，我急忙关上灯，蒙上被子。

"等一等。"妈妈说道。然后，我听到她进了我的房间。

"沃夫卡来拿课本，让他进来吗？"

"沃夫卡吗？当然，让他进来吧。"

"不好意思这么早来打扰，不过我得来收课本。"

"妈妈，帮我把书给他吧，就在那儿呢，架子上。我正想去把书送给你呢。"

"哈，你看，我先你一步来了。"他腼腆地笑着说。妈妈在书架上翻找着。

"沃夫卡，这本她读过了。"她拿着一本《列维恩》给他看。

"哦，不，我要的不是这些书，是课本啦。"

直到这会儿我才记起来，沃夫卡是负责将课本收集起来交给学校的。妈妈着手收拾书本。

"沃夫卡，快坐下吧！"她老远喊着。

"没事儿，我就待一小会儿。同学还在楼下等着呢。"妈妈也问他假期打算去哪儿。他说目前还不知道。

"沃夫卡，存点钱和我们一起去伏尔加河（Volga）吧。"

"我去哪儿找那么多钱呢？"

"听着，沃夫卡，这几天你再过来一趟。咱们谈谈新学年的事儿还有其他的事儿。"我对他说。

他想了一下，回答道："好的，哪天我再过来吧。"

当他离开时，我又对他说："沃夫卡，记得再来啊，好不好？"他没有吱声。

"沃夫卡，怎么样？你决定到每个人家里去收课本吗？"

"是啊。"

"你都去过谁家了？"

"还没有，你是第一个。"

到了下午1点钟，我照沃夫卡说的去学校领钱。堆放回收课本的教室里，书本一摞摞地碰到了天花板。同学们都在教室：沃夫卡、杨尼亚、米夏·伊利亚雪夫、亚夏、塔玛拉、罗莎、柳夏·伊凡诺娃。

6月7日

今天起开始好好生活，8点15分起床，跟着收音机做晨练，然后洗漱、梳头、叠好被子，最后下楼去小花园。那里一个人也没有，花园里非常舒服，鸟儿鸣叫着，在灌木丛间飞来飞去。

在公园里待了一会儿后，我回到了家。

昨天我买了两本新学年的文学书籍。翻看的时候，我发现书里的内容很庞杂，所以决定马上开始研读。从屠格涅夫（Tourgueniev）开始，正好家里就有。

我现在正在读《罗亭》。

抄几段摘录。

"没什么比意识到自己做了蠢事儿而更让人感到痛苦的了。"

"这也是一种计算；戴上冷漠与懒散的面具，就是为了让别人思忖：那个人，大概有很大的才能被埋没了呢！可是当人们走近观察时，才发现他什么才能也没有。"

"否定一切吧，那样你就会很容易被认作是聪明人的。"

6月8日

今天，我临时决定去塔玛拉她家，在路上我还在想着能和她说些什么。

想了半天，我决定和她说说关于沃夫卡的事儿，而且还和她说："明天我们一起去沃夫卡家吧。"除了塔玛拉，我是不会向第二个人提议做这件事的，因为沃夫卡并不十分喜欢我们班上的女生，可塔玛拉是个例外，他和她关系很好。当我的提议刚刚说出口，我就明白她肯定会一口答应，虽然这是在我去她家之前没有料想到的。

开始塔玛拉还说，没有任何理由就去他家会感觉有点尴尬，不过我仍然热切地劝说，告诉她沃夫卡是个特别好的男孩儿，在家的时候完全是另一个人，等等，她这才答应。

　　我俩都一致认为，男生和女生如此疏远，彼此不像真正的朋友到家里做客是不对的，也是无法忍受的，所以，我们决定去找沃夫卡，而且，我们还找好了一个理由，就说塔玛拉要向他借本什么书，而我要把两本书带给他。是的，我十分好奇接下来会变得怎样，或许会有什么新的事情发生，没准儿我们三个人会成为特别要好的朋友吧？一切都还未知。不过我倒是信心百倍，新的冲击、新的希望、新的梦想悉数出现，也或许我们三人不能变得特别好，谁知道呢？这样做能让我和塔玛拉熟络起来呢。

　　塔玛拉就是我想要的，她可能会成为我真正的好友。

　　目前还是有太多不确定的因素。

6月9日

　　今天发生了一件不得不提的事情，我尽量长话短说，把它记录下来。

　　今天的班级会议在老师的办公室举行，所有人都拿到了成绩单，会后我们决定回家，男生先走一步，女生们不知道是在磨蹭什么，所以我还是决定自己先走。在衣帽间，我碰见了男生们，他们已经穿戴整齐，和我还有同样准备回家的塔玛拉道别之后就离开了。我和塔玛拉穿戴完毕后，打算上楼看看女生们的舞会是不是已经开始，顺便问问她们有什么打算。我俩和女孩儿们在楼梯上相遇，大家一起走出学校，在校门口停下脚步。

　　"哦，姑娘们，我真的不想回家！我想跳舞。"艾玛说。

　　于是，所有的女生都吵嚷着要跳舞，并且不是女生们一起跳舞，而是去某人家里，和男生们一起跳舞。大家开始抱怨起来：可恶的坏家伙、一无是处的讨厌鬼、不要脸的坏蛋，都是骂那些男生的，他们倒好，一走了之，留下我们在这里了无生气。不过，女生中马上有人开始为男生辩护，她说如果我们告诉男生说想跳舞，那他们一定二话不说，马上答应。而另一个女生立刻提议："女孩儿们，咱们给他们好好上一课吧！"

接着大家马上开始筹划起来：其中一个给季姆卡、米夏或格列什卡打电话，告诉他们我们有个绝妙的主意，并让他们5分钟内赶到学校，而我们呢，就躲在学校门口对面的大厅里肆无忌惮地嘲笑他们，我们决定马上就把阴谋付诸行动。

大家来到邮局，打算在这里打电话，邮局人很多，娜迪亚和卓娅打了电话，其余的人则在工地的脚手架下等她俩。她们没一会儿就回来了，格列什卡和米夏都不在家，季姆卡不想说话，挂断了电话。

于是，我们的计划最终还是泡汤了。

我们在原地待了好久，想着还能做点儿什么，做点儿什么呢？此刻，我们多么需要班上的这些男孩儿啊，就好像沙漠中的旅客急迫地需要水一样！我们左顾右盼，打量着身边的每一个人。

一想到班上那帮男生居然这么不给面子，我们就备感自尊被伤，气恼得要死，我们觉得自己真是世界上最最可怜不幸的女孩儿，然而，越是愁苦，我们就越是难以抑制想要见到他们的渴望。

于是，大家决定四下走走，直到碰到他们，因为我们坚信，男生们一定是在什么地方瞎溜达呢。总之，女生们下定决心，不论怎样今天都要找到他们，正当我们准备去找男生的时候，娜迪亚突然叫道："他们在那儿！"

所有人都转头往娜迪亚指的方向看去，果然是他们，我们等了那么久的男生们。他们也发现了我们，纷纷停下脚步，朝我们拍起了巴掌，然后和我们一起友善地穿过马路。男生和女生们开始一起交谈，但是，我突然发现，之前那么渴望见到男生们的女孩儿们，现在一个个都变得冷若冰霜，因为只有这样，姑娘们才不会觉得丢脸。我们没聊多久就分开了，各走各的路。当男生们逐渐走远，我们才意识到自己做了件多么傻的事儿。

突然有人说："姑娘们啊，咱们干吗呢？为什么让他们走啊？咱们……咱们不是要和他们跳舞的吗。"

于是大家转过身加快脚步追赶那些男生，后来干脆跑了起来。我们欢快地笑着，无法控制自己。离男生越来越近啦，只有10来步的距离，他们终于无法忽略我们的声音，男生们频频回首，还加快了脚步。到了邮局，男生们突然溜了进去，躲在里面，笑得喘不过气来。我们则拐进了拉斯耶斯日亚（Raziéz¬jaïa）街，一直向前走，直到走到米夏家门口，才终于决定往回走。

"女孩儿们，一会儿再看到那帮男生，咱们就假装没看见。"

我们转身，折返回来，走到薇拉·普罗高菲耶娃家的时候，碰到男生们正沿着街的另一边走。他们瞧见我们，向我们打了招呼，米夏·伊利亚雪夫甚至还给我们鞠了个躬。我们又走了一小段后才停下来，望着男生们，他们原地站着，几个人谈笑风生，注视着我们。之后，他们便离开，朝基拉·克鲁奇科夫家的方向走去。直到这会儿，大家才醒悟过来，哦，我们都干了什么啊！？简直都要羞愧死了，男生们绝对不会让我们安生的（不过，第二天什么异样也没有，就好像昨天的事儿完全没发生过似的，可见男生们还都是挺有教养的）。

我和其他女生展开了激烈的争吵，我向着男生们说话，她们则严厉地指责我，渐渐地，我也开始有些动摇，最终，还是她们赢得了胜利，我妥协了，但是有一点我不能认可，女生们，特别是罗莎，她们一直认为沃夫卡是男生里面最坏的一个，比所有男生加起来都坏。她们心中沃夫卡的形象居然是这样，简直让我无言以对。

自恋、目中无人、觉得所有女孩子都是没用的废物，让所有的男孩子唯他马首是瞻，自己总是一副高高在上的样子，给所有人发号施令。谁第一个向女孩子献殷勤？沃夫卡！谁第一个打听谁喜欢谁，谁爱谁？沃夫卡！谁第一个想出把外套给女生的方法？还是沃夫卡！而你，莲娜，你还觉得他是个好男孩儿。"我敢肯定，"罗莎说道，"当米夏·伊利亚雪夫嘲笑你的时候，沃夫卡也没站在你这一头儿。"

"你是觉得？"我问罗莎，"觉得他也嘲笑我吗？"

"当然是啦。那你觉得他应该是什么态度呢？"罗莎信心满满地回答。

我缄口不言，该如何反驳她呢？她对自己说的话那么深信不疑，虽然在我看来这些话都如此可笑，因为我清楚地知道沃夫卡是完全不同的，他有着无数的面貌：在家、在学校、在晚会上……

罗莎在说谎，她根本不了解他，这点理由就足够了。她大概是觉得沃夫卡爱上了我，而忘掉了她，才这样气急败坏。哦，这些真是无聊透了。

6月22日

12点15分，全国人民都在收听莫洛托夫（Molotov）同志的演说。

他说，今天凌晨4点，德军在没有宣战的情况下开始进犯我们的西部边境。敌机轰炸了基辅（Kiev）、日托米尔（Jitomir）、敖德萨（Odessa）、考那斯（Kaunas）还有其他一些城市，200多人因此丧生。

下午5点的时候，德国领事代表政府宣布进入战备状态，也就是说，德军向我们宣战了，我们所能预料到的最糟糕的事情发生了。

我们一定可以获得胜利，但是这胜利绝对来之不易，这场战争一定会异常残酷激烈。

目前，化学武器还没应用到战争中，但是，毫无疑问，随着发展我们绝对会面对这种境况。

晚上11点半了，战情通报还没发布，收音机里播放着战争歌曲、诗歌还有戒严与动员公告。这段时间里，飞机在城市上空盘旋，虽然我深知飞机里面坐的是手握方向杆的苏联飞行员，但还是觉得心里很不踏实。

事实上，敌机的引擎也将这样轰鸣咆哮，太可怕了！可是为什么没有战情通报呢？如果我们获得了哪怕微不足道的胜利，也绝对会被报道出来的！可见，目前还没任何胜利的苗头。那边，在前线，战争正残酷地进行。

那些从街上回来的人告诉我们说接受征召的战士们正在歌唱，他们的妻子、孩子或是女友都伴着他们。

同志们！胜利属于我们！

凌晨2点，我被刺耳凄厉的警报声惊醒，妈妈和我赶紧穿上衣服，来到厨房，一切那么寂静，没听到飞机的动静，一会儿，远处传来声闷响，我和妈妈紧紧靠在一起，心想："是炸弹！"可是依旧没听见飞机的声音，爆炸声却越来越近，一步步逼近，是我们的防空高射炮，我们竖起耳朵，炮火那么猛烈，屋外警报四起，炮火毫不停歇，苍白的天空中云朵一团团冷漠地浮动，其间闪烁着零星的几颗星辰，真是太恐怖了。

30分钟后，警报解除。

我和妈妈衣服也没敢脱就躺在床上睡着了。

6月23日

- -

今早公布了大家久等的战情通报。

1941年6月22日凌晨4点，希特勒的正规部队越过我国边境，深入我国领土，大批的轰炸机在我国原本平静的村庄和城市投下炸弹。

清晨6点，德军与红军正规部队交战。

6月22日，残酷血腥的战斗持续了一整天，德军在前线各处均遭受重创，导致撤退，仅在少数几处向前推进自己的部队，占领了我方距离国境30~40公里的较小城镇与村庄。

德军轰炸机在我国境内的城市及村庄进行了大规模空袭，我军则以战斗机和防空高射炮进行交战，前线有65架敌机被击落。

英军统帅丘吉尔（Churchill）表示将倾尽全力帮助苏联，他们也将接受美国的帮助，而希特勒有些错估形势，以为能在冬天来到之前攻陷苏联，甚至彻底占领西欧，他觉得他在西半球的敌手已经力量薄弱，没有能力阻止他实现未来的计划。但是他错了，我们将会夜以继日地，以加倍的力量进行反击，我们会竭尽所能帮助苏联，尽自己一切能力拯救深陷在这暴政之中的人类。

今天清晨开始，在庭院和顶楼中的工作已经开始，人们在庭院里赶着建造防毒避难所，顶楼中的所有隔断也都被拆除，这些木制结构的隔断十分容易起火，极易因为轰炸引起致命的火灾。

伊凡·伊凡诺维奇刚刚回来不久，带着70名手下，连夜在乌捷尔尼（Oudelnoïé）公园挖战壕。他没有看到敌军的战机，敌军的战机因为怕被高射炮击中，都飞得很高，但是，他听到过敌机的轰鸣，更看到过高射炮强劲的炮火。关于轰炸，他一无所知。

看楼的人好像说，另一队的飞机冲破了我们的封锁，在布尔什维克工厂投下了炸弹。

我不知这消息是真是假，但是我觉得看楼人也不是在散布恐慌情绪，他比我们的消息灵通多了。

妈妈和我去了战神广场，广场正中架了6门防空炮，旁边则堆叠着一摞摞的炮弹，任何人都不允许靠近这里。

从今天起，城市变了样子。

6月24日

昨夜一夜相安无事。

学校今天通知，要我5点务必到学校集合。

5点钟，我来到学校浅蓝色的大厅里。一共来了大概60~69人，大部分都是女生。校长简明扼要地告诉我们说，学生的力量是不可小觑的。我们班来了米夏·伊利亚雪夫、杨尼亚、沃瓦·科里亚契卡、塔玛拉、贝拉·卡茨曼、加利亚·维洛克、利达·索罗夫耶娃和卓娅·贝尔金娜。

在场的同学很快就被分成小队，男生两组，女生五组。我们班的所有同学都被分在同一小队，队长是玛雅·车布塔列娃。我们将要一起完成总部交给的所有任务。

好了，该睡觉了。谁晓得今夜会发生什么呢？

6月25日

今天白天的时候，有两次空袭警报，我和其他女生一起躲在学校的掩体里。

早上，玛雅打电话通知我学校的窗户上必需贴上胶纸加固，这也是一直以来我们所做的工作。

第二次警报解除后，我离开了学校，并和其他人说自己需要回家吃些东西，马上就回来，可是，我却没有再回到学校，不过还剩下几扇窗需要贴胶纸，大概两三间教室的窗子而已，没多少，我不在他们也能完成任务的，并且，我还有更重要的任务，得和一组我们公寓的妇女把板子从阁楼抬到地下室去。

我们一口气工作了 40 分钟，几个人形成了一条流水线，好让工作进展得更快一些，之后，我休息了一会儿，6 点钟又重新开始工作。太艰苦了，即使是体力强劲的男人做起来都会非常吃力，更何况我们这些女人。我们简直是精疲力竭了，开始两两一组地去抬那又厚又重的板子。

晚上 8 点，公寓合作社内举行了住户大会，区委员会宣传员报告完毕后，大家一起讨论了所有重要问题，妈妈报名加入了我们公寓的救护小组，小组共有 6 个人。

明天又将是忙碌的一天，夜里又将发生什么呢？

6月28日

清晨 4 点，空袭警报响起。我们躲进地下室，但是公寓里大部分人都还待在自己的房间，没有下来避难。5 点钟警报解除，我们走上大街，灿烂夺目的阳光洒在我们身上，弗拉基米尔教堂钟楼后方更是闪耀着明亮的阳光。

无数防空气球在阳光下熠熠发光，真美啊，简直不想回家。

7月1日

对儿童的疏散撤离工作仍在继续，已经进行了 3 天，每天早晨，巴士会从各个合作社、幼儿园以及青少年组织将 1~3 岁或更大的孩子送到火车站。这些巴士中，有一趟车专门去维捷布斯克（Vitebsk），另外的则开往

十月火车站，所有人的工作都很繁重，每一百个孩子由一位领队和一名保姆照顾。

今天，葛丽达、伊拉、热尼亚都去了，瑞贝卡·格力高利耶夫娜比较走运，担任领队。

已经接连两天没有遭受空袭。

收音机里仍然播送有关的战事，提醒大家时刻保持警惕，告诉大家列宁格勒是一个重要的战略地点，教导人们如何躲避空袭，怎样扑灭燃烧弹及燃烧片。

城里防空洞、战壕及掩蔽壕等工事基本都已完成。

关于义务劳动和强制上缴无线电接收发射器的政令也颁布下来，这样，这些设备才能不被敌军所利用，我们的后方已经有了不少敌人，空降是敌军们最喜欢的袭击方法，他们大量来袭，不过多亏有苏联人民、集体农场庄员以及工人们的时刻警惕，多数敌军在着陆时就被消灭掉了，其余力量则被苏联内务部内卫部队和劳动者合力逮捕。但是，也有不少空降的敌军还没有被发现，这些漏网之鱼穿着警察制服混迹在人群中，主要的任务就是收集有用信息，炸毁重要战略地点，纵火破坏集体农场，散播谣言引起恐慌，招收新成员，破坏无线电线路以及电报和通信系统，这些人中也不乏女人，关于这些间谍的流言蜚语传遍了城市，此起彼伏。

比如有人说，前不久有两架敌机在涅夫斯基大街（Nevski）上降落……

不过，也不能对这些传言充耳不闻，在被警察逮捕的人中，不少人都不是"自己人"。

7月5日

德军虽然伤亡惨重，却仍然继续推进至斯摩棱斯克，在莫斯科和列宁格勒，一支民兵部队正在创建。不久前，斯大林通过广播发表了演说。

昨天，我去了沃夫卡的家，他是一个多好的男生啊！年轻，充满活力又开朗乐观！他梦想有一天能穿越卡累利阿（Carélie）地峡，他总是有那么多有趣的俏皮话，我多么喜欢他啊！

今天，我花了3个小时（从中午12点到下午3点）从满载的驳船上卸砖头，这是义务劳动的一部分，工作不算复杂，但令人苦恼的是累得要死却没有半分工资。

得赶紧去别处找份营生了，是帮帮妈妈的时候了。

国外对纳粹主义的仇恨以及对我们伟大国家的同情均与日俱增。

嘿，沃夫卡！我乐意付出一切只为每时每刻都能见到你，我写下的这些言语都不能描述我对你抱有的感情。

无法用文字表达，却又那样想将感情表达出来。

这些感情，只有我的心才能表述清楚啊……

7月11日

最近这几天有11次空袭警报。

7日，4次。

8日，3次。

10日，3次。

11日，截至目前，1次。

城市变成了军事阵地，车辆满载着士兵和军需物资，油罐车盛满了燃料，还有野战厨房，忙碌的清晨，各种车辆，坦克、装甲车往返于涅夫斯基大街与我们这里，所有车辆都被伪装成迷彩绿色，甚至车里的战士都仿佛置身于名副其实的森林之中。

9日，我沿着鄂毕运河（Obvodny）挖了整整4小时的战壕。

7月17日

　　我中午到了合作社，一只手拎着书包，另一只手拎着装有枕头和被子的包裹。除我之外，合作社还另派了5个人：两个女孩——刚刚16岁的阿利雅和卓娅，3个男孩儿——尤拉·贝克、皮耶加和阿哈迈德。

　　我们先到真理街的面包工业文化大楼，从那儿再去维捷布斯克车站坐火车，那是一辆近郊客车，我坐在敞开的车窗边，经过5个小时的车程，也就是晚上10点的时候，我们到达了达塔尔科维奇（Tarkovitchi）车站，此时太阳已经落入幽深的森林后方。到达后，有人让我们分成小组，暂时待在灌木丛里，不要点火，因为那样做随时会招致空袭。我们甚至来不及祈祷，就四散在灌木丛中，胡乱地吃了几口东西，我们，或者确切地说是我们公寓的人与其他合作社分到了一起，边上是烟草工业局的工人。

　　我们继续上路的时候已经入夜，由于拿着一把铲子，而且双手又提着行李，所以我走起路来非常困难，那把碍事的铲子就差不多占据了我一只手的空间，我们快步赶路（只有这样才能免受蚊虫叮咬）。

　　路过一个不小的工人居住区，跋涉过难走的沟壑，我们眼前便出现了一条长长的铁路，穿过铁路，走入幽深的森林，森林中的道路好像一条巨蟒般曲折逶迤，坡路崎岖，忽上忽下，永远看不到尽头，接着是一条无休止的缓坡，把我们带往山丘顶端。我们因疲倦而步履蹒跚，双脚还不时陷入路旁的流沙中，大家小心翼翼地走着，或三五成群或独自前进，尽量不出一点儿声音，寂静笼罩了一切。所有人的神经都高度紧张，有时刻濒临崩溃的感觉，大家都听说过有可能会有空降部队，万一要是有敌人躲藏在森林里怎么办？或许我们会被机枪扫射，那样，这静悄悄的夜便会充斥满我们的呻吟和喊叫，在这荒凉的地方，谁会来救我们呢？

　　又转了一个弯，眼前出现这样一片景色：我们站在山脊上，山坡缓缓地延伸到一条河流，河面开阔平缓，在月光下泛着皎洁的银色光芒，突然间，我们听到一阵马达声，继而在一片漆黑中模糊地看到了一架飞机的黑影，大家面面相觑，彼此都想着同一个问题："飞机里的人是敌是友？"飞机飞得不算很高，几乎贴着水面。

　　我们开始有些害怕，因为那飞机差不多就在我们头顶上转悠，飞机是双引擎的，看起来是架轻型战斗机，不过，它渐渐离我们而去，忽然，机翼和机尾开始闪烁起白色和黄色的光。我们就这样一动不动地站在原地，目不转睛地盯着那闪烁的光。

引擎的声音渐渐消失了，我们继续上路。下坡，上坡，左转，右转，我们麻木地迈着步，实在没有力气再继续走了，所以我只好把铲子给了别人拿着。大家都开始担心，怀疑这是某种阴谋，先是让我们耗尽精力，然后再将我们抛弃，不过，就在这个时候，我们远远地看到了几栋枞木屋的轮廓。那里会不会特别温暖，大家可不可以暖暖地待在一起，喝喝冒着热气的茶，然后舒服地睡一觉？我们的希望马上落空了。

走在小镇的主要街道上，我们马上明白自己的下场或许就是如此：沿街的院落里、栅栏旁，到处躺着死尸般的人，都在休息。

我们得知村里已经没有可以落脚的地方了，必须到村子的另一头去找地方安顿，于是，我们又开始了穿越村庄的行程。我们不断地走着，可那路根本就望不到头，眼前的道路转了一个弯，居民又无止境地延伸开来，仍然是满地休息的人，一个挨着一个，据说列宁格勒 8000 多名居民都聚集在此了。

终于，来到最后一间木屋，是间谷仓，我们也走到了村子的尽头，大家沿着路分散开来，打开各自的行李，在草地上安顿下来，草地湿湿的，不过也没别的办法了。

忽然，我发现身边有个白乎乎的东西，是块之前不知谁放在地上的旧茅草屋顶，我躺在上面，感觉比直接躺在草地上干燥得多。我把被子一直裹到了脑袋，愉快地伸展开身体，很快就进入了梦乡，睡得仿佛一根毫无生气的树桩。

太阳刚刚要升起的时候，我正好一觉醒来。清晨第一缕阳光投射下来，小草闪烁着晶莹的光芒，鸟儿卖力地歌唱，过了一会儿，有人告诉我们说直到晚上 6 点前都是自由活动时间。

我来到一个位于奥列杰日河（Orédège）上游的大村庄,这里真美啊！有片小小的沙滩，我们在河里游泳，然后在沙滩上晒太阳。

大家得知这里目前已经没有食物供给，不过很快就会再送过来。

6 点钟，工长把我们召集在一起，带领大家去工作。

工作从晚 6 点开始，一直持续到第二天早晨 6 点。每工作 50 分钟，休息 10 分钟，夜里 12 点至凌晨 1 点是吃饭时间。

晚上 9 点休息的空当，我听到一个熟悉的男孩儿声音……（41）

8月25日

我重新回到了家里。

我们学校的学生和其他学校的学生一起在杜捷尔霍夫（Doudergof）附近挖土方。

我和娜塔莉亚·阿列克谢耶夫娜、瓦莉亚·科洛布科娃、廖瓦·利卜曼、尤拉·切列科夫斯基还有其他几个人，一起乘坐郊区列车，在中午 12 点的时候到达了杜捷尔霍夫，途中遇上了塔玛拉和她妈妈。

1 个小时后，我们已经在工地上开工了。

我在利 – 利 – 杰米亚吉（Li-li- Demiagi）的生活也就此开始了。

该处是个芬兰村庄，不大，位于丘陵顶端，村里及附近都住着芬兰人。

在这里，我整整度过了 18 天。

起初，一切都很平静，大家每天早上 7 点起床，8 点来到工地干活儿，每工作 50 分钟就休息 10 分钟，休息的时候，大家都会来到高高的草垛边，躲在草垛的阴影里小憩一阵，12 点的时候，值日生会送来午饭，然后我们会一直工作到晚上 6 点。

7 点 15 分的时候，大家就回住处。

远远就能看见我们居住的学校，位于山脊上，是座挺大的木头房子。房前是一道倾斜的山脊，山脊上纵横交错着通往各个方向的山丘，坡度都很舒缓，一条乡间小路从这倾斜的山脊中间穿过，从工地到住的地方不过 500 米的路程。

学校有两间教室、一条走廊和一个大厅。

起初是这样安排的：女生住一个教室，男生住另一个教室。

最开始，15 中的女生也住在我们这屋。15 中的女孩儿里，有两个我最喜欢：卓娅和瓦莉亚。卓娅已经 16 岁了，但是看样子也就十三四岁，一脸稚气。她个子小小的，身材匀称，浅栗色的头发被梳成两条小辫子，她的脸庞生得特别可爱，鹅蛋脸、高高的额头、灰色的眼睛、不算浓密的眉毛、小巧的鼻子，唯一不足的就是嘴巴有点儿大，也正是因为这张嘴巴，带给这张俊俏的脸些许稚气，也增添了一点点哀愁的味道。

而那个叫瓦莉亚的女生个子很高，身材匀称柔弱，长着深栗色的头发，剪得很短，棕色的双眼细长、狡黠，总带着点儿笑意，内眼睑的上眼皮微微盖住下眼皮。她的脸庞很宽，颧骨突出，一点儿也不好看，不过却满带着诚恳且诱人的表情。

几天之后，这几个姑娘都走了，然后，沃夫卡、米夏、杨尼亚还有基拉·克鲁奇科夫来这边待了 3 天，我和他们基本很少见面，更没机会和沃夫卡说上话。我有点儿害怕，拿不准主意是否去找他，但是他也没有来找我，就好像我俩彼此都是陌生人。沃夫卡离开之前，我在走廊上碰见他，我请他到我们住的那间教室去，好和他详细地讲述自己在这里的生活，并托付他把明信片带给我妈妈。此时的他又在我面前变成了一个诚实可靠的好男孩儿，我们紧紧地握了手，他祝我一切都好，然后就离开了，而我，则回到工地上工作，晚上结束工作回到宿舍的时候，一下目瞪口呆：屋里全是身材魁梧的小伙子，都抽着烟，那吵闹声简直吓人。

我就这样认识了 15 中的人，他们一共来了 16 个人：1 个老师，13 个男生还有两个女生，女生中的一个是我相识已久的老朋友，名叫雷妮雅·克列诺切夫斯卡娅，她原本在我们学校念书，后来转学到 15 中了，另一个女生叫基拉·萨米什莉亚耶娃，是雷妮娅的朋友。

而就在当天晚上，虽然天黑得伸手不见五指，但是我努力睁大眼睛竖起耳朵，还是注意到了一个在人群中显得很特别的男生。

这个叫作安德烈的男生中等身材，比其他人都矮小，生性活泼，说话的声音还是男孩儿没变声时那种尖尖的嗓音。

在我看来，安德烈大概还没满 15 岁，我当时甚至以为动员 15 岁青少年参加特别工作的法令已经生效了。

男生们开始一个接一个地点烟吸，安德烈坐在自己的角落里，时不时地和边上的同伴聊几句。我心想，还行，至少他是个不抽烟的男生，可就在这时，安德烈站起身来，从大衣口袋里掏出一个扁平的东西，把烟叼在嘴唇间，灵巧地把火柴在鞋底一划，点着了烟，我也借着火光第一次看清了他的面孔，是我喜欢的类型。

喝过茶后，所有男生都出去了，我们女生正准备睡觉的时候，两个男生突然进来了，是安德烈和佐利亚，一进来就开始抽烟。

"男生们，别在我们屋抽烟，本来屋里就闷。"瓦莉亚提醒他们。

"我能不能问问是谁在那里叽叽歪歪的？"佐利亚问。

"不是叽叽歪歪，我在和你们说话呢，你少挖苦我。"瓦莉亚反击道。

其中一个男孩儿往前走了几步，来到瓦莉亚面前，俯身下去，差不多就在瓦莉亚鼻子底下划着火柴，火苗映亮瓦莉亚的脸庞。

瓦莉亚一口气将火柴吹灭。

"哈，是你啊，"安德烈一边说着，一边又在我的面前划着了一根火柴。

我这时也介入进来："请你们出去，女孩儿们要睡觉了！"

"安德烈，你这个白痴！干吗点火柴？赶紧灭掉！"

佐利亚回答说："我们就是想跟小姐们认识认识。"

"哈，认识认识，多好的理由啊！小姐们，原谅他吧。他可是出了名儿的厚脸皮。"

"萨沙，礼貌点儿，"安德烈说，"现在不都清楚了吗，不这样做我们怎么知道我们接触的女孩儿都长什么样，万一夜里趁咱们睡着了的时候，她们谁进来掐死我们，咱都不知道！"

突然传来有人匆匆忙忙地跑进房间的声音。

"我跟你们说，妈的，咱赢了。"

"嘿！别进浴室，有女人！"安德烈说，"嘘！小伙子们，至少别讲粗话，行吗？有女孩儿在这儿呢。"

"女孩儿们已经睡了，肯定的，她们都累了。"

"姑娘们，你们睡了吗？"一阵沉默。

"姑——娘——们，睡了吗？……"

我们默不作声。有人点燃一根火柴，照亮了房间。

"她们睡了。"

这就是我们的生活。乱哄哄，吵吵闹闹的，却很快乐。

第二天，安德烈和瓦莉亚留下来值日，大家回来之前，他们就把水烧好了，屋子收拾得干干净净，餐具也都洗好了，大家七嘴八舌地夸奖他们。

安德烈说：

"瓦莉亚，和我一起值日的姑娘可不是一个普通的女孩，她比金子还要珍贵。"

"能有这样的姑娘做妻子，我绝对不会放手。"

"娶她，娶她！"大家都跟着起哄。

"那还用说嘛，朋友们，新郎早就同意了！"

"新娘答应了吗？"

"你们说什么呢？瓦莉亚都开心得不知道说什么好了。"

瓦莉亚用力推着那些靠近她的男生们。

"快走开！你们都怎么啦？都傻了吗？"

"都给我走开！"安德烈命令道，"你们不知道该怎么和女士说话。这可是有秘诀的。"

所有人都笑得喘不过气来，瓦莉亚更是乐得花枝乱颤。

"瓦莉亚是个聪明的女生，你们别瞎想！"安德烈一边说一边牵起瓦莉亚的手，"现在，你就是我此生唯一的妻子了。同意吗？同意吗？"

"好！好！同意！同意！但是，你让我静静吧。你们快吵死我了。"

"答应了！答应了！"大家七嘴八舌地喊，"恭喜你啊！安德烈，娶了这么好的老婆。"

安德烈咧嘴笑着：

"谢啦，谢啦，大家慢用哈！"

男生们一窝蜂地跑出我们的房间，瓦莉亚一头倒在床上，她绯红的脸蛋洋溢着幸福，看着我们这些女生说：

"你们看看那些疯狂的家伙。累死我了。"

然后，她翻了个身，背对我们卧着，把脸埋进枕头。

安德烈这时出现在门口。

"瓦莉亚，快来。没你怎么也弄不好。"

瓦莉亚却一动不动。

安德烈靠近她。瓦莉亚用手捂着脸。安德烈看着她，蹲下身来。

"瓦莉亚，怎么啦？发生什么了？"

他们靠得很近，我能听到他们的低声细语。

"瓦莉亚，怎么啦，你生气了？我的小瓦莉亚，那不过是个玩笑啊。你生我们气了吗？啊？瓦莉亚？回答我啊！原谅我们吧，我们玩笑开大了。你能原谅我们吗？我们保证再也不会了。"

"安德烈，躲我远点儿！让我清净清净！"

安德烈一下子站起身来。

"噢！真没劲！玩笑都开不起！女孩儿们就是这样，绝不能和她们开玩笑。"

安德烈向门口走去。

"瓦莉亚，我再问最后一次，来不来帮我们？"

瓦莉亚突然抬起头来。

"帮你们什么？"

安德烈一脸忧心忡忡。

"是这样，你懂吧，我们想煮点咖啡。"

"你们难道就那么笨吗！这点儿事儿都不会？"

"当然不会，你以为呢……"安德烈回答说。

"笨死了！"瓦莉亚一下子蹦了起来。

"你早答应不就得了。在那边磨磨蹭蹭的，我最受不了女生们磨磨叽叽的了……"安德烈嘲弄地笑着，"更受不了我老婆这样！"

"好了好了！别老把老婆挂在嘴边，安静点儿。"

她跑出房间。

安德烈从窗台上拿了只碗。

"我们结婚吧！我美丽的姑娘！"哼唱着，他也跟了出去。

没事儿的时候，我大多和塔玛拉在一起，我们有时会沿着小路一直登上学校对面的山丘，在那儿大声唱一切我们能想到的歌曲，或者，我们会思考好多问题：诸如什么是爱，有什么其他方式可以解释"天真"这个词。

有天工作结束后，我独自一人躺在小丘的斜坡上，脑子里想着各种事、各种人。那会儿正是晚上7点左右，天气晴朗温暖，太阳暖暖地照着我，一张张熟悉的面孔像过电影一样出现在我的脑海里，突然，一句话忽然回响在我耳畔："我们结婚吧！我美丽的姑娘！"

我仿佛看到安德烈站在我面前，带着勇猛无畏甚至有些鲁莽的表情。

他身材很好，长得也很精神，高高的额头上垂下一小绺卷发。

我的天啊，为什么沃夫卡不能像他一样呢？

马上，沃夫卡的形象便出现在我脑海里，高大英俊，又善良，为什么他不能像我爱他一样爱我呢，就像谢廖夏爱卓娅那样？我哪里不如她呢？

是他。剧院里，我们并排坐着看《一杯水》，我悄悄瞥了他一眼。他就在那儿，在我身旁，那么近却又那么远，我真想用手碰碰他，但是他却无动于衷，全神贯注地盯着台上发生的一切。

是他。头戴着一顶小圆帽，帽子边缘散落出蓬乱的头发，他趴着，用手托着腮，眼神放空，若有所思的样子，列车飞驰着，货运车厢大极了，发出轰隆隆的响声，我们往列宁格勒去，我侧身躺在木制床铺的上层，感觉很舒服，米夏·伊利亚雪夫离我最近，他的另一边则是沃夫卡。

是他。朝我转过身来，原本一脸沉思的面庞缓缓现出幸福得仿佛孩子一般的笑容，他什么也没讲，只是亲切地笑着，注视着我，那种笑只有挚友间希望互相分享心情时才会有，我看着他炯炯有神的双眼，那里充满了幸福，我也一样，幸福地笑着。沃夫卡很少有这样的时候，我们互相就这样彼此凝视着，彼此无语，却心意相通。

是他。和同伴站在街角，穿着一身雪白的衣服，静静地在那儿吃棒冰，他那样安静，对身边的所有人都那么漠然，好像世间的万事万物都没法触动他一样。

还是他。在校长的旧办公室里，我站在暖炉旁，沃夫卡和我妈妈并排坐在沙发上。我们彼此看着，他又笑了，还是那熟悉的笑容，不知道他想表达什么，或许他觉得很幸福吧，又或者他觉得见到我这个老朋友觉得开心，也或者……我也不知道是什么缘故……

当天晚上，我去取牛奶，当我拿着奶瓶回来的路上，看到迎面走来两个正在交谈的学生，我闪到旁边让他们先走，并仔细留意这两人究竟是谁，原来是安德烈和瓦莉亚·科洛布科娃，两人互相挽着手，安德烈穿得相当优雅，一条整齐的长裤和一件羊毛毛衣！瓦莉亚则戴着一顶崭新的白色小帽,安德烈将自己的外套搭在她的肩头,两人身材非常般配,安德烈柔声细语地和她讲着什么?那么平和,那么温柔!真难以想象这就是刚才还在球场上大声叫骂的安德烈,妒火如同针刺一样扎着我,我又回头看了看那对已经走远的身影,然后慢慢走回学校,当我回到住处的时候才不过晚上10点钟,可是天却已经暗黑如墨了,瓦莉亚和安德烈过了11点才回来,所有人当时都睡下了。起初我也觉得古怪,不过后来时间久了就也习惯了。

后来,他们每天晚上都去约会。有时回来得特别晚。我也不再嫉妒。毕竟他们俩都18岁了,而我才不过16岁。到时候也会轮到我的,我也能这么幸福开心。

有的晚上,山脚下万籁俱寂,我四下环顾,多么美的夜啊,闪亮的星星在天空中冲我眨眼,和煦的风儿那样温柔和暖,拂动着我的发梢。可我的心却渐渐充盈起忧愁。我开始同情自己,坐在仍带有余温的稻草上,静静地想,静静地思考,所有哀愁的思绪掠过我的脑海。我,一个人,得不到任何人的关怀,每个人都有自己的牵挂,自己的哀伤和喜悦,瓦莉亚那么幸福,为什么我却得不到幸福?为什么?塔玛拉想必现在已经进入梦乡了,她也那么幸福,她一定不会想这些蠢事儿,也可能,她也有这样的苦恼吧。天知道!

这样美好的夜,为什么没有一个人陪在我身边?真叫人恼火,浪费了这样美好的夜晚。我不想孤独一人,但我也不喜欢他们那样吵吵嚷嚷,我只希望能够同我爱和爱我的人一起度过这样的夜晚,但是,没有任何人爱我。我,我爱他。可那又怎么样呢?不过是徒添烦恼,事实上,他,他不爱我,更不知道我爱着他,既然知道不会有任何结果,我干吗还要去表白呢?是啊,确实让人恼火,我度过的这16年里,充盈着的不过是无边无际的空虚。好吧,以后会有人爱我的,可那不过是之后的事儿。之后对我有什么意义呢?我要的是现在,没错,马上,立刻,就在我16岁的时候,体会到被爱的感觉。

这样美妙的夜晚却独自度过,简直令人心碎,沃夫卡想必早就睡了,在列宁格勒或是其他什么地方的阁楼值班。

莲娜日记

今天，莲娜妈妈告诉了我一件可怕的事儿，她今天才下定决心告诉我，我的妈妈已经过世了。我一时难以相信，太难接受这样的事实。不过，孤寂的空虚感已经向我袭来，任何词语都无法形容我和妈妈之间的感情，只有真正的母女才能这样相亲相爱。

你是我明亮的星辰！
你是我田间的花朵！
你是那样的美丽，
我亲爱的小小鸟儿。
没有词语能够将你形容，
我最最可爱的莲娜。

我的手在颤抖，心脏在胸口里拼命地跳动，7月1日，妈妈就已经去世了。

1941年7月1日，在和德军展开的这场血腥斗争中，你便过早地离开了这个世界，才仅仅44岁。可我，甚至还不知道你去世的原因。

我的妈妈，我亲爱的，最可珍贵的妈妈！你已经离开我们，之后的我将怎样承受？我的心碎得七零八落，这是命运带给我的第一次打击，我整个人都很虚弱，好害怕，我想要赶快去塔玛拉那里，我想去沃夫卡家，总之不想待在家里。

我多么希望此时能有个心爱的人，在这可怕动荡的时刻互相许下诺言，如果我们能够活下来，几年后我们一定互许终身，永不分开。

哦，我内心正经受着怎样的痛苦煎熬！现在，妈妈已经不在我身边了，我更迫切地需要一个人来爱我。

成千上万的人在前线流血牺牲，其中也包括和我同龄的，16岁的男孩儿们。

今天，由于颁布了伏罗希洛夫新的政令，我可以不用去参加特别劳动，因为根据新法令，只有年满18岁的女生及16岁以上的男生才需要参加特别劳动，而我才不过 16 岁。

今天塔玛拉来看我，我们一起度过了快乐的时光，她给我讲了好多有趣的事情，后来我高声朗读了屠格涅夫（Tourgueniev）的短篇小说《狗》。

现在，记述一些过往记忆中的事情。

一天，天色已晚，有人突然冲进我们房间大喊：

"大家快看，外面有飞机起火了！"

所有人都慌忙跑到了门外，看到田野里有三团巨大的烈火，还有一大片浓浓的黑烟蒸腾而起。有三架飞机起了火。后来才知道，三架飞机中有一架是我们的战斗机，另外两架都是德军的。

我们平静的生活就这样结束了，三四天后，我们差不多也习惯了这一切：我们头顶上无时无刻不在进行着空战，战斗机疯了似的盘旋，机枪嘶吼着吐着火舌，高射炮弹呼啸冲上天空，在我们头顶上炸开花，先是一道耀眼的光芒，之后腾起一朵白色的小云，就像一顶展开的降落伞，然后便渐渐消散。

我记录了很久以前发生的一些事儿。

当时我被合作社的人派到达塔尔科维奇火车站，在那儿工作 3 天，工作从晚上 6 点开始，一直持续到早晨 6 点，我累得快要崩溃了，甚至没有足够力气回到我们住的地方，所有人几乎都站不稳脚，头也晕晕乎乎的，直到晚上 6 点，我们都躺在光秃秃的木板上，一点儿力气都没有。我们如此疲惫，还没得到足够的休息就又需要开始第二天的工作，但是力气从哪儿来啊？几乎没有吃的东西。第一天，没人给我们任何吃的；第二天，每个人可以领到 100 克面包，差不多 3 点的时候，又给了三碗棒渣粥，可这叫什么棒渣粥啊！虽然我已经饿得快不行了，却也对它难以下咽，强忍着才没有都吐出来。

有一天，一艘小船带着食物供给驶来，下午 5 点的时候，每人分到50 克香肠、100 克奶酪和面包。船上还有肉饼、豌豆肉罐头和大量的柠檬汽水，不过都得花钱买。

我从事的土方挖掘工作已经进入了第 4 天，每天工作一结束，我就裹着被子躺在木板上，只消几秒便酣然入睡。没多久，我半梦半醒地听见有人压低了声音说话。

"队长要弄一份满 16 岁女孩儿的名单。大概是要送她们回去了。"

一个女人说："是啊，这样才对，这些可怜的姑娘们已经完全没有力气了。"

我仍旧躺着，静静地想。难道真的是上天眷顾吗？我真的可以离开这个地狱吗？

队长来了，我永远也忘不了他，这样一个好人。他就这样出现在我们面前，对我们说（当时已经 6 点左右）："姑娘们，赶紧收拾行李，之后带着这张名单去总部，我马上和你们会合。"然后他又转向其他人，"同志们，开工啦"！

我们来到总部，那儿已经聚集了好多人，原来全是病人。我们站在一旁。没多会儿，来了几个吉普赛人，然后又都走了，不过，其中的一个吉普赛女孩儿又回来看我们，差不多我这样的年纪，说要帮我们占卜，我们都拒绝了，但是她一再坚持，于是，我们还是决定让她帮我们算一算，她用糖占卜，我也是，最后也没能禁受住诱惑。

"对你来说，上边这样写着，我可爱的小姐，不久后，你就会遇见你的王子的。你俩的相遇属于机缘巧合，没有任何预兆，也正是因为他，你能够感受到难以名状的幸福和快乐。"

她说话很快，声音悦耳好听仿佛唱歌一般，她时不时地看看我，再看看镜子。

"在你的前方是充满幸福的大路。沿着这条路走吧，你那英俊善良的王子将带给你不尽的快乐。"

"可你怎么知道，"我这样问她，"那个王子不是一个丑陋的王子呢？"

"因为，我亲爱的小姐，我善良的小姐，都写在这里啊，都在我的镜子里啊。""哦，你这是蒙人，"有人喊道，"你这根本就是普通的镜子嘛。"

"如果它真的是普通的镜子，我就不会告诉你这回事了。"她回答道，眼神里闪烁着愤怒，不过，那愤怒转瞬即逝，她马上又甜美地笑起来。

"那请你告诉我，如果你的镜子是不普通的镜子，那我的王子叫什么呢？"我这样问她。她看着我，眼里满是愤恨。

"对啊，对啊，这样才有趣嘛。"边上的所有女孩儿都跟着起哄。

"沃夫卡。"她含混地咕哝，接着又激动异常地唱了起来，"我的小姐，在你的生命里，你挚爱的丈夫将带给你巨大的幸福，你的生活将会舒适无忧，没有一天的不幸。"

1个半小时之后，我真的偶遇了沃夫卡，而正是遇到了他，在通往列宁格勒的旅途上我体会到的只有幸福。

生命中的机缘多么奇妙啊！

9月2日

"敌人已经兵临城下，而我们英勇的红军战士仍在顽强地和敌人作战！……"

收音机里这样播报。

从今天起，粮票配给标准有所降低，每人每天只有1千克的面包。

刚才上街走了一遭，经过了不少商店，放眼望去，满目萧条。苏联甜点店以前总是摆放着各种甜品，虽然价格昂贵，却也让人目不暇接，可现在，货架上空空如也，没有蛋糕，也没有馅饼，店铺的橱窗都被木板钉得严严实实。过去两辆卡车，头一辆拉着部拖车，拖车上拉着一架残破的飞机机身，少了螺旋桨，尾翼也折断了，上面盖了块篷布，后面那辆卡车拉着绘有红星标记的机翼，一样残破不堪。

我感到了一种深深的哀伤。

我如今才亲眼见证了在广播中听到的，或是在书本中看到，抑或是听其他人说到的这些事实。不过，幸好现在炮击还没将身边的建筑撼动，墙壁上也没有出现恐怖的孔洞。

9月5日

今天晚上8点的时候，警报响了将近45分钟，我来到塔玛拉家，在那儿待到9点半。我们没怎么说话，一直在听唱片。正当我们听着音乐的时候，走廊上传来慌乱的脚步声，奥尔加·安东诺夫娜赶紧出去看看发生了什么，不久后她回到房间。

她对我们说："在普列德切臣斯卡亚街（Predtetchenskaïa）还有格拉佐夫斯卡亚街（Glazovskaïa）转角的地方，有栋两层小楼被炮弹炸了，屋顶没事儿，但是一楼和二楼有两间房间整个被毁了。"

塔玛拉和我都不相信这是真的，至少，在亲眼看到之前，我们都不愿相信这是真实的，除此之外，我还听说今天有炸弹落在离方丹卡河（Fontanka）不远的街上，有人因此丧命。

就在前天，广播才报了正是因为有了尊敬的斯大林领袖的领导，列宁格勒城没有遭到一颗炮弹的袭击，没有任何房屋被毁，也没有任何人因此牺牲。

可现在，德军的炸弹已经落了下来。

每当我睡觉的时候，不敢把衣服都脱掉，多么可怕啊！冬天快来了，怎么度过这寒透心扉的几个月啊？我们的命运将会怎样？

9月6日

今天四下一直响着零落的炮声。

我去了柳夏家，跟她在一起简直没劲透了！她从不主动说话，可跟塔玛拉在一起就不同了，当我还不了解她的时候，我觉得塔玛拉是个无聊又沉默寡言的人，但是现在，我俩的关系非常要好，不用刻意地找话题就能聊个没完没了，但我了解柳夏，她生性如此，没错，塔玛拉才是我真正的朋友，昨天晚上回家的路上，当我俩快走到我家的时候，我坦诚地告诉她：

"我的塔玛拉，咱们什么时候再见呢？你知道，你是我唯一的挚友了。"

"你也是，你也是我唯一的好友。"

"那可是，娜迪亚和廖瓦呢？"

"哦，我和娜迪亚完全没见过面了；而廖瓦也就那么回事儿，他完全不需要我。现在，他去了一家技术学校上课了。"

"你们好久没见了吗？"

"是呀，从 31 号之后到现在，一直没见过，不论怎样，我都不会主动牵头了，不然，到时候我肯定后悔。

塔玛拉忽然放声大笑。

"这么说是不是挺傻的，是不是？你知道吗？"她继续说，"他或许根本就不需要我。每次离开前他邀我去找他，大概不过是出于礼貌罢了。"

"不是的，塔玛拉，他一定是觉得和你关系好，你去看他，他觉得很开心。"

"不是啦。他不过是觉得无聊罢了，现在，他每天上课，就不会觉得无聊喽，都过了这么多天了，也没给我打一个电话！当然，让他过来看我可能是有点儿强人所难，但起码也能打个电话的吧，这就代表他根本不想打电话过来。"

"你说什么呢，塔玛拉？"

"我说什么？我说什么？但是只要他想，他就会给我电话的，还会邀请我过去，一起去看电影。"

"哦，这样，那他都给你打电话了，你还顾虑什么呢？"

"他确实是打电话了，就这次，我刚来到这里的时候。"

"哎呀，好啦，你至少还有个人呢，我却什么都没有。"

塔玛拉没太注意到我这句话，可我却是言外有意。塔玛拉，至少有个真正的同伴，这个同伴之所以是真正的，是因为他想见到塔玛拉，会给她打电话，让她过来找他。

我也是，也有这么个所谓的同伴，可他算什么同伴，他都快忘了我的存在了，这么久我们都没有见了，丝毫也不会给他带来一点儿不安，这种人，不能叫作同伴。他没有电话，这是事实，但是他可以让塔玛拉给我捎个信儿啊，邀请我去看看他啊。他怎么就这么轻易地被冠以了"同伴"的称号啊？

我的想法是这样的：要么，抛弃这个称呼，要么，就让它出落得名副其实。朋友或同伴这个词并不是简单的徒有其表，而是一种责任。

9月8日

昨天是国际青年日，所有人都必须进行义务劳动的一天，收音机里正转播在莫斯科召开的妇女大会。我听到瓦雷利亚·巴尔索娃（Valeria Barsova）、玛丽娜·拉斯科娃（Marina Raskova）、多洛雷斯·伊巴露丽（Dolores Ibarruri）、一位德国女作家、一位罗马尼亚女性还有好多好多激动人心的声音。

真的每一句都震撼人心！

今天一大早，空袭警报就响个不停。昨天我读完了瓦多沃佐娃（Vodovozova）的《童年故事》。柳夏借给我本古斯塔夫·艾马尔（Gustave Aimard）的小说《库鲁密拉》（Curumilla）。

同往常一样，妈妈7点回到家，带回来了西红柿和卷心菜，我俩坐下吃饭。可吃了还不到三口，警报声又嘶鸣起来，我们稍稍把窗子敞开一点，继续安静地吃饭。

但吃了还没两口，高射炮的炮火声隆隆响起，而且越逼越近，越逼越近，接着便传来骚乱的噼啪声。家里是不能待了，妈妈连忙跑出去看看发生了什么，我被这突如其来的恐惧吓得瞪大了眼睛，像是被毒蛇咬了似的蹦了起来，所有发生的事都让我头绪难理，外面那样乱，那巨大的响动仿佛天空在瞬间坍塌了一样，我以为是炸弹爆炸，灭顶之灾就在眼前，我抄起大衣，用颤抖的手匆匆穿上，戴上贝雷帽，赶紧往避难所跑去。楼梯上的人们叽叽喳喳地聒噪着，有的臂弯里抱着孩子，有的搀扶着老人，外面的景象更是可怕得要命，我脑子里只回荡着一个念头，赶紧去地窖，进去就安全了。

避难所里人满为患，我们勉强穿过人群来到第二间房间坐下，尽管避难所里吵得要命，墙外的炮火轰鸣仍是声声入耳。

等到一切平息，妈妈由于又累又饿，匆忙回了家，阿卡也回去了，只有我还待在避难所。不久后，妈妈回来了，为了不让别人听到，她弯下身子，小声告诉我们说不远处着了大火，浓烟覆盖了大半边天。又过了没多久，警报解除，我跑出避难所，发现整个天都是黑漆漆的。

所有人都仰头望天，我也一样，眼前的景象让我惊恐万分，这是什么样的情景啊，我从来没见过：厚厚的浓烟仿佛旋涡般蒸腾蜿蜒，像是卷杂着暴风雨的云团一样布满了天空。

一切都那么压抑，带着不祥与恐怖的意味，所有这些景象汇合而成的这幅气势磅礴的图画，让我不禁想到了正在汩汩爆发的火山。我一口气跑到伊凡诺夫街（Ivanovskaïa），街上的人群纷乱不堪，所有人都惊恐地挥动着双臂，推推搡搡。成群的男孩儿、青年、少年推开人群，径直跑向那团骇人的云团，空气中弥漫着烧焦的味道。

沿着伊凡诺夫街，我来到真理街，顺着街道走了一段，透过林立的建筑物的缝隙，我看到那团灰色烟云的底部透着暗红色的光，它慢慢升腾，盘旋着占据了整个天空。

兹韦尼格罗德街（Zvenigorod）上，消防车一辆接着一辆呼啸而过，一个路过的女人告诉人们说起火的地方位于亚历山大·涅夫斯基（Alexandre Nevski）修道院附近，离这里3公里左右。

"生产油漆和颜料的化学工厂着火了……"说完后她继续向前跑。

我赶回家。

伊凡诺夫街上，男孩子们在互相攀比拾到的防空炮弹碎片数量，扎格洛德尼大道（Zagorodny）上，第十一消防分队的消防车飞快地奔驰着。真行啊，纳粹分子给列宁格勒的人民们准备了多少小礼物啊！可这帮无耻的畜生是怎样突破防线的，没人知道。

据说，涅夫斯基大街旧址部分的一座5层楼遭受了炮弹的袭击，警察已经将该地区封锁，一整天时间，人们都在搬运尸体。

今晚睡觉，我打算和衣而睡了，老天，将是怎样的一晚啊！

后来的一次空袭警报从10点半开始，一直持续到夜里12点45分。警报响之前我躺在床上，刚要睡着，当时我就预感着今天肯定得发生点儿什么，连靴子都没敢脱下来，所以警报一响，我就立马蹦起来，套上外套，匆忙随着人流跑出公寓，我一直冲到避难所。我这样匆忙地逃跑一点儿也不过分，因为我们刚一进入地下室，街上便传来炮火的轰鸣声，这时的避难所里住了比白天还要多的人。墙外，高射炮在嘶鸣着，我们脚下的土地发出阵阵呻吟，不住地抖动着，之后，房间里忽然停电，一切都陷入无边无际的黑暗。

接下来的两个钟头，我们都待在避难所里，可这不长的时间让我们所有人精疲力竭。孩子们在啼哭，吵着要回家，抱着孩子的母亲们也累得够呛，所有人都想睡觉。在最初的一个小时里，不断地有人进来，不少人带着还裹在褓褓里的孩子来到避难所，避难所里人满为患，可这还仅仅是两个小时而已啊，如果真的要在这里待上6个小时或8个小时，我真不知道要怎么忍受得了，今晚，我眼都没合过，头痛欲裂。

白天，情报局的消息说，在斯莫凌斯克（Smolensk）持续了26天之久的战斗后，敌人的不少部队已经溃退，残余的敌军正匆忙撤退。

今天头一次宣布："德军开始空袭列宁格勒"，一批敌机战队突破了我们的防线，在第一次空袭中，德军在城里的好几个区投下了燃烧弹，不少居民楼和仓库因此起火，不过火势被迅速控制。（所谓的"迅速"啊，大火烧了整整5个小时呢！）

第二次空袭，敌军投下炸弹，不少建筑被炸毁，也造成了人员伤亡，不过军事目标并无损伤。

还不到早上9点，短暂的空袭警报刚刚结束，好奇怪，警报虽然已经解除好久了，我还是能听到飞机发动机的轰鸣和高射炮零落的炮声。

现在，仍能听到隆隆声，这是侦察机正在检视昨天那些"不请自来的访客"们的工作成果。

好吧，这样的开端也不算太糟糕。

昨天，天然气工厂、巴达耶夫（Badaïev）食品仓库、纺织原料仓库还有维捷布斯克的货运车站都着了火。

当时，我们脚下的大地在震颤，那是大口径炸弹的杰作，这绝对是希特勒带给我们最好的礼物。可是，我们会以牙还牙，一定要让他们付出同样的代价。

我们要血债血偿！一命抵一命！这些生着人类脸孔的嗜血狂魔将苏联

人民折磨于魔爪之中，就连中世纪最黑暗牢房中的酷刑都相形见绌：什么砍断手脚再丢进烈火，完全都没法相提并论。

是的，他们一定要为此付出代价，为在炮弹侵袭中饱受煎熬的列宁格勒、莫斯科、基辅还有其他城市的居民们，为那些经受折磨，因战争而残废受伤的苏联红军，为那些被射杀、纠缠、刺穿、绞死、活埋、焚烧、碾压的女人和孩童，为那些被蹂躏侵犯的年轻姑娘、甚至年纪尚小的女童们，为戴着红领巾、在敌人面前毫不畏惧、却被残忍绞死的小男孩儿沙夏，为被驾驶着飞机的野兽们射出子弹打穿身体的孩子们和怀抱婴儿的母亲们。他们，这些恶魔以此为乐，但是，所有这一切，我们都要他们血债血偿！

9月9日

现在已经是夜里 12 点了，今天响了 9 次警报，其中两次分别持续了两个多小时。

我的天，这些要命的警报把我搞得疲惫不堪！我想如果在接下来的 10 天里，每天都有 9 次空袭警报，那么城里的疯子绝对比神志正常的人多得多！

我之所以这么说，是因为这样的日子才过了一天，大家就已经如此焦躁不安了。

大街上毫无秩序，一切都混乱不堪，人们在人行道上慌乱地奔来跑去。有轨电车车外攀缘着乘客，无轨电车的车站也排起了长长的队伍。

每次警报响起，就预示着数十人的生命已经被战火夺走，每次警报，都预示着房屋的倒塌和无辜的牺牲。

可 9 次警报呢，那就等于 100 条陨落的生命，数十间摧毁的房屋，是无边无际的残破废墟，是满目疮痍，是一片片的坑洞和弹孔。

最后一次警报，第 9 次，简直惊心动魄。

9 点到 11 点，我正好在租户管理办公室值班，妈妈也在，还有一位女行动主义家，脚下的地面由于炸弹爆炸而不断抖动着。

　　警报期间，即使防空高射炮疯了一样地开火，敌人的飞机却仍不停地咆哮轰鸣着，毫不间断。炮弹好像就在离我们很近的地方炸裂，每次爆炸时，我们都本能地蜷曲起身体，以为炸弹就落在我们的房子上，可一切却又归于平静了。

9月10日

　　才不过上午 11 点，警报就已经拉响 3 次了。

　　现在，每当警报响起，我就赶紧穿上厚实的大衣，登上套鞋，拿上小皮箱慌张躲进避难所，战争结束前，我绝对不会和我的小皮箱分开，那里装了新的本子、沃夫卡的照片、一些钱、两条手帕、一瓶茶叶、面包还有这本日记。

　　在皮箱盖子的里衬，我写下了自己的电话号码和地址，如果真出了什么事儿，发现这皮箱的人还能通知我家里。

　　老天，我们的城市里隐藏着无数敌人，虽然已经逮捕了不少的敌军信号弹手，可是夜里空袭一开始，还是有潜伏在暗处的敌军打响信号弹，为轰炸机指示轰炸目标。不少昨天空袭时站在大门旁、顶楼或屋顶上的人都说，方丹卡河附近的银行、维捷布斯克火车站和另外一些重要地点的上方在炸弹投射下之前就亮起了信号弹的光芒。

　　还有一件事，在空袭的时候，有一个家伙就在警卫和管理员的眼皮底下把汽油浇满了大街，还点着了火，给德国的飞机指定轰炸目标，这浑蛋很快就被逮住了，可火势并没很快得到控制，燃烧着的汽油在路上四下蔓延开来。

　　第 4 次警报持续了 2 个小时左右。

　　现在是中午 12 点 55 分。

　　第 8 次警报刚刚结束。

现在大概下午 5 点。

第 9 次警报结束。

晚上 10 点左右，刺耳的警报又开始嘶鸣。

半夜 12 点 20 分，警报解除。

12 点 30 分，警报再次响起。

直到凌晨 1 点，我们恐惧不安的灵魂才得以安宁。

9月11日

早上 9 点 30 分的时候，敌人已经进行了两次空袭。

已经接连 3 天了，不论白天还是夜晚，人们都不得安生，所有人都疲惫不堪，警报一个接着一个，昨天一天一共响了 10 次警报。

前天 9 次。

短短两天半的时间就有 21 次警报。

之后还有多少这样的日子等着我们？！

城里的所有人都好像昏昏欲睡的飞虫，他们漫无目的地前行，完全意识不到自己在做什么，但是每当停下来休息的时候，眼睛便不由自主地闭上。

今天，至少前线传来个小小的好消息，我们的部队在维尔诺（Vilno）击退了敌人。

我真的是一点儿力气都没有了。

第 5 次空袭警报响了 1 个小时零 15 分钟，而后来，5 分钟的时间都没消停，警报又再次拉响。这是第 6 次了，我现在已经不脱大衣了。

苦难的日子开始了，但我也以身为一名列宁格勒的人民而感到自豪，全世界与我们站在一起的盟友都关注着这片土地，所有的国家都注视着我们，数以万计的苏维埃人民也已经做好了奔赴前线、救助列宁格勒居民的准备。

　　远方还有诸多困难、贫苦和战争等待着我们！但是，德国纳粹的铁蹄休想踏进列宁格勒一步，只要列宁格勒还有最后一个人一息尚存，他们就休想侵入我们的城市，毕竟，敌人的数量也是有限的。我们的神经紧张得快要崩溃，其实敌人也一样，他们势必先于我们丧掉力量。

　　号手每次在警报解除时吹起的号角声简直美妙极了，这悦耳的号角和晚上11点播送的《国际歌》是我们唯一可以听到的音乐，已经有很久没从收音机里听到音乐和歌曲节目了，目前播送的只有即时新闻、青年节目（代替专栏节目），有时候也会播送些高年级的学生节目，所有这些节目的主旨都是为了振奋我们的精神，或是教导我们应该如何做。

　　　炸弹炸裂，地动山摇。
　　　火光四射，一如朝阳。
　　　疯狂的恶棍，你这样叫嚣，
　　　但是，
　　　你绝不会占领我们的城市！

　　　敌人的炮弹在暗夜中搅动。
　　　这一切，我们要你血债血偿。
　　　热血流淌在苏维埃广袤的土地上。
　　　希特勒一定要为此付出代价。

　　　房屋坍塌，窗棂震荡。
　　　卐字标的敌机将这座城市血洗轰炸。
　　　我们的高射炮昂首高唱。
　　　纳粹分子只会丢下炸弹，然后抱头鼠窜。

　　　黎明的曙光将房屋沐浴。
　　　浴血的城市无语恐慌。
　　　人们勤奋劳作，不遗余力，
　　　只为尽快抚平那满目疮痍。

哦，我的城，强盗将你摧毁。

他在你面前尽情肆虐。

但是敌人永远也看不到

我们那笔直的街道，犹如利箭。

我的城有着领袖的名，

伟大的城市，彼得的杰作。

万众一心，燃烧起同一个信念，

保卫你，列宁格勒。

9月14日

可恶的德军利用长射程大炮对我们进行轰炸。

昨天，在我们居住的街区已经遭受了炮袭，虽然目前我们所住的公寓还毫发无损，但是我们周围，已经有不少地方遭受了炮弹的侵袭：伊凡诺夫街、拉斯耶日亚街（Raziezjaïa）16号、弗拉基米尔（Vladimir）花园、马拉特街（Marat）、真理街、戏剧艺术大剧院附近、亚历山大剧院周边还有其他一些地方。

炮弹带着呼啸从我们的住处上方不断地飞过，所幸这些炮弹有的与我们擦身而过，有的远远落在了别处。

但是，我们随时都可能被它们击中，丢掉性命。

我知道，在敌人的炮火中失去性命的：有可爱的儿童、有嗷嗷待哺的婴儿、有步履蹒跚的老人、有朝气蓬勃的青年男女。

我亲耳听见敌军炮弹的轰鸣、呼啸，紧接着一声巨响，一栋建筑物就那样应声而倒，那巨大的回声不绝于耳。

太可怕了！简直太恐怖了！

可是，现在完全听不到空袭警报。

好奇怪啊!

10 号有 10 次警报,11 号有 11 次,但是 12 号只有 2 次——早上 10 点 1 次,晚上 10 点 1 次。而且晚上的警报虽然拉响了,却没有"大场面"。13 号晚上,只有 1 次警报,并且谁都没预料到,竟然是在凌晨 3 点。

还有件事值得一提,我们都错以为避难所能够抵挡得住轰炸,其实,它只对炮击有效,至于空投下来的炸弹,它完全起不到什么作用。

经过这 3 天我在列宁格勒空袭中的观察,基本上所有避难所都会被空投下来的炸弹击穿或轰成碎片。比如在克拉斯诺阿梅伊斯卡亚街(Krasnoarméïskaïa)上,一栋石质结构非常结实的 8 层小楼在炸弹强劲的冲击力下坍塌得不成样子,基本被夷为平地。避难所正上方的墙壁虽然挺过了空袭,但摇摇欲坠,随时都可能倒塌,所以也没法挖掘搜救那些被掩埋在避难所下边的人们。

如果想要救那些人,就必须先把残墙拆掉,但是,在这段时间里,许多被掩埋的人就这样不幸死去。

9月19日

今天下午 4 点的时候,空袭警报和工厂的警报同时嘶鸣起来,这是今天的第 4 次警报了。

我慌忙穿上衣服,可眼睛却还看着手中的书,不知道为什么,我觉得白天敌人应该不会展开空袭,这想法让我安心不少。

所以,尽管我已经穿好了衣服,却没马上下楼去。

防空高射炮开始反击,那轰鸣声越来越近。我军高射炮部队的一支就驻扎在我们公寓后面的溜冰场,情势危急,我决定赶紧下楼。

当我慌张地跑到楼梯上的时候,听到炮弹那可怕的轰鸣就在我脑袋上方炸裂开来,所有的人都纷纷从房间涌了出来,向楼下跑去。

"快啊,抓紧! 炸弹朝咱们这边来啦! "有人这样喊道。

大家加快步伐，往楼下冲去，忽然，耳边传来一声闷响，紧接着又是许多声，炮弹的呼啸、警报的嘶鸣、炸裂的轰响一股脑儿地向我们袭来，大家本能地蜷缩起身体，感觉脑袋顶上的天花板就快砸下来了。

一路慌张地奔跑，总算是进到避难所了，那里所有的人都瑟瑟发抖，我们得救了，甚至连我们自己都不敢相信。

我们很幸运，炸弹并没落在我们的公寓上，而是落在了街上。

下午晚些时候，我们得知了此次轰炸的结果：敌人空投了3颗炸弹，从五角场上方落下，掉落在五角场和纳西姆森（Nakhimson）广场之间，一颗炸弹摧毁了克罗克利纳亚街（Kolokolnaïa）上的一栋房子，另一颗又落在真理街的一条马路上，我们的公寓算是不幸中的万幸，躲过了一劫。房子安然无恙，甚至一块玻璃都没碎掉，而其他炸弹落下的地方，街道两旁建筑物的玻璃都碎了。啊，对了，还忘了说纳西姆森广场，一颗炸弹落在了辆电车上，不过是空车，幸亏乘客都已经离开了。

不少地方的电车线路都被破坏了，所有电车都停运了。

我知道，这一切不过是无数可怕日子中的小小一天，之后还有多少个这样的日子在等着我们呢？

9月22日

每天经历着那恐怖的轰炸，我对于能够守住列宁格勒已经完全失去了信心。

广播里那些浮夸的话语和演讲我听得太多了：什么基辅和列宁格勒是坚不可破的堡垒！！纳粹分子绝对不会踏入乌克兰如花一般的首都，深入我们国家北方的珍珠之城——列宁格勒！可是瞧瞧眼下发生了什么呢？

今天收音机传来消息：经过多日激烈的战斗，我军部队……已经撤出基辅！这意味着什么？没人明白。

昨天4点左右，塔玛拉来找我，我俩一起散了会儿步。先是去看了附近被炸毁的房屋，就在莫斯科街挨着薇拉·尼基季奇娜家不远的地方，一颗炸弹落在了一栋建筑上，基本把它夷为了平地。但是损坏程度从街上看不太明显，要从院子那边才能观察得到。

临近的房屋，包括薇拉·尼基季奇娜住的在内，所有这些房屋的玻璃都不复存在，纳西姆森广场上的柏油路面被炸弹打了四个大洞。

再走远一点儿，宠物商店那边，从纳西姆森广场转角一直到新青年观众剧院对面街道一带，所有的房屋的窗子都被震得没了玻璃，史特列尔金街（Strelkine）则更是吓人，有一处街道两旁的房屋被毁得不成样子，建筑物的残骸散落得七零八落，满眼可见的都是骇人的碎片，周围剩下的房屋也是一片玻璃也看不到。

我们后来看到了一处最惨烈的景象：有栋房屋的每个角落都被炸得塌陷下去，从外面就能看到暴露在外的房间、走廊以及屋里的一切，5层卧室里有个靠着小桌子的橡木柜橱，墙上挂着块有着好长好长钟摆的挂钟（看起来很是奇怪）。转过身，可以看到靠着一扇残破的墙，还摆放着一张铺着白布的长沙发。

在往家走的路上，我和塔玛拉碰见了米夏·伊利亚雪夫，每次见到他的时候，米夏总是会不自然地笑着，这种微笑搞得我们也特别尴尬。我们互相握了手，寒暄了几句，接着又握手道别，他说他打算去食堂吃点儿东西，我没敢正眼看他，只是用余光扫了他一下，我忽然觉得自己有点儿莫名的害怕，米夏成熟了很多，也结实了不少。他的双手干糙粗硬，仿佛工人的手。

以前的男孩儿，真的完全变了。

和米夏道别后，毫不夸张地说，走了真的才只有5步，我们便遇见了格利沙·哈乌宁。不知道他是真没瞧见我们，还是假装没看见，总之，我们就这么互相擦肩而过。

后来，我和塔玛拉赶到面包店，排队等着买汽水，再后来，我们在避难所里待了半个小时，这段时间里，我俩一直在争论到底去谁家？最后还是我赢了。我们一起离开避难所，一直朝我家的方向走去。

因为空袭的缘故，塔玛拉一直被困在我家，直到8点才回去。

不过，在这段时间里，我们也有收获，因为我俩齐心协力，一起写了封给沃夫卡的信，并署了我的名字。

事情是这样的，那个讨厌的骗子又耍了我：所有住在公寓里的住户都得把顶楼刷上石灰，分配到我们的这部分得付15卢布，所以，我和妈妈决定自己动手。我决定找他帮忙，反正这也不是第一次了。我来到他家，他没在，于是我就给他留了字条，托付给了他爸爸，我让他来帮忙，可他却没来，就算他有事儿在身，也应该来告诉我："我在忙。"真是的，这个讨厌的沃夫卡简直不可原谅，再者说，就算我和他关系一般（不提朋友二字），我觉得他也应该有和同龄男孩儿一样的教养与骑士精神，一定会来帮我的，我写了张词语严肃的字条，拖塔玛拉给他带去。然后，我和塔玛拉定好了，如果有回应，她就在5点后来找我，如果没有，那我就去她家。

今天，塔玛拉没过来找我，我也没去找她，因为空袭警报响个没完没了，我不知道沃夫卡到底有没有回应，好奇的念头始终萦绕心头，我是这样想的：如果沃夫卡认为我们是要好的朋友，而且他也因为他的所作所为而感到惭愧，他一定会给我一些回应的，一定会但如果我给他写的信在他来说不过是张没价值的破纸头儿，对我的事儿他也毫不在乎，那就一定不会有回音，又或许，事情会这样发展，他会把我的信给他的同伴看，然后大家一起给我写回信，不过，要真是这样的话，这封回信对我来说也就没任何价值了。

10月4日

- -

时间在轰炸中，丝毫不受影响地流淌着，我也好久没写日记了。

我在克拉拉 – 蔡特金（Clara- Zetkin）妇幼卫生学院下属的医院里工作，算是名助理护士，值日时间一般都以24小时计算，我工作的时间是从当天早上9点一直到第二天早上9点，之后的24小时则是我的休息时间，这样一来，我只能隔夜睡眠，相当辛苦，不过还能忍受，但是，完全没法睡觉，只能在避难所里打盹儿的情形就太可怕了。

从昨天晚上 7 点半到今天早上 6 点，一共响了 6 次空袭警报，其中两次持续了三个钟头，另外两次响了两个钟头，再有两次则一次半小时，一次 1 个小时。

虽然医院的工作非常艰苦，不过我正慢慢地适应，而且工作的时候，我起码能够吃饱，而且还可以拿到一等的粮票，凭这些粮票，我每天能领到 400 克的面包。

自从那天晚上一起写字条给沃夫卡，并相约第二天见面后，我就再没有过塔玛拉的消息，昨天，我给她写了张字条，并托罗莎莉亚·帕夫洛夫娜把字条交给欧夏，让欧夏转交给塔玛拉，直到现在，我都不知道沃夫卡对我的信有什么反应，虽然是这样，我一点儿也不后悔给他写了封那么言辞犀利的信。

记得前些日子的某一天，正当躲避空袭的时候，我和伊达·伊萨耶夫娜谈起男女友谊的话题。事实上，一个人的心里只能盛下唯一的爱人，但在爱情之外，男性朋友却可以拥有许多个。伊达·伊萨耶夫娜告诉我说，当她 17 岁的时候就有好多男生朋友了，并且，他们的友谊一直维持到了今天，在班里，他们有 5 个人关系特别要好，两个女生，三个男生。

我和塔玛拉、沃夫卡、米夏还有杨尼亚也是，同样也是两个女生三个男生，可为什么我们之间就没法形成这样的友谊关系？我不知道。难道是男生不喜欢我们？不是。又或许他们不是那种适合做朋友的男生？也不是。事实正相反，就应该和这种男孩儿交朋友，可是，到底是哪儿不对呢？我不知道。我想，可能是我们不知该如何彼此接触吧。

好烦人啊，真的好烦人！这样暗无天日的战争时刻，全班只有我们 5 个人还待在列宁格勒，也正是在这段时间，我们很可能成为一辈子的朋友！没人影响我们，没人打扰我们，季马不会，艾玛不会，罗莎不会，其他的女孩儿也不会。

塔玛拉和我的性格都属于不算热情的那种，男生呢，也都那么矜持，我们的关系总是那么客套，互相之间都显得那样拘谨，杨尼亚和我们更是完全格格不入，他总是带着老师那种严肃的架子，这样怎么交朋友啊，如果我们能够更加单纯一些，每个人都不浮夸自大，一定会成为要好的朋友的。就像男孩儿、女孩儿之间那种纯粹的、也最普通的关系。

如果我们互相彼此喜欢，如果他们想进一步和我们交往，可是我们啊，我们都太过严肃，故步自封。

10月5日

空袭仍在继续。

第2次空袭警报的时候，我身边坐着两个女人，一位年轻，另一位上了些许岁数，年轻女子不断啜泣哀叹，不久后，我们从她口中得知了她在第1次空袭中的惨痛经历。

当时，她正在一辆电车里，下车来到扎格洛德尼大道的一处避难所躲避，这两位女人（母亲和女儿）都躲进避难所里面，而更多的人，特别是男人们，只能待在避难所门旁，可就是一颗炸弹落在了避难所门口，瞬间吞没了所有仍然站在门边的人。躲在避难所里的人安然无恙，只有洞顶的天花板稍有损坏，人们敲碎一块窗玻璃爬到外面，这两个女人目睹了人们挖掘被埋者的惨状，很多人还活着，可是已经完全疯掉了。

10月12日

今天得到了通知，我就要到军区医院里面去当护士助理了，在那里我会照顾受伤的士兵，这都要感谢伊达·伊萨耶夫娜，多亏她的安排我才能去帮助那些保护我们的英雄。

伊达·伊萨耶夫娜告诉我说在那边有好多年轻姑娘都在做护士助理的工作，或许我能和她们谁交上朋友吧。至于那些士兵和受伤的患者，也都是普通人，其中也许还有些是十七八岁的男孩子，没准儿我会喜欢上他们其中的一个，找到个朋友，所以，对于去军区医院当护理这份工作，我丝毫没有犹豫。

我一定要去，一定，我要帮助家里人，我要给自己赚些钱，我也要享有和家里人同样的权利。

别了，猜忌和忧伤。
我将勇敢地望向远方。
不久，你会看到我日复一日的辛劳，
我美丽的城市，我英雄的城市。

救助、抚慰还有爱，
赋予那些为我们抛洒鲜血的人们。
我们，列宁格勒的人民，我们将为此献出所有，
共同捍卫这座城市，驱赶那盘绕在城市的纳粹瘟疫。

伦敦传来友好的问候，他们这样说："泰晤士河和涅瓦河是亲姐妹，伦敦和列宁格勒更是共同对抗残忍纳粹分子的姐妹。"

3点50分，第7次空袭警报刚刚落下帷幕。

我头好痛，也好困。

第8次空袭警报结束，塔玛拉来找我，我们刚说了几句话，警报声又响了起来，我俩赶紧跑到避难所，继续我们的话题。

警报解除，我请塔玛拉上楼再陪我待半个小时，可是当我们刚走进厨房，恼人的警报就又开始嘶吼起来。

于是，我们又赶紧冲下楼，不过这次的警报声持续时间不长。在避难所里，我们碰上了卡帕·罗巴诺娃，我们三个人聊了一会儿，塔玛拉便离开了。

7点45分，第10次空袭警报响起。

10月13日

7点15分。

空袭警报刚刚解除，这次警报没持续多久，但是却异常可怕，我们所在的扎格洛德尼大街被投掷了很多燃烧弹。我决定不去避难所，直接去管理办公室，因为今天我从8点到11点都要上班。当我走上大街，一眼就瞧见维捷布斯克火车站边有辆电车正冒着一团团的火焰，还有那从车顶落下的鳞片，被烈火燃成绿色的火星，飘然而下。

五角场附近，电子零件商店顶上的移动塔楼也燃着熊熊烈火。

我们公寓边上停着辆9号路的电车，一颗燃烧弹正好落在电车附近，如果不是我们公寓里的男孩儿们合力扑灭了燃起的烈火，电车就要烧起来了，他们拯救了电车。不远的地方落下了一颗炸弹，我们的公寓楼开始剧烈的摇晃，而日子还要强颜欢笑着度过。

今天，我和塔玛拉来到十月电影院看刚上映的电影：《老禁卫军》和《科尔辛基娜的冒险》，两部电影都是短篇，还外带一个小型乐团。后面这部电影相当搞笑，所有在场的观众都打心眼儿里开心。

10月16日

冬天在敌人的炮火中来了。

昨天落下了今冬的第一场雪，德军施加给我们的压力就好像一堵无法逾越的高墙。最新的战况惨不忍睹，我们的部队已经弃守了马里乌波尔（Marioupol）、布良斯克（Briansk）还有维亚济马（Viazma）。加里宁（Kalinine）一带战局紧张，也就是说，加里宁大概也已经保不住了，所有发生的这一切都太可怕了。

维亚济马离莫斯科不过150公里，这意味着德军离首都莫斯科只有150公里了。

广播里今天第一次这样宣布："西线战局非常艰苦，德军集结了大批坦克和摩托步兵准备突破我军防守，我军伤亡惨重，已经开始撤退。"

这就是广播播送的内容，之前，我们从来没有听到过像是这样的消息。

听到这样的消息，所有人都很惊愕，都觉得将来的每一天都将暗无天日，再也见不到开心明朗的日子。

我想，我们可能活不到充满快乐与欢笑的 5 月了。

当德军进入列宁格勒，他们一定会把它化作一片废墟，再将其占领，那些能够逃离的人也只能在深山老林里过活，在那里，人们随时都会被冻死、饿死，或被杀死。

可怖的冬天来了，对于成千上万的人来说，这意味着饥寒交迫。

今天，塔玛拉来找我，我俩将和阿卡一起练习英语。

明天，我就又要去上班了，那边也不轻松。

安涅奇卡还有另外两个女人都去世了。

上次值班的时候，我几乎所有的时间都待在一位行将就木的伤者床边。

我刚刚看到了瓦雷里，他大概以后不会在我们这里工作了，他站在走廊上，没穿罩衣，我差点儿没认出他来，还是他先和我打的招呼，那是个挺好的男孩儿，可惜我们相处的时间这么短暂。

今天还有昨天白天我睡觉的时候，梦到了沃夫卡。好像是他来找我，光着身子，饿得不行，我给他找了吃的，穿上衣服，他谢了我，说现在总算知道什么才是真正的朋友了，然后，我梦见有人拿着匕首追我，就在小花园，好像还是秋天，眼看就要被捉住了，突然，沃夫卡和他的同班伙伴出现在我眼前，我得救了。

梦做得零零碎碎，总之还有些其他的情景。

10月18日

昨天晚上是一个可怕之夜，夜里8点钟开始，警报响起。

那会儿我们正好在给病人分发晚饭，防空炮的炮击应声而起，离我们很近，突然传来爆炸声，紧接着是玻璃碎裂的声音。

我当时正在女子病房，所有的女病人都开始尖叫呻吟，简直接近歇斯底里。值班医生阿尼西莫夫赶紧跑来，尽己所能地安抚这些病患。

等到她们稍许平静之后，我和另外一个助理护士将餐具送回厨房，我被告知可以把锅里剩下的荞麦粥喝掉，可还没吃完，就听到窗外传来奇怪的吵嚷声，那尖厉的叫喊声中还加裹着警察的警笛声。我赶紧问其中一位护士究竟发生了什么？她显得很是惊讶："怎么？你难道不知道街那边儿着火了吗？就在卡尔·马克思工厂，你看看！"她带我来到浴室，拉开帘子。我看到街上一片光亮，简直比白昼还要亮，一团团的巨大火舌吞吐跳跃在这炫目的光亮之间，鲜红色的浓烟盘旋而上。

直到凌晨4点，大火才被扑灭。

11月11日

现在外面，放眼望去，到处是白雪皑皑。

我去学校上课，10月我所经受的那一切现在看来就好像痛苦不堪的梦境，我甚至觉得难以想象，因为就在不久前，我每天6点就要起床，6点45分，我就已经和妈妈离开家了。

天真冷，晚上更冷。

电车里挤满了人，检票处就在门口，走过入口，花园里厚厚的积雪被人们硬生生地踏出一条路。我脱去大衣，穿上罩衫，戴上白色的头巾……在这里能有的一切就是病人，要么就是便盆，无休止的便盆，还有那急切的吆喝："莲娜，快去那边！莲娜，过来！快，莲娜，把尿样送到实验室！"

是啊，这些都不是梦，这些都是真真实实发生过的事情，我去工作赚钱，后来又突然地被辞退打发回家。

现在，我重新回到学校，来到车尔尼雪夫街（Tchernychov）30号的一所中学读书。昨天，我在学校只看见之前班级的几个同学，5个男生，昨天我还见到了沃夫卡。今天，5个男生都没来学校，我从塔玛拉口里得知，那5个男生还有沃夫卡都准备转学到位于博罗金诺街（Borodinskaïa）的36中去，世上的美好时光怎么都是如此昙花一现啊！

我们一起同窗了8年，我们曾是——如果可以用这个词的话——伙伴，可突然，他们就这样只言片语都没留下地走了，就这样消失掉了。

沃夫卡，我对他这样的……（算了，说什么也没用）。

有段时间，我们彼此曾那样亲近，我们一起去影院，聊天聊得那样激烈开心，我们是朋友啊，但是，他、他的名字、他的脸孔一下子从我的生活里消失了，永远地消失了，我真的没法理解他们为什么做了这样的决定。他们这样转了一所学校，当真就这么容易？以什么名义？又为了什么？他们没和我们解释一句，是不是他们认为我们跟他们丝毫关系也没有？是不是对他们来说，8年时光根本就什么都不是？他们怎么敢这样做呢？不，这不是真的。可为什么不是真的？恰恰相反，一切都那么显而易见！事情那么简单明了，谁都可以想象到是怎么回事儿。

我真是个怪人！应该去习惯，毕竟，我们共处同一时代，而这个时代就是这样。

眷恋！友谊！不，这些字眼儿距离我们今天的年轻人多么遥远，就像天上的太阳一样，离我们那么远。

现在，一切都已经结束。

沃夫卡，我们相识，现在我们又分开，所有一切都烟消云散，我们彼此忘记，或许，只有在你翻看相册的时候才会记起有这么一个名叫莲娜·穆希娜的单纯女孩儿，然后，你会微笑着读写在照片背后的文字："莲娜给讨厌的小鸭子"，又或许，上天会安排我们在某一天偶然相遇，就你和我。我，我永远也不会忘记你。

我永远都会记得你，

我永远也不能不去爱你。

不，我永远不会忘记你。

我将永远带着这痛苦的思念生活下去。

就算你是这世界上最最可恶的骗子，天生儿的无赖，我还是那样喜欢你。哦，不，你是我的初恋，是我第一个喜欢的男孩，你自己完全没有发觉，可是，你就是在我的灵魂深处点燃了什么，而那燃烧起来的火焰将映透我的有生之年，那火焰时而将我整个擒住，燃烧着我的痛苦与怨恨；时而不温不火地冒着小小的火苗，对我来说，你是世界上最可珍贵的人，我希望你过着幸福的生活，永远不知道烦恼与悲伤是何物。

愿上天赐给你一切最好的事物。

别了，沃夫卡！

别了。

啊，我为什么会如此神经质。真的值得吗？我还会遇见其他男孩儿，我们班上的不少男生都比沃夫卡要好。比如沃瓦·弗里德曼，戈恩卡·K，还有其他几个男生。我们班的班长托利卡特别像安德烈，说话声音和行动举止都像。还有戈恩卡，他就坐在我后面，也是个特别好的男孩儿，不过他给我的感觉总是懒洋洋的，精神萎靡。

好啦，没什么大不了的，我们有的是时间互相认识。

莲娜，别灰心。初恋之后总还是会有第二次恋爱的啊。

勇敢点儿，继续前进吧！

如果我还活着，生活的车轮就仍然会向前转去，一切都会好的。

可是，我能活下来吗？

每天，敌人都会在我们的城市投下来些恼人的、不大不小的"礼物"，列宁格勒已经被占领了，敌军更是包围了莫斯科，接近图拉（Toula），整个乌克兰都已经沦陷了。还有顿巴斯（Donbass），也已沦陷。美国援助我们武器和食物，可未来将会怎样，没有人能预料。但是不管发生什么，我都想活下去，我希望有个爱人，我要去爱。至于爱谁？以后再说吧，也许他就在这新的班级，就在这群新的男孩儿之中。

11月16日

空袭警报又响了起来，和昨晚一样7点半。

早上9点，阿卡就出门去找吃的了，我和妈妈都没抱任何希望，觉得阿卡肯定是找不回来什么吃的，今天肯定挨饿。

下午5点阿卡突然出现了，手上还拿着冷冻肉，足足1斤。我们赶紧用这些肉煮了肉汤，趁热喝了满满两大碗，对于现在这种生活方式还勉强可以接受，但是，随着时局的恶化，我不知道我们还是否可以活下去。之前，也真的就是前些日子，妈妈通过工作不用粮票就能拿到汤，我去学校的第一天也给了汤喝，但是第二天就发了公告，告诉大家说汤也要凭票才能领到。

现在政府每天给每个公民供应150克的面包，这对我来说简直杯水车薪。早上，阿卡会买来我的和她的那份，我一般在到学校之前就已经全部吃完，接下来的一整天一口吃的都没有。

我真的不知道怎么办，或许比较好的办法是这样：每隔一天去学校食堂用50克粮食票换一道主菜，当天不换面包，这样第二天就能吃到300克的面包，实在应当试试。

很快就21号了，我的生日，那时我就整整17岁了，怎样都得庆祝一下。好开心我的生日正好在11月下旬的第一天，所以肯定会有糖果吃，我真的好想吃糖啊！

等战后一切回到正轨，可以买到任何东西的时候，我要买1公斤黑面包、1公斤香料蜜糖面包、半升棉花籽油。把黑面包和香料蜜糖面包捣碎，倒入棉花籽油，细致地把这些东西磨碎、搅拌均匀，最后就可以用勺子大快朵颐了，吃到实在吃不下为止。

然后呢，我还要和妈妈一起烤制各种各样的馅儿饼：肉馅儿的、土豆的、卷心菜的还有胡萝卜的；我们还要炸土豆条，在锅里炸到金黄酥脆，趁热吃；我们还要吃做成小贝壳形状浇了奶油的意大利面和饺子，还要裹满番茄酱，撒上过油洋葱的通心粉；还有表面烤的焦脆的面包片，抹上厚厚的黄油，夹上香肠或奶酪一起吃，一定要夹上一大厚片香肠，这样一口咬下去，牙齿会陷在厚厚的食材里。

我和妈妈还要吃那种焖得很散落的荞麦饭，加上冷牛奶，剩下的荞麦饭我可以放进锅里，加上洋葱和黄油炒得油光水滑，最后还得来点儿甜点，就吃抹满果酱、热腾腾、油汪汪的布利尼饼，还有炸得气鼓鼓的油煎饼，哦，天啊，我觉得那时候我们的吃相连自己都会害怕。

我和塔玛拉决定写一本关于我们这代苏联青年生活的书，写他们昙花一现的激情，写他们的初恋，写他们之间的友谊。

总之，我们就是想写一本我们自己想读的，可很遗憾，现在并不存在的书。

空袭警报结束了，结束了！晚上8点15分，该睡觉了。

明天我还要上学。

11月21日

今天是我的生日，17岁了。不过我却发了高烧，躺在床上，继续写我的日记。

阿卡出门去找油，什么油都好，还有粮食和通心粉。我不知道她要什么时候回来，或许回来也是两手空空吧。但是，不管怎么说我还是很开心的，因为早上阿卡把我的那份125克面包还有200克糖给了我，我差不多吃了所有的面包，可真的不怎么顶事，125克面包能管什么事儿呢？！就那么一小块儿而已，至于这些糖果，我得靠它们坚持10天。本来算好了，每天吃3块，但是今天我已经吃了9块了，算了，就再吃4块吧，当作庆祝生日，从明天起再严格按照标准计算，每天只吃两块。

城里的局势仍然紧张。

德军用飞机和炮火对我们狂轰滥炸，这些对我们已经算不上什么了，因为我们早就都习以为常，而这习以为常的态度让我们自己都感到讶异。

最可怕的问题还是粮食供给状况，每况愈下，我们没有足够的面包。

还得感谢英国，给我们运来了不少食物，可可、巧克力、地道的咖啡、椰子油还有糖，都从英国来，为此阿卡特别骄傲。

可是面包，面包！为什么不给我们送来面粉呢？列宁格勒的人民需要面包，不然是没法好好工作的。

大家都说，广播里也不止一次地重复说敌人马上就要被我们击退了，胜利就在前方。只要敌人一被击退，那些令人精神迸发的食物便会源源不断地涌进列宁格勒。

但是目前，还需要耐心等待，是啊，要静心等待，可是这些都太难忍受了！

有时，我们甚至会因此绝望，认为所有被围困的人都会像苍蝇一样成群地死去，再也看不到胜利与喜悦的那天，但是，一定要把这种念头从脑袋里驱赶出去，天啊，这样的想法可太危险可怕了！多么希望莲娜妈妈、阿卡还有我都能顺利度过这段糟糕的日子，获得重生，大口大口地呼吸崭新的空气。我多么地希望妈妈能够胖起来一点儿，阿卡也能身体好一些，我好害怕妈妈和阿卡会撑不住。

事实上，她俩在真正的饥荒中绝对熬不住，并且将来会怎样谁也不知道？或许，面包会每隔一天提供一次，要么就是三天提供一次，可是食堂里什么都没有，会发生什么呢？不，不会的，我们不会落到这种境地！英国和美国会给我们提供食物的，毕竟，德军在列宁格勒的失利对他们有利，事实上，列宁格勒如果保住了绝对是对莫斯科最有益的帮助。

希望敌人快些溃退吧！快点儿，越快越好！每天都带来一丝突破敌人封锁的希望吧。

塔玛拉来看我了，可……什么也没带来。

事情是这样的，昨天我把自己换粮食和肉的票交给塔玛拉，托她去我们食堂兑换午饭——粮食票可以换两道主菜，如果可能的话还可以用换肉的票换到两颗肉丸或两段香肠，反正，有什么就换什么吧，她答应了我的。

我和阿卡的全部希望都寄托在塔玛拉身上了。

我们早就决定好了，阿卡可以用主菜——管它是荞麦粥、通心粉还是其他什么玩意儿——做一道浓浓的汤，整整两小锅，然后可以把肉分成三份，用它做成三明治来庆祝我的生日。可现在呢，太可怕了！塔玛拉双手空空，什么都没有，没有主食，连汤都没有，什么都没有……而她却还显得气鼓鼓的，发誓说以后再也不承诺谁做什么事儿了，再也不了。

她告诉我她的经历，听来听去，我只听懂她好像是去排了两次队，好不容易排到她了，却什么都没有了，主食没了，所以，只能买了一份汤，可是汤却被她撒了，至于汤是怎么撒的，我一直都不明白，但是，有一件事我还是明白的，那就是现下的情况糟透了，可怕透了。

阿卡马上就要回来了，一定又冷又累，而双手也一定空空的。

那样的话，可真就万事皆休了。

然后，她也会知道塔玛拉什么也没带来的消息，难以想象她该如何面对。

再然后，妈妈既疲惫又饥饿地回到家，她肯定会特别提前一点儿赶回家，因为今天是我的生日。可是，老天啊，要是阿卡什么吃的都做不出来可怎么办？

"庆祝"，这可真算得上是"庆祝"我的生日了！不，我绝对不会在阿卡和妈妈面前维护塔玛拉，可我也不打算责怪她，人总有不走运的时候吧，认倒霉吧，就当粮票让人偷了吧，每个人都会遇到这种倒霉事儿的。

好难过啊，难过得要哭，确确实实的，在我生日这一天，竟然没有饭吃，一家人都得饿肚子，而这一切都要拜我最为要好的朋友所赐。

没辙，只能把我准备留下来配肉丸吃的那块面包吃了，然后，试着睡觉，一觉睡到明天。

我亲爱的，最可珍贵的妈妈一会儿就要饿着肚子回来了，我一定要将她拥入怀中，紧紧地抱着她，向她讲述我们所遭遇的一切不幸，我觉得她应该不会生气，毕竟她在外面已经吃了些东西，我只求她真的不要生气，让我本来就很糟糕的生日变得更加阴云惨淡！除此之外，我什么都不需要。我们可以来杯红酒，然后就着热茶吃几块糖果。

但愿不要有争吵，但愿我们能平静地度过一切！这，就是我最大的愿望。

已经6点半了，妈妈还是没回来。

窗外，高射炮发出猛烈的轰鸣，这是今天的第2次空袭了。

希特勒今天得寸进尺，把昨天那份儿也一股脑都补上了。

是的，我所预料的终于还是发生了。

阿卡 5 点钟到家，又累又冷，两手空空。她排了好久的队买面条，可是排到后却一根面条也没有了，沙夏阿姨就在她旁边，抢到了面条，可阿卡没有，沙夏阿姨甚至看都没看一眼阿卡，她多么无耻啊！竟然没有让一让老太太！我的天，怎么能这么倒霉呢！倒霉得都没法用言语形容！就好像所有的神鬼都联合起来和我们作对。

我好想吃东西，肚子里空落落的感觉简直糟糕透了，我多么需要面包啊，多么需要！现在我脑子里盘旋的念头就是为了填饱肚子，可以付出一切。

我们何时才能饱餐一顿呢？

什么时候才能不这样痛苦难熬呢？什么时候才能真正吃到些实在的东西，一整碗荞麦粥或是通心粉？因为只吃一些汤汤水水的东西根本撑不了多久，我们已经吃了 1 个多月稀得不能再稀的汤了。不，这样活着简直没有任何意义。

天啊，这痛苦的折磨要什么时候才能结束？！还有啊，今天是我的生日，我的生日一年只有一次啊！我还记得，每次到我生日，阿卡都会准备一大块蛋糕和一块松甜圆面包，大家会围坐在餐桌旁，喝着茶，品着红酒，互相碰杯庆贺，桌上散落着各种糖果，摆着蛋糕，有时还会有点心、香肠三明治或者奶酪三明治。

这一天，特别是最近几年的这天，我们不会邀请客人，但是就我们三个人庆祝起来也很开心。

不，1941 年的 11 月 21 日，我永远不会忘记。

我一辈子都会记得这一天。

1942 年 11 月 21 日（如果我还活着），我会一边切着黑面包，在上面抹着厚厚的黄油，一边回想去年的今天，1941 年的今天，这一大块涂了黄油的面包对我来说比世界上任何一道美味都要奢侈，比所有的珍馐美味都要稀罕，比世上所有的蛋糕点心都珍贵。

天啊，当我一口咬下去，把面包在口中细细咀嚼的时候，是多么的幸福啊。

面包，真正的面包！

我的妈妈，亲爱的妈妈，你在哪儿啊？你已经长眠于地下，你已经离我而去。你找到了永恒的平静。可是，我，我还在饱受煎熬，我和成千上万的苏联人民一样，饱受着煎熬，可这都要怪谁？全拜那个精神病疯子的狂热幻想，他要征服全世界，简直是痴人说梦啊，可就是因为他，我们如此煎熬，我们肚子空空，内心充满悲苦。

老天爷，这一切什么时候能到头呢？这一切一定会有个了结的吧！

11月22日

今天早上，多多少少算是把昨天的庆祝补上了，因为7点钟的时候，阿卡出门去买巧克力，9点回来，给我带回了茶、面包（125克）还有50克巧克力，纯正的英国巧克力。我们从来不曾拥有过从外国进口的巧克力，所以，现在这块巧克力一直都是可望而不可得的，真正的英国巧克力油润、醇香、硬硬的、厚重且漂亮。50克的巧克力被分成了4大块，也就是每一块12.5克。

真好吃啊，醇苦，带些柔美的甜！总之，是直接从印度运过来的，真正的巧克力。

列宁格勒的人民需要面包，但是如果用巧克力代替面包，我们也不至于饿死，而且英国给我们送来了充足的巧克力，之后还会继续送来。凭着儿童粮票，我们就能拿到英国食品，比如西米还有葡萄干，但是并不是所有人都能拿到这些，除此之外还可能拿到粗麦粉和粗米粉。

今天阿卡在那里拿了两份饭，还包括一份加了黄油的米饭。阿卡将一块黄油给了我，另一块拌在了我的米饭里，然后，她又煮了一道特别美味的汤，分量很大，每个人都能喝上满满一碗，还能另外再盛上3大勺。

目前，我们要开始重新安排一切了。

我拿出3张换粮食用的票，计算着怎样使用才够撑过这月的最后一旬，准确地说是最后8天。如果每天能拿到100克粮食就太好了，不过还是往坏点的情况考虑吧，每天先算75克，这点儿粮食够做一份汤加一份主食的。

　　我的小瓶子里本来还放着3块上好的巧克力的，但是不出我所料，现在瓶子里只剩下可怜的一小块儿了，不过，我马上就把它吃掉，因为留着这样一小块简直可笑死了。

　　至于我的糖果呢？昨天，阿卡给了我一小包糖，一拿到我就赶紧数了数，整整34块浑圆可爱的糖果。我用其中的4块换来两颗黄豆糖。

　　今天，口袋里仅仅剩下5块可怜的糖果了，其他的去哪儿了？啊，对了！我昨天把它们都吃掉了，因为昨天我没有吃到午餐，没错，昨天我只吃了面包和糖果。仅仅昨天一天，我就吃了25颗糖，而且当时我还自我安慰，告诉自己今天可是我的生日呢，就这一天多吃点，明天就不吃了。

　　可是现在呢，已经是"明天"了，但是只剩下了可怜的5块，其他的全部葬身于我那可耻的大嘴里了。

　　唉，太惭愧了！算了，这件事也得另当别论，毕竟昨儿一天都饿着肚子，可今天怎么办？好吧，今天我有面包、巧克力、汤，所以，我觉得那些糖果还能安安生生地待在那里，这些可怜的，注定要葬身腹中的家伙啊，让它们再多活一两天吧。哦，不，我真的没有这样大的耐心！我试着强忍住自己的食欲，但是最终还是没能克制住，吃了一颗糖果，这就意味着，在接下来的这段时间，我会一发不可收拾地吃掉手头仅有的这些吃的。

　　于是，我干脆把剩下的几颗糖果和巧克力一股脑儿都吞了下去！可是，之后可还有8天呢。这8天里，我喝茶的时候又没有东西可配了，到时候我一定会埋怨自己，怎么会有这么糟糕的想法，在一天里吃掉整整25颗糖果。

　　我那块巧克力，正宗又漂亮的英国巧克力，你在哪儿？我怎么会把你吃掉了？你那样优雅美丽，只配用来欣赏的，可是我却把你吃掉了。

　　现在，我只有一个愿望，更准确地说，那是我唯一的慰藉，如果妈妈肯与我分享，那么我就能拿到另外一块巧克力，我绝对不会把它吃掉，绝不，苍天在上！我一定要好好地欣赏它，直到妈妈那块巧克力被吃得一个渣都不剩的时候，我再开始吃我这块。

　　刚才我又把自己的日记整个读了一遍。

　　我的天啊，自己怎么越来越退步了呢！我现在满脑子想的，笔头上写的都是食物、吃的，可是这世界上明明有比这些更有趣的东西啊。

德军无休止地用远射程大炮对我们狂轰滥炸，一刻不停，不过没关系，很快我们就让他们消停下来，刚才我们的飞机驶过屋顶，正是往敌人炮火密集的地方飞去了。

城市像一架巨大的机器，仍在运转着。

工厂生产货品，商店出售商品，电影院、剧院还有马戏团也都照常运营，学生们照常上课，但是，生活也真的变换了模样：没有煤气，买不到汽油，人们用小块木柴或刨花烧火做饭，不过，大部分的人还都是被安置到不同的食堂用餐。

躲避到避难所的人现在已经很少了，求生的希望是不变的，而食物的匮乏让他们根本失去了来回跑楼梯的力气。

现下我们所生活的时代，手里拿着大把的钱，却什么都买不到，这也就是为什么我身边的很多朋友都钱夹鼓鼓的原因。每天他们都穿梭于电影院和剧院，空闲或是空袭警报的时候，也是无所事事地在避难所里打牌消遣，甚至有时在上课的时候，他们也玩儿21点赌钱，真是世风日下的感觉。我经常会观察他们的赌局，他们一下儿就能赢5~7卢布，有时候甚至能赢到8卢布，然后我还目睹了他们是如何丢失了原本对金钱的尊重，因为他们随随便便就把赢来的钱往课桌上一丢，"全押上""押3卢布"等。如果一不小心掉在地上1卢布，掉钱的人也不急着弯腰去捡，更别说20戈比这样小数目的钱了。相反，有些贪欲旺盛的男生会把赢来的钱藏起来，也有些人则显得满不在乎。

昨天，我翻了翻自己收到的明信片，那些明信片真漂亮啊！之前印刷的明信片就更漂亮些，图案各式各样，现在的明信片印刷得一点儿也不细致，粗糙敷衍，毫不用心，我又一次翻看了妈妈三年前从匹亚迪戈寄来的所有明信片，还有写在明信片后面的文字。

尔后，我想起并不是很久前，也就是去年冬天，我和妈妈还曾梦想乘着小船游览伏尔加河，为此，我们多方打听，细致地了解整个行程下来需要的花费。

我还记得，当时妈妈和我都信心满满地坚持夏天一定要把这次旅行的想法付诸实践，这个想法久久地缠绕在我们心间。希望能乘坐带着漂亮蓝色窗帘的一等车厢出行，软卧边的小桌子上摆着带灯罩的床头灯，火车缓缓驶出车站大厅的玻璃穹顶，满载着我们的幸福，奔向好远好远的地方。我们面对面坐在小桌前，享受着精致的美味，向往着就在不远处向我们招手的各种消遣、可口的美食、崭新的环境、美丽的大自然和它那蔚蓝的天空、青青的绿草及艳丽的花朵，所有这些欢愉一波接着一波，全都在等着我们。一边谈天，一边看着列宁格勒远远地消失在身后的地平线，在这座城市里我们经受了多少考验，经受了多少痛苦，我们饥肠辘辘地被困在没有任何供暖设施的房间，提心吊胆地倾听着外面的炮声和敌机的轰鸣。

可现在，我们即将把这些黑暗的记忆和痛苦的噩梦全部抛在身后，向前看，望向远远的，红星列车即将带我们前往的地方。看吧，这就是德国人践踏过的土地，上面白雪皑皑，弹孔斑驳，一道道的战壕好像一条条丑陋的皱纹，尖利的铁丝网一处处地纠结着，耳旁呼啸过冰冷的寒风。

眼前的这条大路畅通无阻，那是游击队员们清扫过的战场。

一段路堤下，我们看到成片的被摧毁的车厢碎片，另外一段被白雪覆盖的路堤上，到处是敌军士兵的尸体，远远看去仿佛一个个的小小黑点。

我和妈妈放眼望去，不经意地看到路堤上那生长繁茂的青青绿草，可这一切都已经无法唤起我俩对这场才刚经历过并幸存下来的战争了。

这些历史性的日子啊：战局扭转，德军停止继续推进战线，开始溃退，我们的战士攻入柏林，最后一串炮声响起，最后一颗炸弹炸裂，最后一梭子弹射击，所有这些都成了往日烟云，逐渐消散，虽然它们还都是不久前的事，但是毕竟已经都过去了。

苦难的日子已经被我们甩到身后，渐渐地都会不见踪影，遥远的列宁格勒阴沉暗淡，覆盖着一层薄薄的雾霭，那些我们与辉煌永不磨灭的骁勇战士、真正的英雄一起庆祝的日子也都已经渐渐远去。所有都缓缓退去了，沉入背景之中，让位给新生的事物。

而从现在起，这些新的事物也将逐渐迈向消亡，我们已经安葬了那些在战斗中牺牲的战士们，他们的光辉事迹也将永远被我们所缅怀，列宁格勒已经抚平了自己的创伤，人们重建被毁的房屋，换上崭新的玻璃窗。

是啊，一切都过去了，还有火炉上煤气重新点燃，炉火跳动的那天，还有第一支雪糕又重新出现在街上的那天，也都碾轧在历史车轮之下。

妈妈和我望向窗外，天啊，我们多么幸福！所有这些回忆都盘旋在我的脑海，仿佛一大群可爱的蜜蜂在低声吟唱。

回忆，然后庆幸着一切不过只是回忆，不过只是已经烟消云散的事情，庆幸所有这些事情都不会再次发生；回忆最后一次空袭后胜利号角的吹响；回忆那燃烧的火焰和那星点的火花。

不，不是火灾中那可怕的火舌，而是充满节日气氛的列宁格勒点起的明亮灯火，那样喜庆，那样辉煌，灯火通明，卸下厚重木板和沙袋的房屋窗户在映衬下重新闪烁出晶莹的光芒；回忆起有轨电车的悦耳钟声还有汽车鸣响的喇叭声，它们就这样呼啸而过，闪亮的头灯有些刺眼，却照亮了成千上万幸福家庭的门窗。

广告、招牌，全都熠熠生辉，那样绚丽多彩，哦，这第一个欢庆的日子……

11月23日

在昨天，我写了一段自己幻想的故事，今天我读给妈妈听，她听了好喜欢，不过，我不准备继续写下去了。

我打算每天下课后先不回家，一个人待在安静空旷的教室里复习刚学过的课程。

从我的课程表上看，同一门科目的课程间隔最多不超过两三天，我想把当天刚刚学到的地理知识巩固吸收一下，下课后的氛围安静且没人打扰，当然 3 天内我可能不会完全把这些巩固了的知识忘记掉，即便是忘记了，稍加复习也就又能捡起来的。

况且，如果我悉心地坚持自己的计划，还能留出更多的时间在家里读书。我得尽快读完狄更斯（Dickens）的《远大前程》，然后开始读其他书。

我打算给自己配置个轻巧的布尔什维克书架，然后买点儿小册子，还得买本俄语语法书，复习所有的拼写规则，不要让自己的拼写或语法错误拉低了文学课的作文科目成绩。

好啦，停止光说不练吧。"少说话，多做事！"我现在就要开始复习文学了，接着再看看其他科目。等我复习完毕，阿卡也一定把汤做好了，等我们吃完之后，我还得完成代数作业。

11月27日

最近这几天，每到第 5 堂课，离下课也就还 5 分钟的时候，警报就会断断续续地响起，于是，大家飞快地套上衣服——现在所有人的大衣都挂在教室里——冲下楼，狂奔过院子来到学校的避难所。

这里避难所的环境真不错，有五间用承重墙隔开的房间，每个房间能容纳下两个班级，而且这里明亮温暖，由于有鼓风装置，空气也很新鲜。

房间里靠墙摆着一溜长凳，黑板和粉笔也一应俱全，我们坐在长凳上，老师则走到黑板前，继续上课。

今天，文学课刚上到一半的时候，我们的校长走了进来，告诉大家敌军对我们展开了炮击，所以，我们继续待在防空洞里上课，之后的一节课是历史课，按照课表安排，再后面一节还是文学课。但是，过不多久，校长又进来告诉大家警报已经解除，要大家尽快回家。

我们实在不想在这样的地洞里饿着肚子待到 4 点半，所以都匆忙起身回家，可是，我们刚迈出学校的大门，警报就马上响了起来，于是我们每个人都快速地向家的方向奔跑起来。

现在我正是在警报最密集的时刻写下这些语句。

回到家时，阿卡正在热汤，我们马上就能开饭。

今天，我和妈妈决定不去换面包，这样我们这个月的 30 号休假日才不至于什么都吃不上，我们还有点儿亚麻籽，昨天我们仨吃得相当饱，今天就没有那么大的食欲，至于之后会怎样，我也不知道。另外，现在凭票兑换巧克力或糖果来代替肉，之前还能换到奶酪来代替黄油，现在则只能换到果泥了。

每天，学校会给我们每个人准备 1 颗巧克力糖果，30 戈比 1 颗，为此，我们必须得到楼下的食堂去买，不过总排大队，好多学生也因此迟到。

所以，现在学校改变了做法，第二节课的时候，校长会跟随一位身穿白色罩衫，扛着个大包裹，手上还拿着几只碟子的食堂女工进来，然后校长负责清点班里的人数，女工则负责数出来相应的糖果数，之后，她把这些糖放在碟子里，再叫班上的某个同学拿着这只碟子在班上走一圈儿，收钱发糖，最后，校长直接把收上来的钱拿走。

再之后，被打断的课继续开讲。

但是，可以想象，每个同学手里有了糖之后，再没有一个人能够集中精力了，因为大半班的人嘴巴里都含着糖呢，而且，我们也不再去楼下的食堂喝茶了，哦，或许准确点儿说，是再也不去楼下食堂喝热水了。

今天，在避难所里，我坐在格尼亚·科比雪夫身边，他算是我第一眼看见就感兴趣的那种男生。他看起来谦逊温和，从来不表达自己的想法，也从来不主动讲话。

历史课前课间的时候，他周围的人全在谈笑风生，让他显得有点儿格格不入，他正在读《死灵魂》。我问他这本书对不对他的胃口，他没有说话，而是用那种人们何时都能明白的肢体语言含混地回复我。然后我又问他：

"你喜欢哪一科？"

他仍旧没说话，脸上挂着腼腆的微笑，再一次用那种模糊的动作回应我，而我可并没适可而止。

"那，你喜欢历史吗？"

"不喜欢。"

"地理呢？"

"啊，地理还好吧。我喜欢数学。"

"数学吗？那自然科学呢？"

"不，我不喜欢那科。"

这样枯燥的一问一答，我实在找不到方法再继续这次对话了，而他却继续用他那带点儿冥想的眼神望着我出了会儿神，然后就又开始读他的《死灵魂》了。

格尼亚个头不高，不过身材还算匀称，金黄色的头发在头顶好笑地立起一簇，他有一双蓝色的眼睛，总是流露出柔而温暖的目光，神情坦率天真，好像时刻都准备着向谁请求原谅，他的微笑老显得那样羞涩，有时甚至让人觉得有点儿阿谀奉承，我实在是好奇他到底是个怎样的人。

已经 3 点 15 分了，警报还在响着。高射炮的炮击忽而响起，忽而又落下无声。

我现在要开始念书了，文学。

到了 5 点 55 分，警报解除。

不过，很快 6 点半的时候炮击又响了起来。

妈妈步行回到家的生活。我们刚刚听了奥尔别利（Orbeli）院士发表的演讲，这才得知德国人劫掠了彼得大帝夏宫和普希金城的珍宝，他们锯开了桑松喷泉（Samson）把它带回德国，还洗劫了普希金的琥珀厅，同样也都带回德国。

最近这段时间，我总觉得内心有点儿什么异样，自己也闹不清怎么回事儿？对什么事物都了无兴趣，毫无计划，毫不自省，可是脑袋里的念头却那么多，彼此纠缠在一起，难以厘清，要是能理开其中任何一个念头的头绪也行啊！

比如，有时候我觉得一切都变得明朗了，也开始相信所有的事情都明了无疑，毫不夸张地说，真是觉得所有事情都变明朗了，但是，转瞬间，所有事情又好像蒙上了一层雾霭，变得难以捉摸了。更要命的是，没有人能和我分享这些想法，妈妈吗？她每天回到家之后就是吃饭，然后上床睡觉。她现在这么辛苦，这么累。塔玛拉吗？要怎么和她说呢？说了之后她又能从中明白什么呢？再说了，和她说些什么呢？

事实上，我能体会到的唯一感觉就是空虚，确确实实的空虚，我什么都不明白，或者确切地讲，我什么都明白，唯独不知道自己究竟明白了什么。

这些天来，我还是忘不掉沃夫卡，每天晚上做梦都是他的影子。我一直在想自己会不会真的爱上过他？我自己也解释不清，如果没爱上他，那我为什么没法和班上任何一个男生做朋友？加利亚·维伦，班上现在所有男生都叫她加利亚了，对她总是以你相称，却总是回避我，还对我以您相称。

问题在哪儿？我真的很想和其他人交谈，却又不知道说些什么。鬼才知道这是怎么回事儿，大概我和别人不同，可这不过都是误解而已。

没人喜欢化学老师，我不知道为什么？大家就是总嘲笑他，但我挺喜欢他的，从他身上，我看到了真正苏维埃老师的样子，我希望……可是我不太确定我真正希望什么？但是，还是希望他能够成为我们的导师，重新教育我们，希望他的话语深入我们的心灵，使我们成为真正的苏联学生、彻底的共产党员；希望他能够根除我们思想中的小资情调；希望我们能和他一起去听场交响乐，希望……总之，我是希望我们可以放眼世界，让我们自己看到我们还活着，而我们所经历的也是我们唯一的生命。希望我们每一个人都能够下定决心认真地生活，成为父母真正的接班人，并且青出于蓝而胜于蓝。希望我们更有文化、更有教养。之后，我们或许也会为人父母，希望我们的孩子在自己的教育下变得比我们还要出色。

这样的话，人的一生才幸福、充实与快乐。

当我们垂暮，我们也会为能有这样的一生而感到欣慰，要知道，毕竟这一生都没有什么苦痛。

啊，老天，我真希望这样的改造教育快点开始！

我多么渴望生活在别处，生活在一群我不认识的孩子中间，身边的事物我也不知需要什么？我还希望塔玛拉能够变得不同以往，还有沃夫卡，希望他们都憧憬欢快与美好的事物。也许，我希望所有的孩子都成为浪漫主义者吧？

我希望，我们都能够像列宁所说的那样生活，希望学校以及我们生活的环境都能有所不同。

列宁说过："学习，学习再学习！"我觉得，这是每个苏联学生要考虑的首要任务！每个苏联学生都要向作弊、纸牌、吸烟和众多的事物说不。

我怎样才能找到一位对自然科学、地理还有矿物学感兴趣的人呢？啊，那不过是矿物学博物馆里面的石头而已！可为什么会让我那样激动兴奋呢？

我也不知道。

我希望能够最详尽地研究学习大自然中的所有事物，甚至细微到原子结构，大自然里的一切都让我觉得兴致盎然。

我还要写一本关于人的书，搜集我们国家各地的照片；我还要有山，有海，或许我只想成为一名普通的旅行者吧？或许。

不！不！当然不简单的不只是旅行者。我也不知道此生能够成为什么样的人，我脑袋里一团乱麻。混沌！……

11月28日

今天从学校回来已经 5 点 15 分了，警报从 12 点就开始响。

我们的第四节、第五节和第六节课都是在避难所里上的。

接着敌军的轰炸开始，房间里灯光闪烁，忽明忽灭。之后突然闪灭了，后来，一直到警报解除，我们都困在黑暗中，在距我不太远的地方，有人点起了提灯，而我们仍留在原地，彼此聊天。

妈妈 5 点 55 分到家，她告诉我们说，涅夫斯基路堵住了，因为一栋建筑彻底被摧毁了，房屋基本都被炸成了灰烬，我们竟然活着看到了这样令人不快的一天，每天 5 次警报。

走进避难所的时候还是白天，可等我们出来的时候却已经夜幕降临。

街上，所有的人都在跑，都行色匆匆，每个人手上都拿着餐具随时准备吃饭。

人行便道上，人们根本不遵守行路规则靠右边行走，而是互相推搡，好像羊群一般。

城市还要继续运转，直到下一次警报响起！

11月29日

今天早上我醒来的时候，家里停电，我不得不找了根蜡烛点燃，准备临出门要做的事。

来到学校时，同样是一团漆黑。课堂上，每个人都拿到了一颗朗姆酒糖果。

之后是代数课和历史课。历史课上，我们做了身体检查，然后每人都领到一张兑换肉冻的粮票。

下课前3分钟，警报突然拉响。

这次我们没在避难所里待很久，警报就解除了，大家把大衣脱在班里，然后都飞跑进食堂换肉冻去了。

通往食堂的走廊上，灯又灭了，黑漆漆的，只有食堂里点着一盏煤油灯，我们排了很久的队，上课的铃声已经响了很久也没人催我们去上课，我心存疑问。

后来我才知道，领到肉冻后，一年级和三年级的学生就可以回家了。

拿到肉冻后，我站在一旁等着领勺子，这时警报声又响起来，有人喊道："拿着你们的肉冻去避难所里吃。"我尝了一口，太美味了，于是我决定先不吃，把它带回家，我用纸折了个圆锥形的袋子，把肉冻放在里面。

回到班里，我穿上大衣，心想估计也不能就这样随随便便回家，还是再去避难所里待会儿吧。走进院子，院里好脏，到处是冰雪融化后的泥泞。我看了看，门口和避难所边上都没人，于是，我毫无障碍地走出学校，来到街上。人们肆无忌惮地来往穿梭，街角一处还排了一条长长的队伍，不知道在干什么？现在应该还没有警报，电车还停在那里，车厢里却空无一人。

我12点45分回到家，才刚收拾好屋子，炮击就开始了，好几次，屋子被震得仿佛跳了起来，我只得钻到桌子底下，直到阿卡带着食物回来，我才从桌下出来。

我们一起分了面包，她给我俩买了两天的面包，我就着亚麻籽油吃了面包，把肉冻藏在了一边。现在，我还不知道怎么办？是自己独自吃掉，还是和妈妈跟阿卡一块儿分享，给她们个惊喜。但是那样的话，每个人的量都会很少，一小碗肉冻给3个人，也就够塞塞牙缝，我想了想，还是别给他们了，吃不饱反而吊胃口，这次我还是独自吃了吧，以后我必须随身带着个干净的罐子，这样，要是再分到肉冻，我就攒起来，存够3份再给她们一起分享。

12月1日

今天，我吃得很饱，心满意足地去睡了。

阿卡从我们学校领到一份汤和两道主菜，妈妈回来后，我们每人又分到两碟汤和两道主菜，另外，妈妈还带回来一份荞麦粥和一块肉饼。

所以，今天从前菜到主菜，我们吃的食物很齐备。另外，我还得到了足够的面包，阿卡和妈妈将她们欠我的面包给了我。

是这样的，妈妈和阿卡今天才拿到她们的粮票，而我昨天晚上就拿到了，我用粮票买到了自己本月1日的125克面包，分成了3份。昨天一天我哪儿也没去，也什么都没有做，因为整整一天，外面都是炮击的轰鸣。

今天，我10点就得去学校，不过就在那时，响起了警报声，于是第一堂课还有最后一堂课都被取消了。几何课上，班里只来了17个学生，而倒数第2节的化学课上只剩了7个人，这根本不是学习，鬼知道这是什么！塔玛拉今天也没来。下课后，我去找她，但她没在家，后来，她来我家找我，我给沃夫卡写了信，明天交给塔玛拉，塔玛拉还有欧夏住在同一栋公寓，可以与沃夫卡通信，真是方便。

顺便说一下，我们从学校领不到糖果了，如果想领糖果，一块糖10克糖票。

这大概算是今日的所有新闻，我得睡觉了。

昨天，我发现了塔玛拉的秘密，她要我帮她保密。我得知她爱上了廖瓦·孔候，显然，他俩间也应该发生了点儿什么。塔玛拉举止过于坦白，所以，现在她相当苦恼，怕廖瓦嘲笑她。

12月5日

新一轮考验来了。

这月上旬已经过了5天了，而我们一直没拿到糖果，我实在是失去了耐性，今天我用一张粮票买了 250 克的糖浆，我和阿卡已经两天没法用粮票换到食物了，因为上旬的所有粮票早都用光了，这是可以理解的。我们每人有 12.5 克的粮票兑换粮食，在别的食堂，每人用 1 张粮票可以换到一份汤，两张粮票换到一份荞麦粥。可在我们的食堂，一道汤就用去 25 克粮食和 5 克黄油，可想而知，不到四天我们的所有粮票就都花光了。

已经连续两天断电了，不知道什么时候才能恢复供电，没有光的生活真糟糕。

昨天夜里真是可怕，夜，漆黑一片，战斗机在轰鸣，那轰鸣声纠缠不休，令人恐惧，之后，响起了一连串的炸弹爆炸声，而我们周围是望不到头的黑暗，伸手不见五指，每一次炸弹爆炸后，我们都觉得房屋微微倾斜，震颤得厉害。

12月7日

今天我们吃得很饱。

因为昨天，阿卡从沙夏阿姨那儿弄到点儿油渣饼，加上她早上拿到的 75 克加拿大肉罐头做了一道浓汤。油渣饼很合我的胃口，营养丰富又美味。

昨天晚上 5 点到 9 点，我一直在排队买糖，最后用 18 卢布 90 戈比买到了 600 克 "早晨" 糖果，我们把糖分成几份，每人拿到 10 颗半。

到处都传着明天就会增加面包配额的传言，等着看吧。

不知道为什么，我对这传言坚信不疑。大概是因为有人给我们送来了米糊、加拿大罐头、美国的糖果，还有其他一些产品，这些都证明有人正在援助我们，让我们不至于饿死。

今天，前线也传来了好消息，我军不顾德军的抵抗，继续坚持向塔甘罗格（Taganrog）发动攻击，成功取得胜利。

莫斯科附近，我军也成功地对德军展开反击，不过，德军更严密地封锁了图拉，列宁格勒附近，我们的部队已经成功夺回了几个村镇，村里的德国鬼子也稍稍退去些。

此刻，我披着大衣，坐在圣诞树旁微弱的烛光里写下这些句子。面前的碟子里放着一小块糖果和一块面包，我一点一点地啃噬着它们，好更久地满足自己的食欲。

现在，我们每天6点50分就上床睡觉，得省着点用蜡烛。

明天，仍然躺在床上的我该多么急迫地盼望从面包店回来的阿卡！如果阿卡带回来的不止125克面包，万一是150克呢？

今天，我吃了4颗糖，本来还打算再吃2颗的。现在，我只有3颗糖了，12月8~10日，每天1颗。

广播里正在播放交响乐，而窗外却炮声大作。

混账的德军又开始对列宁格勒展开无休止的炮击了，而今夜，警报又会不祥地撕扯着喉咙，房屋又会重新因为附近的炸弹爆炸而战栗不止。

我们之间随时有人会死掉，可我们却早已经习以为常，不去在意，或者更准确地说，是我们根本不愿去加以考虑。我们还活得挺好，虽然已经断电3天了，但是，厕所和浴室都还运转正常。我们还有机会喝上热水，家里还有够吃两天的油渣饼和肉，可以用来做汤，明天，或许再过两天，我们就能拿到更多的面包。

好了，该睡觉了。

12月8日

发生大事儿了，英国向芬兰、罗马尼亚和匈牙利宣战了，日本也向美国宣战。

罗斯福宣布美国与日本进入了战争状态，在美国，军事动员已经开始。

12月10日

过去的 4 天里，没有任何空袭警报。

今天，妈妈没有去工作，她在找另外一份工作，因为她实在不想每天饿着肚子，步行去维堡区（Vyborg）工作了。

我现在想要什么呢？只有一件事，愿时光飞逝，就像从特快列车车窗看到的那向后奔去的电线杆一样，希望困苦的冬天快些过去，快些，再快些！希望春天带着它的青葱与温暖快点儿来到。

快啊，时钟上的指针，快啊，快点儿走吧！

12月14日

还有 1 天，这个月就过去一半了，然后再有半个月，就是新的一年了，1942 年。

莫斯科附近，德军已经开始全面溃退，这场战争新的阶段开始了。

12 月下旬，我们所有食物的配额都有所增加，粮食、肉还有糖，都是如此。

还有人说，从明天起，面包也会大量提供。

没有空袭警报，我们的生活也相当平静。

真的很难相信，但事实就是如此，最困苦的日子好像已经离我们远去了。

12月16日

今天的广播播送了我军成功拿下克林（Kline）和克拉斯纳亚·波利亚纳（Krasnaïa Poliana）的消息。

文学课上，老师把之前的作文发回给我们，我的成绩很差，塔玛拉是班上唯一拿到满分的。接着，她的文章被当作范文在班上朗读。确实是一篇好文章，不像塔玛拉写的。

从学校回来，阿卡让我排队买肉，我一直排队等到4点45分，却空手而归，肉全卖没了。

12月17日

一个振奋人心的消息到处传播着，我们的军队在西线追赶撤退的敌军，夺回了加里宁（Kalinine）和另外几个小镇。

在莫斯科附近，一支大概有六个步兵师和三个摩托步兵师的希特勒部队几乎被完全歼灭，残余力量慌忙撤退，路上大肆劫掠。他们在街上强迫行人脱下衣服，什么都拿，甚至是松树上的装饰也不放过。

游击队一次又一次地袭击他们。

1941年的12月中旬，德国与苏联的战争有了重要的转折，德军在6个月的疯狂进攻之后，终于开始溃退，至于会持续多久……现在还没人知道。

目前的生活很苦，去学校上学也如是。

我们现在的状况糟糕得可怕，因为严酷的寒冬开始了，屋外冰天雪地，屋内也冷得要命，因为得节约柴火，所以，我们只有在做饭的时候才会点燃炉火。

屋里很黑，大部分建筑的窗子都被人们用木板钉死了，也有没被木板封住的，为了保暖也都挂上了窗帘。另外，有些人家，特别是那些高层住户，根本没有水可用，必须跑到楼下才能取到水。由于雪下得过于频繁，街道打扫变得非常困难，电车也很难行驶起来，经常是今天能走，明天就停运，本来大多数人都得乘坐电车上班的，现在，所有人不得不饿着肚子，顶着寒风，步行去工作。他们吃力地走着，跌倒又爬起，步履蹒跚，走得吃力，却仍在前进。

有些人需要走很远：有的要去彼得格勒区（Petrograd），有的要去维堡区，所幸，在空袭警报这方面倒还一切平静，已经好久没有空袭警报了。

面包还是很少：工人能领到 250 克，雇员和被抚养人员能拿到 125 克，125 克，那不过是一小口而已啊，太少了。其他的东西都得用粮票去换，还得排队，而且，现在排队已经成了相当痛苦的煎熬，尽管已经不那么寒冷了，但是我们的手脚也往往冻得麻木不堪，没有知觉。

上学也特别困难，没有暖气，有些教室里墨水都能结冰，不过值得庆幸的是，学生每天都能免费喝到热汤。

12月18日

今天，学校没给我们每人配发肉冻，却发了四分之一升的豆浆凝乳，味道很好，我拿回家与妈妈还有阿卡一起分享，她俩也非常喜欢。

今天，阿卡排队买肉，拿到了很棒的美国罐头咸牛肉，肥润，还没有骨头。

妈妈已经有两天没去工作了，她缺乏体力，而且，不久后医院就要关闭了，所有人都得被解雇，所有的伤员已经都被疏散到其他医院了。

妈妈到时候又会失业，我不知道她能到哪儿再找份工作。

明天就是 19 号了，可我们还没有领到糖果和油。

今天 7 点的时候来电了，所以我现在能借着电灯的亮儿写下这页文字。

不过，我们停水了。

在学校，我只能说糟糕透了，几何课考试我就挂科了，还有代数的小考也没有过，还有工业绘图，也是挂科，化学考试我没参加，等于零分，只有历史还有德语我考得差强人意。

周六，我得做个关于甘古特（Gangut）战役的演讲，历史或许能拿到满分，至于俄语，作文成绩不怎么样，也没及格，语法错误多得要命，其实作文本身并不太糟糕，明天我就再写一篇，我打算碰碰运气，兴许能拿到 4 分呢。

不过即使我不重新写过，我也不会是中下等的成绩，因为我已经拿到一个中等偏上的成绩了。

文学老师说她错看我了，这让我非常懊恼，她说本来对我有更高的期许的，还说我是班上反苏联情绪最强的学生。

不，她错了，我其实是个彻头彻尾的苏联学生，但是，也确实，这段时间我过于放任自流，过于懒散，太过于专注自我了。再过一阵，第一季度就要结束了，可我根本就没怎么读书，太可怕了，我荒废了学业，这都是要还的。因为我差劲的成绩，妈妈会非常失望的。

当然，我可以借口说现在读书非常艰难，有谁能反对呢？但是，这不也正是我展现爱国精神的时刻吗，我其实可以证明，我排除万难，不管身边发生了什么，仍然竭尽全力去学习知识。

然而，这一切的结果是什么？我所有那些无愧于苏联人民的言论与梦想都是空话，毫无意义。我前进路上的这第一轮考验就把我打得粉碎。

我放弃了，我就是个废物。

我把自己裹在厚厚的衣服里什么也不做，我白白地吃着面包，只会抱怨："好冷啊，好冷啊！"

12月19日

晚上 9 点我们就得关灯了。

根据新规定，一只 15 烛光的灯泡每天只能点亮 3 小时。明天，我得做历史报告，还要回答化学问题，因为上次我放弃了回答问题的机会，只得了 3 分，我得复习硅和碳这两部分。我很害怕历史这科，因为我从没做过报告，这是第一次，万一刚一上台就全忘了怎么办？今天，我还第二次写了篇新的作文，内容是关于《死灵魂》里面马尼洛夫（Manilov）这个人物的。

今天食堂给我们的汤是清汤。

那个叫阿达莫维奇（Adamovitch）的家伙真是奇怪。

12月22日

街上的雪开始融化了，天气暖和，地上很滑，不好走，但是，很幸福啊，因为不那么冷了。如果只是饿肚子，那还能忍受，但是如果饥寒交迫，那绝对是没法忍受的。

早上我实在是太想吃东西了，就托阿卡给我也买点面包，不久后妈妈回到家，用烫过的猪皮熬了肉汤。阿卡买了面包回来，我吃了多半块面包，还足足喝了两碗肉汤。忽然我觉得自己好悲惨，这世界上大概再没有比我更不幸的人了，简直是太不幸了！我最近两天碰都没碰学校的功课，我心里很忐忑，最终还是要接受两门功课不及格的命运。

但是，我很走运，简直走运极了，第一节课是物理，我被第一个提问，问题也是最简单的：关于声音，最基础的东西。我成绩应该不错，他应该给了我 4 分。几何课上讲解新的章节，下面一节课是化学，又问到我问题。

"穆希娜，能不能给我们讲讲硅元素？讲讲获取硅和氢化硅酸盐的化学反应。"

我在黑板前站了一小会儿，对我来说也无所谓了，反正成绩应该也是中下等了。老师终于转向我，而在此期间我已经在黑板上写好了这两个方程式，为了这两个答案，我绞尽脑汁，好在最后想了起来，事实上，我在上一节课才认真学了关于硅的问题，不过他只是讲课，并没问问题，本来我还觉着那节课算是白认真听了，可事实证明并非如此，要是当时我没好好学，今天肯定就会不及格了。

我十分冷静并不慌不忙地把我所知道的回答了出来，他没再问我问题，让我回到座位上，我觉得他给了我不错的分数。

化学课还考了听写，内容很简单，我不会不及格的。

地理课今天有小考，我刚从食堂买回煎饼，老师也跟着进来分发试题，我还想有点儿时间看看我记在本子里的笔记，不过现在不可能了，我抽到了1号试题：

1）英国的人口。

2）南威尔斯地区。

3）英国在南非的属地。

我再一次走运。这份题目简直太简单了，我差不多都能答出来，当然会有一些搞混的地方，但是命运真是眷顾我啊，我又可以摆脱不及格的下场了。

第五节课后，我们赶紧跑去吃饭，今天食堂供应瘦肉加通心粉汤，我的汤里有三小块土豆和八条中等长度的通心粉，我还买了一份煎饼，今天一共买了四份煎饼。

12月25日

好幸福！好幸福！我简直开心得要大声喊叫。

天啊！真的好幸福啊！

面包的配额增加了，长了不少呢！瞧瞧，125克和200克，这是多么大的差别！雇员和受抚养无业人员都能拿到200克面包，工人能拿到350克。

我们得救了，因为最近大家都变得虚弱无力，连迈腿的力量都没有了，现在，妈妈和阿卡都能活下去了。幸福就在眼前，这就是情况开始改善的先兆。

从现在起，一切都开始好转了。

有面包、糖果、巧克力和美酒，我们就能欢快地庆祝新年了。

太棒了，太棒了，简直棒极了！能活着真好！

12月27日

今天我去了剧院，看了《贵族之家》，这部戏棒极了，真想每天去剧院，不过我想这个冬天我大概不会再去了。

今早，妈妈6点就出门去买面包，不久后就带着一大块很棒的面包回来了，面包很干燥，揉面的时候放的油渣也少，所以200克面包显得扎扎实实，而且，味道也超级好，我早上起来就把200克都吃光了。

广播里传来喜人的消息，我们的军队继续突围，夺下了别廖夫（Beliov）和纳罗－弗明斯克（Naro- Fominsk）。

12月28日

广播中断了好长一段时间，昨天，终于又开始播送节目《麦克风剧场》。

大概中午12点的时候，来水了，我们终于能够储存点儿用水。最近这阵子经常停水，所以要时刻盯着什么时候来水。

我们的屋子很冷，妈妈去了剧院工作，阿卡则在睡觉。

阿卡的状况不是很好，妈妈很担心她会撑不下去，因为现在阿卡已经没办法从床上起来，前天，就是面包配额增加的那天，她出去买面包的时候，跌倒了三次，摔断了鼻梁骨，没错，鼻梁骨，之后，她的情况就急转直下。

现在，每当妈妈出去工作的时候，我还得负责所有的家务。

说真的，如果阿卡死掉了，情况会好些，对她，对妈妈和我都是。

目前，我们得把食物分成三份，但是如果阿卡死了，我就能和妈妈对半分了，阿卡不过是张没用的嘴而已。

我不敢相信自己怎么能写出这样的话。

但是，我觉得现在我的心已经硬如铁石了，我一点儿也不害怕，阿卡是死是活，我都无所谓。如果她真的要死，希望也在 1 日之后，那样我和妈妈就能拿到她的粮票了。

我简直太残忍了！

12月30日

明天就要吃年夜饭了，不过周遭的一切完全没有过年的气氛，商店里空空荡荡，必须拿着儿童专用的粮票才能领到玉米面和砂糖。

还有人说，新年来临之前，还会配发额外的巧克力以及其他食物，但是，目前为止什么也没有。确实，明天还有整整一天呢，或许明天能拿到点儿什么吧？

今天我没有面包吃，不过，明天就有 200 克的面包迎接新年了。

这次关于巧克力糖的事情让我觉得很糟糕，昨天，妈妈可以在剧院买到上好的巧克力糖，每千克 22 卢布，我们本能拿到 800 克的，可最后只拿到了 300 克，因为前一天，我已经在我们这条街 28 号的商店买了 9 卢布 1 千克的糖浆，我真的不知道他们是用什么做的这替代品，一点儿都不甜，只配用来做糊窗户的胶粘剂，不过，这玩意儿也算可以下咽，特别是当我们非常饥饿的时候。

阿卡已经躺了五天了，现在她的情况好些了。妈妈做饭速度很快，我给她准备烧火的木柴，短短的半个小时，她就能做出一顿可口的饭菜。这三天以来，我们每人每天都能喝上两碟汤，多美味的汤啊！喝完汤还能来上一杯热可可。

今天，妈妈带回来三碗酵母汤和两杯热可可，我没带回什么正经东西，不过是我喝剩汤底的渣滓和一只肉丸，今天的汤太稀薄了。妈妈用粗面粉熬的汤，上面零星地撒了大麦粒，可是面粉的量少得可怜。

今天，我们领到了肉冻，却没有油渣饼。

明天就是最后一天课了，然后我们要放假到7日。7日，我就得回学校上学。6日会有一个圣诞宴会，宴会在梅利剧院举办，是专门为这一区域的高年级学生组织的，到时候会有演出、舞蹈还有5卢布的餐点，我真好奇他们会怎样招待我们？

是啊，明天就是新年了，我们要如何度过呢？

据说，新的粮票和旧粮票的配额一样，报纸上登出文章了，根据文章里写的，雇员和受抚养无业人员会拿到125克面包，但是实际上，他们会领到200克，而并非125克。说是配额还会增加，但是可信吗？！我好想吃东西啊！除此之外，我还渴望其他一些事物，但是我自己也说不清，我希望能够出现些好东西，让我开心的东西。我多想看到闪亮的圣诞树啊。

1942年

1月2日

1942 年来了，阿卡死了，正赶上她 76 岁的生日。

昨天，1 月 1 日早上 9 点，她去世了。

当时我没在家，出去买面包了，当我从面包店回来的时候，惊讶地发现阿卡安静地躺在床上，旁边的妈妈与平时毫无两样，非常平静，告诉我阿卡睡着了。

我们喝了茶，妈妈还分给我一小块阿卡的面包，和我说，反正阿卡也吃不了那么多，后来，妈妈提议，让我和她一起去剧院吃饭，我当然欣然接受，因为我实在不想一个人待在阿卡身边，好害怕，要是突然她死掉，我该怎么办？我甚至担心妈妈要我在她出门时负责照顾阿卡，我真的不想靠近她，坐在她身边看着她慢慢死去，实在太让人难以忍受。

她平时总是忙忙碌碌的，手头总有事做，我已经习惯了她这样的形象，一个善良、和蔼又无所畏惧的老太太，可现在，突然间她就长卧不起了，虚弱消瘦得仿佛一具骨架，她那样脆弱，双手甚至抓不住任何东西。

我不愿意看到阿卡这样，所以我立刻答应陪妈妈去剧院，妈妈锁了门，并把钥匙留给沙夏。

"妈妈，为什么把门锁了，万一阿卡有什么需要怎么办？"

但是妈妈回答我说阿卡已经不需要任何东西了，她死了。

"什么时候？"

"你出去买面包的时候，我是故意把你支出去的。"

"可是，妈妈，无论如何我都不愿和一个死人单独共处一室的，她和你道别了吗？"

"没有，她已经没意识了。"

就这样，我明白阿卡已经离开了我们，她死了。

妈妈告诉我说阿卡走得很安详，就好像忽然静止不动了。妈妈说有一段时间，她吃力地喘息着，之后便安静了下来。

阿卡死了。

只剩下我和妈妈，除了莲娜妈妈，在这世上我再无其他依靠，妈妈也是，我也是她唯一的依靠，我现在要比之前更尽心地守护妈妈。毕竟，她是我的全部，如果她死了，我也活不下去了，一个人，我能去哪儿？能做什么？
而现在妈妈之所以能够撑下去，也全靠她的意志力，妈妈很坚强，因为有
我在，所以她知道她不能倒下。

我们迎来了新的一年，也同样迎来了新的粮票。目前，食物供给问题
仍没好转的迹象，因为面包的配额没有继续增加，雇员和受抚养者能拿到
200 克面包，工人有 350 克。商店里什么也没有，即使有货，也只能凭粮
票兑换到上旬和中旬的，至于下旬怎么办，还没任何消息。

下旬，我们能拿到不少东西，不过，没有油。

我们缺的是油。

我们现在就是这样活着，没有灯火，他们没有恢复供电，所以即使是
新年也没灯光；没有供水，要想用水，就必须跑到一楼的公寓合作社去打。

广播也基本停播了，有时却猛地响起来，有说有唱，之后就又哑了。

如果有灯光，我们勉强还能过活，读读书报、缝缝补补之类。可是现
在呢，一切都黑漆漆的，所以，不管我们愿不愿意，每天晚上 6 点必须上床，
要不还能在伸手不见五指的夜里做些什么呢？起码裹在被子里还够暖和。

这就是我们的生活。

电车已经停运好久了，我和妈妈只能一起强拖着脚步走到维堡区，算
是"消遣"吧。真的好远啊！但是我们别无他法，因为必须挣钱啊！况且，
我也放心不下让妈妈一个人走这条这样远的路，如若她一个人上路的话，
我心里会难过的。幸好我现在放假，所以还可以陪她一起走，不管用什么
方式，我们都得走到那里。

对妈妈来说，成为这家剧院的正式工作人员意义重大。或许她能行的，
那样的话，她就能拿到一张工卡，还能在食堂吃饭，另外再拿两份汤。

值得一提的是，剧院食堂的饭很好吃。

如今阿卡不在了，我俩的生活也好过许多，之前需要分三份的东西，
现在对半平分就好。而且，以前阿卡在的时候妈妈的薪水要养两个人，现
在只要养一个。过去 600 卢布刚刚够过一个月，如今根据经验，400 卢布
就富富有余了。

这样看来，虽然阿卡死去了，虽然她对我们如此珍贵，可也是有正面
价值的，就好像一句苏联谚语所说的："因祸得福。"如今妈妈每天能拿到

400 克的面包，这可不是小数目。在食堂，我们也能多拿到一点儿食物，一整个月都是这种情况，无疑，下个月我们的境况会更好的。

所有事物都这样令人惊奇的一环套着一环！如果我们没有杀掉家里的猫，阿卡必定会更早地离开我们，而现在我们也不会拿到她的粮票，延续自己的生命，感谢我们的小猫咪，它养活了我们 10 天！整整 10 天，我们就靠着一只猫活了下来。

没关系，没什么可悲伤的，所有人都说最艰难的时刻已经过去了，确实，列宁格勒周围的封锁圈已经有一处被突破了。

1月3日

闭上眼躺下，或是永久地长眠，除了这两件事，我们没有别的选择，日复一日，情况越来越糟。最近这阵子，我们唯一的生存希望就是面包，这点不可否认，我想说的是，目前为止，所有人确实都能领到自己应得的面包，从来不用在面包店里等上很久。

但是今天，已经上午 11 点了，可店里却并没有一块面包，我们也不知道什么时候面包才会被送来。人们饥肠辘辘、跌跌撞撞、步履蹒跚，从早上 7 点就开始奔走于各家面包店间，但是，等待他们的只有空空如也的货架。

值得庆幸的是，我和妈妈留了点儿粥和一块油渣饼今天吃，如果没这些食物，我真的不知道会发生什么。

妈妈和我今早以汤代茶，每人两碗半热乎乎的汤，也只有这样，我们才能勉强应付没有面包的日子。

但是，不得不承认，这是个坏兆头，因为买面包也要碰运气了。

情况什么时候才能有所好转呢？该是时候了吧，我自忖，现在人们已经很虚弱了，如果粮食供应的问题再持续上一个月，列宁格勒能有多少人活下去呢，很多人都会撑不下去的吧。

不知道在这种情况下，我能不能活下去。不知道为什么，今天我感到身体深处的那种虚弱感袭来，真的，我双腿有些站不稳，膝盖也伸不直，头晕目眩。

可昨天明明一切都还好啊，我还很有精神啊，并且也不那么饥饿了，这样的虚弱该如何解释？也许是阿卡的死带给我的影响吧。

妈妈令我很担心，最近这些日子，她的精力是那样充沛！她一刻不停地连轴转着，忙左忙右，就好像喝醉了一样，我好害怕她这种异乎寻常的活力，因为活力退去之后，她会垮掉的，可是，我又该怎样让她避免这种情况呢？我也不知道。

或者，这一切都不会像我想象的那样可怕吧！一切都会顺利过去，老天保佑，但愿如此。

希望能够赶紧处理好阿卡的事，她现在还躺在厨房，无论如何也找不到那个叫雅科夫列夫的人，没他不行，因为我们需要他来开立死亡证明，而后，妈妈还要到某个地方去，最后，我们才可以用小雪橇把阿卡送到离我们不远的跑马场。

对了，忘了说了，今天我们能听到广播了，播报的是情报局的通告，我们的部队收复了小雅罗斯拉韦茨（Maloyaroslavets），但却丝毫未提列宁格勒前线的事儿。这代表什么呢？大概是战局有所恶化吧。

什么时候是个头啊？难道我们再也看不到春天欣欣向荣柔软的绿叶了吗？难道我们再也看不到 5 月美丽的太阳了吗？这场可怕的战争已经持续了 7 个月啊，半年多了。

昨天，妈妈和我坐在行将熄灭的火炉旁，互相依偎，感觉真好，炉火的温度笼罩着我们，肚子也吃饱了。

屋内的黑暗与骇人的死寂都变得无关紧要了，我们就这样紧紧地靠在一起，憧憬着未来的生活，憧憬着之后要做的那些美味：我们决定要炸很多很多的猪油，把炼出的猪油厚厚地抹在面包上吃；我们还决定多吃一些洋葱，我们要把普通的荞麦粥里掺上好多金黄美味、汁多肥厚的炒洋葱；我们还要用燕麦面、大麦米、荞麦面、扁豆粉烤薄饼，还要做好多好多其他的吃的。

哦，我写的够多了，不过如果不这样活动活动手指，它们就要被冻僵了。

1月4日

总算把阿卡送走了，了却了心中的一桩大事，一切都进行的不能再顺利了，繁文缛节的程序之后，死者就交给了搬运工，他们把阿卡的尸体装到卡车上，送往沃尔科沃（Volkovo）陵园。在陵园的接待处，摆着一大串的小雪橇用来运送死者，有的上头还放着两三具尸体，没错啊，死掉的人就和栽倒地上的苍蝇一样。

今天早上7点15分的时候，我去买面包，28号楼那家面包铺里什么也没有，所以，我又跑到真理电影院后面的那家，排了一个半小时的队，不过，这一切值得，我买到了一块超级美味的面包，柔软、温热、洋溢着好闻的香气，大概是刚刚送来，就着热茶，我几乎吃完了所有的面包。

之后，我们送走阿卡，回到家，我们才仿佛从恼人的忧愁之谷中解脱出来。

不过，我们还是不得不交出了阿卡的那份粮票，如果不交的话，雅科夫列夫同志是不会为阿卡的尸体办理手续的。

阿卡的那份粮票，真的好可惜啊，可是又能怎么办呢？这都是规定啊。

现在，妈妈和我每天只有200克的面包，或许她能顺利找到工作，搞到一张雇员证吧，又或许，面包的配额能够增加，不过现在的生活还是很辛苦的，不要紧，唉声叹气是没用的，魔鬼并不像人们说的那样可怕。

1月8日

现在我们的状况非常糟糕，今天，我讨要到了两碗汤，但是，明天就不会了，因为像这样每天都去厚着脸皮乞讨，我的良心上过意不去。

妈妈从剧院带回两杯咖啡，一份肉冻和一颗马肉做的丸子，我们打算先就着咖啡吃掉肉冻，然后下午晚些时候，大概5点，每人再喝上一碗汤，至于肉丸，我们先存起来，明天吃。无论如何也得想点儿办法熬过上旬最后这几天，中旬的时候再精打细算地过活。

还有件糟糕的事儿：今天，为了买酒，我在街上排了3个小时的队，可是却连商店的门都没进去，门前还剩下七八个人的时候，酒就都没了。我冷得要命，脚冻得麻木到没有知觉，最后我只得哭着跑回家。

我已经没法再站下去了，我觉得，如果继续等在那里排队，我随时会跌倒在地，之后死去。

不知道我们的假期会延长到什么时候？有人说会延长到12日，有人则说会到16日。

商店里什么都没有，今天发放了这月下旬的面粉，可是下旬的油却没拿到，听说，别家商店发放果酱代替油料，虽然听起来也不怎么样，但是有点儿东西起码比什么都没有强啊。

1月9日

我和妈妈还活着，目前的情况却没任何好转，不过，今天我们拿到了200克面包，相当美味的面包，而且不用排队。

另外，广播也恢复了正常，还来了水。

昨天，妈妈和我喝了两碗汤后，就把本来留待今天吃的那颗肉丸吃掉了，知道我们是怎样吃的这颗肉丸吗？我们把这颗肉丸切成小块，插在叉子上在炭火上烤。哦，我的天啊，真是美味啊！多么美好的享受！如果妈妈今天还能再带回来两颗肉丸，那么我们就又能享受一把了。

1月6日，梅利剧院召开了圣诞宴会，宴会开始先是《贵族之家》的表演，之后便是晚宴、圣诞树旁的舞会和演员们的演出，宴会非常欢乐喜庆，我非常喜欢。

那天，我到得有点儿晚，在入口拿到一张写着数字"3"的粉色餐券和一张剧场楼厅第二排31座的票，直到幕间休息，我都待在正厅，之后才找到自己的位子。第二场幕间休息的时候，我来到休息室，那儿有一棵非常漂亮的圣诞树，上边挂满了装饰，五彩缤纷的小彩灯晶莹闪烁。乐队奏响音乐，舞者则围着圣诞树翩翩起舞，吊在天花顶上的射灯射下炫彩的光芒，人们燃起了鞭炮，五颜六色的彩带仿佛下雨一般缠绕飘洒下来，悉悉索索地落在舞者中间。

人真多啊，我好不容易才穿过人群找到自己的同班同学。

下一次幕间休息的时候，我下楼时碰见了廖瓦·萨夫琛科。

"莲娜，班里的人都哪儿呢？"

"你好啊，廖瓦，你也来啦？我还以为班上没人来呢。因为我谁也没看见。"

"哦，好吧，我们一会儿见。"

"你都吃过了吗？"

"吃了。"

之后他便三步并作两步地蹿上楼梯，追他的朋友去了，我在原地站了好一会儿，让技术学校的学生从身边走过。

廖瓦就读的这所技术学校的所有学生都参加了这次圣诞宴会，他们都被分配在第一拨吃饭，就餐一共分了四队，我是第三队，而我同班的同学基本都在第四队。

再下一次幕间休息的时候，我立刻跑去休息室，一眼就看到了塔玛拉，廖瓦正在她身旁。整个休息时间我们三个都待在一起聊天，廖瓦和我们描述他家里都发生了什么，他家的伙食相当不错。

"今早来这里之前，早餐我们吃了满满一碗加了新鲜奶油的米糊，还吃了一碗粗麦粥。"廖瓦告诉我们。

"廖瓦，你觉得在这儿吃的怎样？好吃吗？"

"嗯，好吃，前菜是黄瓜汤，主菜是肉丸配荞麦粥，甜点是种慕斯，都很好吃，不过每份儿的量都很小，还不够塞牙缝呢。"

"廖瓦，季姆卡怎么样？写过信吗？"

"没，从没。我也不知道为什么，反正是从来没来过信。"

"那塔玛拉和艾姆卡呢？怎么样？"

"不知道，什么消息都没有。"

"都一样，我们这些班里的老同学真是太狠心了，一言不发地走了，还把我们全都忘了，这些坏蛋。"

和廖瓦的这次简短交谈让我很开心，因为廖瓦也完全不清楚班上那些男生都在做什么，他们不来找他，而他也从不会去见他们，他也没见到过阿尔卡，他还告诉我说他们学校可能也要被疏散了，如果真的是那样的话，他承诺到时候一定会来找塔玛拉，和她道别。

第二轮用餐的人正在吃饭的时候，我们第三轮的人还在看演员表演的节目，内容是展现恰帕耶夫（Tchapaïev）生平的，看完之后，我来到食堂。进门的地方，有人发给我们每人一把汤勺，然后，大家沿着长桌坐好，每人都分到一块黑面包和一只装着汤的小陶锅，锅里的黄瓜汤很厚重，里面还点缀了些荞麦。

我先是把汤全部喝完，然后把锅中剩下的干货都装在我的小罐子里，这时，忽然停电了，不过，我还能摸黑把干货装好，然后正好趁着黑用手指把锅里的汤汁都蘸出来，放在嘴里舔得一干二净。就这样，我们在黑暗中大概待了一个钟头，当灯光再次亮起的时候，我已经把自己的面包吃光，并打起盹儿来了。

主菜上来了，一颗肉丸，不过相当肥厚，端正地摆在一只小碟子上，搭配在一起的还有两汤匙浇了酱汁的燕麦，菜都已经全冷了，我把所有的食物都放在了我的小罐子里，然后用手指细细地揩干净碟子上的汤汁。

甜点是盛在一只小碟子里面的豆奶冻，这玩意儿看起来一点儿也不好吃，我把它倒在了另一只罐子里，之后就啥也没有了，我本来以为他们会再给我们每个人发块糖或者点心什么的，但是什么都没有。

用餐完毕时已经6点15分了，我飞快地往家跑，妈妈还在家饿着肚子等我呢，我答应过妈妈说今天会从剧院带吃的回家的，本来我预计4点前到家的，可是到家时已经6点半了，我跑得那么快，以至于我都感觉不到我双脚的存在了。进了门，我们就用我带回来的食物做了一道汤，足足两碗，我们还分吃了豆奶冻，然后，我俩坐在炉火边取了会儿暖，就躺下睡觉了。

我打去年就开始巴望的一天就这样过去了，是啊，去年听说能够参加圣诞宴会并且还能在会上就餐时我是多么迫不及待啊！我本以为我们能真真正正吃到一顿像样的节日大餐，然后还能拿到点儿甜食。

我听说在其他一家剧院，好像是三年级学生的圣诞宴会上，每人都分到了扁豆肉汤、奶酪焗通心粉、果冻还有几种甜食，甜食很丰富：一块巧克力、一块蜜糖饼、两块蛋糕还有三颗黄豆糖。

不过，我不知道这是真的，还是某个童话故事，大概谁在吹牛皮吧。

1月10日

本月上旬的最后一天，商店如往常一样空空荡荡，我们连上个月中下旬的食物都没拿到。

我们一天一天地虚弱下去。

妈妈和我平时不是坐着就是躺着，尽量保持体力，幸亏现在没课，光是过日子就已经耗费我不少精力了，哪儿还有心思去学习呢。

学校的假期被延长到15日，不过据说有可能还会继续延长，不知道是什么缘故，不过不管怎样也都是应当的。

我非常替妈妈担心，连我都已经虚弱得步履蹒跚了，她能好到哪儿去呢？我一点儿都不是夸张，当我久坐之后想起身的时候，不得不用上足够大的体力才能站得起来，就连起床走到厕所这段短短的距离，我的腿都软得不听话，仿佛拒绝支撑住我全身的重量。

在街上，我总是尽力走得快一些，尽量拉大步幅，因为只要我一慢下来，马上就会跌跌撞撞起来。

天寒地冻，所有的事情都不让我们顺心，虽然比起以往的冬天，这个冬天并不算是很冷，但是，我们却感觉那寒冷比哪年冬天都来得暴虐，仿佛温度已经降到了零下四十几摄氏度一样，这当然和长期的食物匮乏以及营养不良和极度虚弱脱不了干系，这种情况如果持续一个月，那么眼前只有两种选择：要么给我们食物，要么所有人都会死去。

有一点非常有趣：事实上，我们并不能说我们真正在受饿，真的，很多时候，我和妈妈躺在床上的时候，都觉得吃得很饱足啊，虽然我们身体内的器官已经好久没有吸收到某些必须摄入的能量了，比如油和糖，而这两样食物绝对是不可或缺的，我们吞下食物，感到胃里充盈起来，可那满足感不过是骗人的假象，因为身体能够从中吸收到的营养少得可怜，大部分的东西都跟着尿液排走了，我们经常跑厕所。平时都吃到些什么呢？汤，热汤，每每喝过汤之后，我们会感到前所未有的满足，因为汤很热，量也相当大，可毕竟都是稀的，能够吸收到的营养估计连 10 克都到不了。食堂给的汤就够稀的了，我们回家还要再加进去水煮，这也就是我们为什么一天又一天虚弱的原因了。

昨天，沙夏阿姨给我们分享了个她的新发明，或许能救我们的命，她的发明是这样的：

不知道因为什么，妈妈昨天去找她，回来后异常开心。原来，沙夏阿姨用一种高级的木工胶做了肉冻给妈妈尝，然后还给了妈妈一块胶水，让我们回家自己试试。一到家，妈妈立马就投入工作，她先是烧开大概两碗水，之后把这块胶融化并煮至沸腾，最后倒入一只摆在窗台边的碗里。第二天早上，我们 6 点钟起床时发现用木工胶做成的肉冻已经成型了，这让我俩——特别是我——非常开心。往里面调入点儿醋，简直棒极了。真的有种肉冻的味道，甚至有种把一块肉放在嘴巴里的感觉，一丁点木工胶的味道都没有，这种胶完全无害，相反还很有营养。事实上，这种高级木工胶就是用家畜的蹄子或角熬制的，要知道，有些人还会特地买小动物的蹄子来煮肉冻呢。

如此一来，我和妈妈不用粮票就能得到额外的食物了。

妈妈工作的剧院里也有这样的胶呢，而且前不久因为工作需要，她还在仓库订了 4 千克呢，大概 20 块，一块能做三大碗肉冻。妈妈还打算再订点儿这种胶，那样我们就能吃上整整一个月美味又有营养的肉冻了。

真的好像一句谚语所说的"需要是发明之源"，我已经想到了进一步利用这种胶冻的方法。如果把仍旧滚热的冻里面放上果泥、糖浆、酒或是其他类似的食物，这样凝固之后就能得到绝妙的果汁冻或是酒冻，比起放果泥，掺上果酱会更好些，如果加的量多，还能做出一大块水果软糖，用刀子切成小块儿，喝茶时候就着吃。

只要多加尝试，就还能做出更多的东西。

比如今天，如果妈妈能搞到颗肉丸，我们就能做出真正的牛肉冻了。我们会在煮沸的胶里掺上切碎的肉丸，这样一来，整块肉冻都会带着肉味，还能从里面吃出些小肉块呢。

真高兴我们能想到利用这种胶。

我想，它们会带给我们力量的，特别是妈妈。

今天早晨，广播又忽然恢复了正常，现在却又没声儿了。屋子里很冷，我裹着棉被坐着，写我的日记，已经4点了，妈妈还没回来，她告诉过我2点就回来的。今天妈妈能带回点儿东西来，不过，照现在这种情况来看，她花了这么久还没到家，一定是排队买糖果呢。

新年时候，剧院给她发了糖果，没准儿这次还会有，因为今天是上旬的最后一天了，不过也不一定，又或许会发放些糖浆或咖啡加果冻吧？

和利达昨天承诺给我的一样，今天我拿到了两份汤——菠菜汤，很清的那种汤，不过也算是汤啦，整整两大碗。

明天就要进入本月的中旬了，我们又可以凭粮票拿到25克的汤或一道主菜了。妈妈有时能用50克粮票换到油渣饼和果酱，我觉得还算值得，因为凭着25克粮票，我们能换到两块油渣饼，而50克就是4块油渣饼，油渣饼我们可以分着吃，而用果酱还能做出之前说到的那种软糖。

哦，不能再写了，天已经黑了。

妈妈回来了！

1月12日

已经1月12日了，情况没任何好转。面包配额没有增加，商店货架空空如也，没有电，广播不响，停了水，厕所都不能用。

昨天一天我们吃的唯一的食物就是木工胶做的胶冻。晚上，我们又一人吃了一碗半，真是又美味又有营养，早上起床时我还觉得很饱，所以什么也没吃，并让妈妈把一大块面包拿起来存上，留到晚上再好好享受。

不过现在已经是下午了，一天中最糟糕难过的时刻，天那么冷，我穿着大衣坐着，脚都冻木了。现在屋里的气温只有零下 5 摄氏度，房间外面又开始上冻了。

昨天的气温有零下 30 摄氏度，今天也好不到哪儿去。

几分钟前，我刚去取了水，真是老天保佑，现在每隔一天我们就能取到用水，我打了整整两桶。

1 点 40 分，我去学校领汤。

但愿这糟糕的一天快点儿过去吧！下午 4 点过会儿，妈妈就能回来了，她会带回面和肉丸，那时我们就会点起炉火，拉上窗帘，把汤煮热，做上肉冻。

妈妈在做饭的时候，准确点儿讲，是她在熬煮那胶的时候，我们还会在旁边的炭火上用叉子插着肉丸、面包之类的烤着吃。现在，我们基本上所有时间都这样吃东西。所有我们能找到的食物都被切成小块儿，在炉火上烤制，这样会更有乐趣，时间也会过得快些，我们的满足感也更强烈些。今晚，我们还能拿到胶冻，这玩意儿凝结得很快，差不多俩钟头就行。

看，今天有多少乐事儿在等着我呢，不过现在我必须要被冻得瑟瑟发抖，一点点地熬时间。

前天，如果我没猜错的话，妈妈之所以没有按时回来，就是因为去排队买好吃的了。那天晚上，她用我的粮票换回来 100 克葡萄干，用来顶替上旬的糖果。才 100 克的甜食，多么可怕啊，雇员能拿到 150 克，而工人能拿到 300 克呢。

妈妈特意用了我的粮票，因为她希望自己不久后就能拿到另外一张粮票——雇员粮票，甚至是工人粮票。这样呢，中旬结束的时候，她就能凭着这张粮票同时拿到 20 天的食物了。

比如说，如果妈妈拿到的是工人粮票，那么中旬结束之前，我们就总共可以拿到 100 + 300 + 300 = 700 克的甜食。我们还决定，如果到时没有糖果，我们就换上 600 克果酱加 100 克葡萄干，用果酱，我们就能做那种软糖了。

莲娜日记

1月17日

今天已经是 1 月 17 日了，而我们还在放假。

日子出奇地单调，一天天地过着。

我和妈妈已经有三天都是这样过的了：早上 10 点钟起床，我们现在已经不知道准确的时间了，因为收音机不出声音，表又经常停。

妈妈总是第一个起来，之后我也跟着起床，起来后我们会吃一碗肉冻，再喝点儿热水，如果妈妈够幸运的话，我们就能喝上咖啡，吃完饭后，妈妈就离开家了。一天中最糟糕讨厌的时段也开始了，我独自一人在家，每天都做上一两件家务劳动：如果需要的话就去打点儿水，准备柴火，刷刷盘子碗。

等我停下手里的活儿，这才发现，已经该去学校了！于是，我赶紧穿上衣服，1 点 40 分走出家门，不过到学校的时候，发现高年级的学生还都正在吃饭，所以我得等上一会儿，等待的工夫，我就找人聊天，直到自己也坐在餐桌前，我等着有人送汤过来。

最近这段时间，我们每人只能领到一碗没有放盐的汤，而且特别稀，还掺了面粉，汤还算好吃。我把汤倒到自己准备的小锅里，然后回家。时间已经大概 2 点 15 分了，一天中最开心的时间离我越来越近了。不过最好还是不要光等着妈妈回来，还是要找些事儿来做的，这样时间才能不知不觉地过去。妈妈可算回来了，她带回了晚饭的面包，有时候还能带回咖啡。我们把食物分好，就开始一块儿大吃起来了，大概 6 点钟，我们开始吃完晚饭，我们享受上天赐予我们的食物。每次我们都把得到的食物切成小块烤到金黄，如果可能的话，我们再喝上杯咖啡。之后，我们会一直待到炉火熄灭，那时我们就准备好肉冻，然后上床睡觉。

清晨五六点，我们起身把肉冻吃掉，然后心满意足地一觉睡到大天亮。

或许妈妈今天能带回来 300 克果酱，妈妈和一个叔叔商量好了，两人分一罐 600 克的果酱。昨天，妈妈离开剧院的时候，那个叔叔正巧在排队买果酱，如果他能买到，妈妈今天就能带回家来。

真想知道今天的"菜单"是什么。昨天，我跟妈妈一样，都有 200 克面包，两碗罗宋汤，6 克麦麸粥（3 汤勺）。两碗面粉糊，两杯咖啡和一碗肉冻。这"菜单"，光是看看都觉得够棒。补充一下：昨晚我上床睡觉的时候肚子饱饱的，妈妈也是，而且有人保证说这月下旬妈妈就能拿到工人粮票。

I

独自在家，我就是那一家之主。
妈妈去了市场，我要热好茶炊，
削好了木屑，一股脑儿煮茶。
就算没有食物，照样也能做饭。
鞋油用来熬汤，
绝对用不着久煮。
炖上五团麻絮球，多么美味喷香！
"喵，喵。"猫咪在角落冷笑，
"我还是乐意吃点儿猪肉，
小油爪还能润润胡须，
可那鞋油煮的黑汤，留给你，我可不要喝。"

II

人们穿着马裤来到剧院，走进咖啡厅。
我也应该缝条马裤，
穿着才能更像大人。
季马马上脱下裤子。
用剪子剪成布头。
啊，穿针引线多么有趣。
猫咪狡猾地眯起眼睛：
"喵，新游戏。"
挂钟张嘴巴，看着季马哈哈大笑。
嘀嗒，嘀嗒，这样可真好笑。

III

我脏得像头小猪，
看来得好好洗洗衣服。
洋娃娃塔尼亚还在盆里，
库特卡待在桶里。
我认认真真地用肥皂洗着。
猫咪在地上滚来滚去，笑得岔了气。
季马正在洗衣服，
可他没关水龙头，
水漫金山，一切都泡在水里。真糟糕！
猫咪浑身湿透，得找块抹布擦干。
小宝贝儿，咱得离开这儿！
两人双双爬上床。
蟑螂意外地洗了澡，心儿忐忑魂魄散。
桌子好像木筏，
载着库特卡在屋里漂来漂去。
洪水来了。
季马满处找干燥的地方，
嘿，从窗户"吧嗒"一声掉进水坑！
吓坏了小猪们。

IV

外婆提着水桶赶紧跑来，
彼得门房攥着扫帚赶来，
厨娘带着火钩子
打在男孩儿腿上。
男孩儿躺在地上哀号：
"这是怎么回事儿？
为什么会在这喧闹之地？

为什么会打到我的脑袋和鼻子？"

V

我要去坐电车，
妈妈捉不到我，
我要爬上车阶，
谁也别想让我买票。
车上人真多，
不过感觉真棒！
啊，一只小狗扯住我的衬衫，
用力把它咬成碎片！
狗狗，不要咬！
电车就要走了呀，
狗狗，哎呀呀！
季马躺在了马路上。

VI

一位先生从旁边经过，
带着一桶焦油沥青。
黑黑的沥青，黏黏的沥青，
摸一摸，吓破胆。
大胡子先生凶巴巴，
高头大马毛茸茸。
季马拽住马尾巴，
嬉皮笑脸嘲笑先生。
先生停下来，
冲着季马大发雷霆。
揪住他的脖领，
一把扔进沥青桶。

VII

所有男孩儿都取笑季马：

"季马黑，季马脏。

我们不想和你玩儿，

我们不想脏了手。"

可怜的季马哭得好伤心。

流下来的眼泪都是大滴大滴的沥青。

洗洗涮涮两星期，

终于全都洗干净！！！

1月20日

今天我什么事儿都没法做，夜晚窝在被窝里的时候，我会设计各式各样的计划来打发我白天的时间。因为寒冷，白天在家的时候，唯一有点儿亮光的地儿就是窗前，但是窗前那么冷，根本做不了任何事儿，手都冻僵了，如果我们想象夜晚在被窝里一样思考点事情，也做不到。寒冷真是一件可怕的东西，不光能把双手冻得弯曲到不能动弹，还能把你的所有思想都冻得一干二净。反而到了夜晚，那些思绪便接踵而至，搅得我夜里多半时间都辗转难眠，根本没法摆脱这些想法。真是不想去想，可却不行。但现在，朗朗乾坤，我却脑袋空空，什么都想不到，真是快哭了！什么都不想做。睡觉吗？也不想。只有这样待着不动，眼睛看准一个地方放空，就是我所有能做的事儿了。

我之前从没想到过寒冷竟然能如此骚扰人心。

现在的我正站着，用冻僵的手指一个接一个地写下字母，我当然可以坐下，但是我懒得做这样的无用功。大概有一个月了，我的双脚被冻得麻木不堪。

明天是哀悼日，纪念列宁去世。

据说明天还会增加面包配额，对此大家都坚信不移，我也想相信，但是又害怕，因为最近这些日子，我们拿到的面包简直可以用奢华来形容，就算是在和平时期，我们都没吃过这么好的面包。它不再是那种"黑面包"，是用优质小麦磨出的粉做的，面包很好，特别美味。面包皮呈柔和的粉红色，烤得漂亮极了，松软且不碎不裂，还特别好切，但是要想吃饱，200克还是少了些，这就好像只给我们一点点糖果一样，吊着胃口，真是讨厌。

据说明天面包配额会增加，据说明天还会拿到油，据说我们已经熬过最困苦的日子了，一切都过去了，之后的日子会容易得多，据说我们会得到更多的食物，据说我们还会拿到营养品。

据说，据说，据说，没完没了的据说，我们不知道是该信还是不该信。我想去相信，真的特别想。我们真的很累，已经没耐心再等了，等来等去，等到我们自己都开始厌烦了。

今天，我心情很糟，这可不常有。我心里好难受，那是一种灵魂深处的难受，想要遗忘，因为感觉太糟糕了，想要睡觉。真冷，难以满足的食欲时刻向我袭来，这么冷，好可怕。如果我能身处在一间暖和点儿的房间，所有的磨难和困苦带给我的难过都会消去大半的。

前线的情势没什么变化，我们的部队仍一步步进攻，削弱德军的力量。德军则屡战屡退，所过之处均被夷为废墟，一切都被摧毁、焚烧、全都化为乌有。

这些纳粹恶魔犯下的残暴恶行，做下的野蛮举动即使说说都觉得毛骨悚然。依据特殊指示及计划，他们把归并进来的地区全都变成没有生命的废墟，成片成片的废墟，厚重的灰烬，堆积如山的尸体，这就是我们的军队在收复土地上看到的景象。

这一切都不是梦，而想到这里，每个人都会毛发竖立，就连流淌在血管中的血液也会吓得凝结，停止流淌。

1月25日

昨天，上边给我们增加了面包配额。所以，关于面包发放的情况，现在是这样的：

	受抚养无业人员	雇员	工人
之前	200 克	200 克	350 克
现在	250 克	300 克	400 克

不过，所有人还都是不满，都还期待更多。

无法想象我和妈妈将要如何活下去，两天了，虽然万里无云，阳光普照，却天寒地冻。我们所剩的柴火已经不多，每天只用一点点小木柴碎片来热热食物。家里冷得怕人，只能一直裹着被子。

今早，我跑去买面包，真是不够明智，本来我想尽快过去买完面包，可是却不得不在面包店门口排了半个小时的队，今天比昨天还要冷，我血管里的血液都好像结了冰，脑子也冻住了，严寒刺骨啊。

今天的面包不怎么样：1卢布90戈比，只拿到块硬邦邦、纯正的黑面包，倒是很湿润，所以很占分量。我赶紧跑回家，一进门就脱掉大衣爬上床，妈妈把水烧开，我们每人喝了一杯热水，蜷缩在床上取暖。

现下，我写下这些句子的时候，妈妈正在劈要烧火做饭用的木柴，我准备赶紧再回到床上，冷得快木了。

1月29日

好久没写日记了，因为总是抽不出时间。

27日和28日没有面包，差不多所有面包店都没面包出售。据说，之所以没有面包，是面包生产工厂的管线因为严寒而爆裂了。

　　不管出于什么原因，我们已经两天没有面包了，几乎什么都没吃过，两天里唯一的营养来源就是学校带回来的汤和胶冻。妈妈特别虚弱，路都走不了。

　　但是，老天！虽然没有面包，可我却拿到了相当好的小麦粉，整整975克，妈妈忽然间焕发出了活力。我俩立刻做了麦粉糊和薄饼。如果明天我还拿不到面包，那就还拿小麦粉来做饭。

　　今天天气稍许暖和些，下了雪，我们街上的18号屋来水了，大家都去排队取水，最近这几天，天气都特别冷！人们在方丹卡河上凿了洞，水都是从那儿抽上来的。

　　我不知道我们是否能够活下去，这没有任何食物来源的两天彻底击垮了妈妈，她虚弱了很多，不过精神上还很坚忍，她想活下去，她也一定可以活下去。

2月8日

- -

　　昨天，妈妈过世了。

　　只剩下我一个人了。

2月11日

- -

　　今天，增加了面包配额，早上的时候，我和门房太太把妈妈送到了马拉特街。

　　前不久，我和妈妈也走的这条路，去送阿卡。和那次一样，今天下着暴风雪，直到下午，太阳才钻出云层，普照大地，之后，我随着门房太太去了面包店，买到 600 克面包，分了一大半给了门房，再后来，我去了学校，领了一碗小米饭和一份加了黄油的小米粥。

　　回到家，我劈了柴，把饭热上，吃了面包，我感觉做完这些就再也没有力气做其他的事了，我想要去打水，好清洗碗碟，但是这一天下来，我真的好累，不是身体上的劳累，而是精神上的，真的什么都做不了。

　　昨天，我卖掉 6 块木工胶，每块儿 15 卢布，总共 90 卢布，现在，我一共有 90 卢布 60 戈比。除此之外也没别的收入了，还得交房费。

　　伊达·伊萨耶夫娜会给我 100 卢布，也就这些了，我还得给她 50 卢布买蝶螈炉。

　　昨天，我用大火炉生火，室内温度升到 12 摄氏度。

　　炉子已经烧到头儿了，能想象到吗，明天，我还能拿到 600 克面包！现在，我停下手头的一切事，上床睡觉。所有能做的就只是睡觉了，一个人孤苦伶仃的生活真痛苦啊！我不过才 17 岁，没有任何生活经验，现在谁能给我出谋划策呢？谁能教我之后要怎么生存？我周围全都是和我没有丝毫关系的陌生人，每个人都有自己的苦恼。

　　我的天啊，我要怎样一个人活下去啊？不，我简直难以想象。不过，生活会给我指明方向，而且，我还有亲人热尼亚呢，她一定会帮我的，但是得先和她聚上再说，应该先去基拉那儿，或许她会给我一些钱的。

　　可怜的妈妈……

2月13日

　　早上起床的时候，我没法相信妈妈真的已经去世了，我觉得她还在，就睡在自己的床上，随时都会起来，然后我俩会一起聊聊战后的生活。可事实就明摆在眼前，妈妈已经离我而去了！妈妈已经死了，阿卡也不在了，我现在孤身一人，太让人难以置信了！

　　有时候，我简直要疯了。

我想咆哮、怒骂，想用头撞墙，还想撕咬！没有妈妈，我要怎么活下去？屋子里凌乱不堪，灰尘一天天地越积越厚，大概过不了多久后，我就会变成普留什金（Pliouchkine）了。懒惰会不会就此将我啃噬殆尽？难道我和妈妈不一样吗？说实话，我多么喜欢这间屋子整齐舒适的样子啊！不，不，不，绝不！我要马上起床，屋里很暖，我要开始操持家务。但是，我又不知道从哪儿下手？先挂上窗帘吧，那样会舒服很多。

现在的情况是这样的，我还有 97 卢布，伊达·伊萨耶夫娜还会带给我 100 卢布，我必须得找到份工作，不过我想大概还能勉强撑过 2 月。

还剩 17 天。

面包——17 天乘以每克 1 卢布 7 戈比再乘以一日三餐等于 867 戈比，也就是 8 卢布 67 戈比。我觉得光是吃的话，应该钱还够用。

昨天，我用新的粮票能在所有商店换到谷物，受抚养无业人员能拿到 250 克，但是因为我能在食堂吃饭，所以拿到的量就少些。另外，我还买了 125 克豌豆和 200 克小米，没排队，回家煮了一锅丰盛的小米粥，简直是杰作。

昨天我吃了 600 克面包、一小锅扁豆汤和一碗小米粥，感觉不太舒服，这可以理解：我们都饿得太久了，这么多的食物对我们来说是过量了。

亲爱的、珍贵的、我最最心爱的妈妈！情形真的好转了，可你却没能多撑几天。我真的是又气又恨，还为你惋惜。2 月 7 日早上你就这样走了，而 11 日，我们就增加了面包配额，12 日还发了粮食。

但是，我的天啊，你叫我如何独自活下去啊？我没法想象。我完全没法想象！不，我要去找热尼亚，和她生活，那样我就不会被无数陌生人包围了，我怎么这么不幸！我的天啊，我仁慈的天啊！这是为什么？这一切都是为什么？

2月15日

　　昨天，我给热尼亚拍了电报，用去 5 卢布 25 戈比："阿卡和妈妈去世了，回电告知该怎么做。莲娜。"

　　给热尼亚拍完电报，我在街上 28 号楼的商店里排队买糖，但是拿到的糖感觉不怎么好，闻起来带着煤油味，所以就又被送回仓库了，他们承诺说两三点的时候会再送糖回来。当我又回来排队买糖的时候，碰见了柳夏·卡尔波娃，她正排队买肉，她替我用妈妈的粮票买了 125 克肉，我相当感激，能买到的这块肉特别好。

　　昨天，我从学校领回了豌豆汤，回到家后，我往汤里兑了水，差不多一小锅，然后还往里面加了一勺小米和一些切碎的肉，这样便做成了一道可口的热汤，最后我还往胶冻里加了肉碎，做成了三碗肉冻，手头剩下的小米和豌豆还够吃很多次。

　　想想昨天，我有些后悔，不过谁能预知未来呢？昨天，用兑换粮食的粮票可以换到相当不错的荞麦，如果我要是多等等，就能吃上加了黄油的荞麦粥了。

　　不过听到了一个好消息，就是马上就能拿到油了，我可以换到 300 克。最近我白天都吃得太饱，所以晚上会觉得不太舒服。

　　今天，天刚亮，我就起了床，然后跑去街上 28 号楼的商店，我本来想着今天能有糖和油，但是商店里只有肉，所以，我便转身去了面包店，在那里买到了 600 克面包，并打算去市场用面包换点儿甜的东西，比如白糖或是糖果什么的，忽然，我看到一架小雪橇上载着木柴滑过，这下我才意识到家里的柴火快用完了，于是我用 400 克面包换到 9 块两指厚 1 米长的木板，我费力地把它拖回家，这块木头够我烧一阵子的了。还得洗洗衣服，我已经没有干净的衣服可穿了，而且我马上就得上路了，因为一收到热尼亚的回复我就出发。

　　真气人，我的表坏了。

　　我的房间相当好，光线充足，炉子烧得很热。我还得再收拾收拾，不过不是什么大事儿，马上就能好。不久后我的这间房屋就会变得既舒适又暖和，离开的话也真是舍不得。不过，我决心已定，一定要走。春天的时候，国营农场应该很缺人手的，我或许能在那儿找份差事，然后，战事结束，等我存够了钱，我就还能回到这个房间，在这里生活并工作。

现在我还有够用的钱，没必要找工作。

我坐着，实在没力气站起来。一来，光是拖那些烧火的木头就累得我够呛，大概拖拽的时候还扭了腰；二来，我吃得太撑了，刚才我喝了一碗昨天剩下的汤，200克面包，多半碗肉冻，还喝了两杯茶。

我从沙夏阿姨那儿讨了一咖啡匙的糖，沏出来的茶可真是美味。

2月17日

- -

刚才我看看自己存的食物，感觉自己真是富有啊。

一罐子小米、一罐子大麦米，还有一罐子荞麦，另外一个小盒子里还盛着豌豆，窗台上还放着125克肉，也就是缺糖了，这点不太走运。

昨天，午饭的时候，前菜我喝了豌豆汤，主菜是加了黄油的荞麦粥，晚饭是大麦粥加黄油。

今天天气很冷，但是却是万里无云的好天气。

2月25日

- -

我现在正坐着，刚刚饱餐一顿，就着热可可吃了面包。今天，我午饭喝了两碗麦粉汤，吃了棉花籽油和米粉做的蛋糕。我得把炉子烧热了，因为屋里好冷，只有零下6摄氏度。

成为孤儿已经半个多月了，我还是没办法相信再也见不到活着的妈妈了，就像照片里那样。

食物供给情况好转许多，我现在可以在食堂凭粮票换到粮食，除此之外还有豌豆、扁豆和晾干的蔬菜，洋葱、甜菜还有卷心菜。

他们没把妈妈的粮票收走。

每天1点我就去学校吃午餐，现在从学校买汤得用粮票，也没有肉冻了，所以食堂里的人越来越少。

我们班上的同学里，上次我见到了利达·索洛夫耶娃还有……廖瓦·萨夫琛科。是啊，是啊，廖瓦！他们的技术学校集体撤离了，但是撤离那会儿，他正巧生病了（……）

2月27日

外面的形势在一点点好转，阿卡和妈妈没有撑到这一天，真是太伤心了！

但愿战争快点儿结束。

说实话，我现在过得非常好。

晚上8点我坐在桌前，点着一只小小的煤油灯，光线不错，我边写日记边听广播，屋里暖和舒适，我刚刚吃过饭，肚子很饱。

今天我喝了面汤，准确来讲就是煮过面条的汤，然后吃了一满碗面条，极好的白面条配肉丸，甜点吃了热可可配面包。

最近这段时间，凭第四类粮票可以换到粮食、肉、蔓越莓还有150克的糖，另外，每张粮票还能换到四分之一升的灯油，听说这个月我们就能凭第八类粮票换到油和鱼干了。至于新的粮票也相当吸引人，因为粮食种类会增加，而且一张粮票可以换到20克粮食，并非现在的12.5克。还听说，之后食堂的汤都免费供应，不用粮票，面包配额增加的日子也为期不远了。

我也注意到我们学校食堂一个明显的改善：现在每天都有前菜、主菜和一道肉菜，而且汤很稠，粥的种类也相当繁多，每份的菜量也很多，肉菜有肉肠或肉丸，绝对的货真价实、品质上乘，而且再也不用吃马肉了。

我还记得，就在不久前，我们喝的汤还稀得像水，粥的量也就勉强糊口，肉更是少之又少，往往是刚刚哑摸出些滋味就没有了。油渣饼也是当时我们的唯一食物：从油渣汤到油渣饼主菜，天天如此。

现今有了好多改变。

面包店里常会有可口美味的面包，但是量还是不大，所有人都抱怨牢骚，想要吃白面包和蜜糖面包。人就是这样，没法改变，总是不知道满足，欲望永无止境。缺面包的时候，就想要面包，等得到了面包，就开始想吃白面包，而当得到了白面包，他又要想着蛋糕了。没有油的时候，又想要油，可比如给了他棉花籽油，他又会开始幻想黄油，假如黄油他也得到了，就要开始巴望新鲜的奶油或者白奶酪。肉也一样，没肉的时候想吃马肉，吃上了马肉，就开始惦记牛肉和羊肉，吃上了牛羊肉就又会想吃猪肉、鸡肉、鹅肉，可即便他吃到了这所有的肉，还会惦念野鸡肉、火鸡肉、鱼子酱、火腿和其他我叫不上名字的东西。

没办法，人类的天性如此。

3月1日

3月，3月说来就来了。

春天的头一个月份，3月、4月、5月，然后就是夏天了。

春天来了，我透过窗子，看到外面还下着雪，天空仍然爱带着冬天固有的灰色，不过没关系，已经是3月了，春天已经来了。

盼望中的面包配额仍没增加，昨天我拿到了300克蔓越莓，又用200克面包换了200克蔓越莓。我觉得挺划算，因为毕竟面包每天都能拿到，而蔓越莓却不会每天都有。

我刚向伊达·伊萨耶夫娜道过别，她准备去塔什千（Tachkent）。伊达是个特别好的人，我跟妈妈都欠她很多。昨天，她送给我一双还挺新的平底短靴，棕色的粗帆布材质，来得真是时候，正好春天穿，我真得感谢她。

希望春天快些来吧，希望战争赶紧结束！忍耐，莲娜，一定要忍耐，一切都只是时间长短的问题。我很幸福，因为未来就在眼前，不尽的快乐、满足和愉悦都在等着我呢！

我必须节约火柴，我现在只有 4 根火柴了，而且不知道什么时候才会再配发。

今天拿到的面包特别好吃。

在食堂，我还领到了一份大麦米粥。现在，一切都按新标准来。领食物的时候这样扣粮票：20 克粮食票加上 10 克油票可以换到一份汤；荞麦饭要 400 克粮食票加 10 克油票；肉菜需要 50 克肉票和 10 克油票。但是，汤稠得能立住汤匙，粥也能盛上满满一碗。

今天，我买了肉，225 克。

所以，今天我准备了丰盛的一餐：洋葱油炒荞麦饭、烤肉块儿、炖肉，还有浸了油烤得金黄的面包，甜点则是用糖腌制的蔓越莓果汁。

这才是顿正经饭呢！当我正做饭的时候，瓦莉亚来敲我家的门，然后交给我张明信片，是热尼亚写给妈妈的。

原来，热尼亚并没收到我的电报，明信片上写道她很着急，并且询问我们是否安然无恙，因为她已经好久没有收到妈妈的消息了。

我马上给她写了回信，明天就去寄。

3月5日

妇女节快到了。

天虽然还是冷，却阳光明媚，但面包配额仍然没有增加。

当回想起之前经历的种种，首先感到的还是恐惧，不过却也值得欣喜，毕竟那样困苦的日子早已被甩在身后了。我活过来了，我们三个人中只有我活了下来。如果食物供给状况晚上半个月改善，我也会死，和阿卡跟妈妈一样，都会被送到马拉特街 76 号，马拉特街 76 号！

哦，多么阴郁恐怖的地址，无数的列宁格勒人民都知道这个不祥的地方！

我还活着，我也想活下去。所以，我一定不能留在这里，我得赶紧搞定一切，去高尔基和热尼亚会合。

昨天，邻居拉伊萨·帕夫洛夫娜给我拿来张明信片，和其他一些信件一样，这张明信片被放在公寓合作社有阵儿时间了，我也不知道这张是怎么被发现的。明信片是热尼亚1月19日寄出的，上面的言语表达出她对丝毫没有我们的消息而产生的担忧。

她的地址是这样的：高尔基，莫基列维奇街（Moguilevitch）。

我可真够笨的，居然把电报拍到了她的旧地址，难怪她一直没收到我的电报呢。

现在我打算这么做，先再给热尼亚拍一份电报，然后努力想办法自己去高尔基。为此，我要先去找基拉和加利亚，如果我继续待在这里，往后的生活会很困苦。我现在还很虚弱，没法工作，但是如果我继续维持受抚养者及失业者的身份，又会面临义务工作的折磨。

春天快来了，天气会转暖，各种污秽垃圾等到冰雪消融后会遍布大地，到时候工作会很繁重，说不定还会把我派到墓地去埋葬死尸，让我守着他们。

所以我一定要到热尼亚那里去！她写信说她的生活还凑合，甚至比起我的生活环境来说算是还过得不错。到了那边，我就能休养休养身体，等到体力恢复了再找份工作，和热尼亚或诺拉（120）一起生活，他们是我最亲近的人，是我的家人，他们爱我，我肯定他们不会赶我走的。

没错，没错，我得离开！我要这样给热尼亚拍电报：

"只有我一个人了。阿卡和妈妈死了，能去你那儿吗？盼复。"

或者："阿卡和妈妈死了，只剩我活着，很虚弱。"

或者："阿卡和妈妈因身体衰竭而死，生活很困难，我很虚弱。热尼亚！能去你那儿吗？"

再次想起妈妈让我心如刀绞。我总是觉得她不过是因为工作短暂离开几天，马上就会回来的。

妈妈，我亲爱的妈妈，你没能坚持过去，就这样向生活屈服了。我最爱的妈妈，敬爱的妈妈，我的至亲！天啊，命运怎么这样残酷，你那么渴望活下去的！你死得很勇敢。因为你的意志是那样坚强，但是，很不幸，你的身体却是那样虚弱。我的妈妈，你不在了，你一天天地衰弱下去，但是你没流一滴眼泪，也没说一句怨言，连痛苦的呻吟都没有发出一声，反倒努力地鼓励我，甚至和我开玩笑。我还记得 2 月 5 日你还能站起来，当我疲于奔命着去各处排队买食物，你还劈好了柴火。午饭过后，你平静地说你想躺一会儿休息下。你躺下了，让我帮你盖上大衣，然后……然后你就再也没有起来。7 日，你甚至连起床去厕所的力气都没有了。

特别令我感到难过的是最后几天，也就是 2 月 5~7 日，妈妈几乎没有和我说任何话。她就那样躺着，被子一直蒙到头，端庄且严肃。当我扑在她胸前眼泪滑落的时候，她推开我："傻瓜，干吗哭成这样？你难道觉得我快死了吗？""不，妈妈，你跟我，咱俩还要去伏尔加河呢。""啊，是啊，就去伏尔加河吧，还要烤布利尼饼，不过，还是先陪我去个厕所吧。快，帮我把被子掀起来。来，先左脚，再右脚，好了。"我把妈妈的双脚从床上挪到地上，然而，碰触到她双脚的时候真的太恐怖了。我明白，妈妈时日不多了。她的双脚就好像木偶的双脚，摸上去根本没有肌肉，只通过衣物的布料摸到一把骨头。

"嗨呦！"她愉快地轻喊，努力想要自己站起来。"嗨呦！啊，好吧，帮我站起来！"

是啊，妈妈，你有最坚强的意志。你一定知道你就要死去了，但你认为没必要说些什么。

只记得 7 日晚上，我请求妈妈："妈妈，亲我一下吧。你已经好久没有亲我了。"她严肃的脸一下子柔和下来，我俩紧紧地抱在一起，都哭了。

"妈妈，我亲爱的妈妈！"

"我的小阿留夏，咱俩真是不幸啊！"

我俩躺下准备睡觉，或许应该说是我躺下准备睡觉，没过几分钟，我听见她叫我。

"莲娜，睡了吗？"

"还没睡，怎么啦？"

"你知道吗，我现在感觉很好，浑身轻飘飘的，明天或许会更好。我从来没像现在感觉那样幸福过。"

"妈妈，你在说什么啊？我好害怕。为什么你现在会觉得好了呢？"

"我也不知道。好啦，快睡吧，踏实睡吧。"

我睡着了。我明白她应该就要死了，不过我觉得妈妈应该还能再撑五六天的，从来都没设想过她第二天就会撒手而去。

我睡得昏昏沉沉，睡梦中，我又听到妈妈喊我："莲娜，我的莲娜，你睡了吗？"此时，这些话语仿佛又响起在了我的耳边。然后，她又安静下来。我继续睡去，好困。等我醒来的时候，我听到她含糊地说着什么，于是我叫她：

"妈妈，嗨，妈妈，你说什么？"

她不作声。之后又喃喃自语，但就是不回答我。"大概是说梦话呢吧。"我心里这样想着就又睡着了。

等我再次睁开眼睛，听到了呼噜声，心想妈妈终于是睡着了，所以我也继续睡觉，相当安心，也不知睡了多久，忽然惊醒的时候，心头袭来一丝不安，心里觉得有不祥的预感。妈妈还是打着鼾，但是，那不是正常熟睡时该有的鼾声，不，妈妈仰面躺着，双眼紧闭，用嘴巴费力地呼吸着，喉咙里仿佛有什么东西在汩汩作响。我拼命地摇她，喊她，她睁开眼，呆呆地望着我。

"妈妈，妈妈，你听得见吗？"可妈妈的眼神还是很呆滞，之后便疲倦地闭上了双眼。

天哪，她看不到我，听不到我说话，她正一步步走向死亡。她的额头那么冷，手和脚也冰凉冰凉，脉搏几乎不再跳动。我慌忙跑去求助，邻居赶来，他们生起火炉，热了水。给妈妈准备热饮，大概是加了糖的热咖啡或是什么维生素之类的，然而，毫无效果。妈妈牙关紧闭，不论我们怎样努力往里灌咖啡，她就是没法咽下去。晚上6点了，邻居们陆续离开了，临走时叫我无论如何都要继续尝试给妈妈喝东西。最后这几个小时，我就坐在她身边。她再没清醒过来，但是，她走得很安静，即使我就坐在她床头，也没有察觉到她的死去，就像所有那些因虚弱死去的人们一样。

3月6日

----

　　3 点的时候，我来到邮局给热尼亚拍电报，然后我去了莫洛迪奥尼电影院，不过今天不卖票。所以，我又去了米亥伊洛夫基剧院，才知道两周之前基拉就已经撤离了，我又去了加利亚家，我好害怕再也见不到他们。

　　阿利克的爷爷过来给我开门，他满眼泪水，眼睛通红。原来，他的妻子尤利娅·德米特里耶夫娜 3 天前去世了。加利亚回来了，她瘦了许多。基拉之后也来了。后来，加利亚和我一起去幼儿园接阿利克。

　　大家都视我为亲人一般，见到我他们都很开心，加利亚紧紧抱着我，亲我，我觉得好极了！

　　明天，我们要送走尤利娅·德米特里耶夫娜。

　　加利亚和她爸爸一直热情邀请我过去和他们一起住，还答应一定会尽其所能地帮助我，如果他们撤离的话，也会带上我一起走，就像我也是他的女儿一样。事实上，我完全没想到他们能这样对待我，完全预料不到他们会这样热情、温暖，共同的不幸把人们的心儿拉得好近。

　　阿利克的爷爷热爱大自然，绝对是个和善慈祥的人，在那温暖的氛围里，我瞬间觉得自己复活了，再也不孤单一人，我有了朋友，多么幸福！多么幸福啊！

　　深深地为尤利娅·德米特里耶夫娜的死感到惋惜，和她的丈夫一样，她也是个很好的人，并且长得很美丽。

　　加利亚害怕她的爸爸会撑不下去，不，这不可能，在我看来，最可怕的事情早已离我们远去，如今还都活着的人一定都会生存下去的。

3月7日

　　早上我 8 点起床。

　　10 点过后，我收拾起必备物品，并把它们装在背包里，放上小雪橇，开始向加利亚的家进发。

我们一行三人送尤利娅·德米特里耶夫娜去古比雪夫医院，加利亚的姐姐基拉先离开了，我则和加利亚一起回家。

今天的阳光特别好，非常晴朗，璀璨的阳光照得我们浑身暖洋洋的，就好像春日的暖阳一般，甚至房檐上的冰柱都已经开始融化成滴水。春天，春天的温暖，终于占了上风！

然后，我和加利亚一起去了食堂，领了四份浓汤和一份香肠，之后又去了 28 号商店，我的运气不错，店里刚开始卖葡萄干，排队的人并不很多，加利亚拿着汤先回家，而我则排队等着买了葡萄干后也回加利亚家。

我俩锯了很大一截木头，然后把它劈成一块块的小木柴，干完活儿后，加利亚去幼儿园接阿利克，而我则着手生火。

加利亚回来后，先给她爸爸热了茶，他在床上躺了一整天，心脉微弱，还因为过于紧张而肠胃紊乱。毕竟，失去生命中最重要的伴侣是多么大的打击啊！我把汤热上，6 点半的时候吃好饭。

加利亚真好，临走时候还让我带上块面包，之所以现在有足够的面包，是因为那是尤利娅·德米特里耶夫娜的。

然后，我就着葡萄干和茶吃了面包，相当饱。

明天是 3 月 8 日妇女节，加利亚在家，她是多么好的朋友啊。

现在，得睡觉了，我好困。

3月13日

春天的脚步越来越近了，我们感觉春天越来越真切，春日的阳光温暖着我们，冰雪融化，冒着水汽，冰凌向下滴水，仿佛啜泣，不过，在阳光照射不到的地方，寒冬还是仿佛利刃一样割着人们的肌肤。

目前我住在加利亚家里，和她一起照顾生病的爸爸，我负责家务，做些力所能及的事儿。今天，她爸爸的状况比昨天好些，我俩丝毫不放弃，希望他可以早日恢复健康。精神上的失调常常引起肠胃问题，这让他更加虚弱。

　　早上8点，加利亚就和阿力克离开了，晚上6点的时候才回来，一整天我都单独和她爸爸待着，他大部分时间都在睡觉，我则可以做任何自己想做的事儿。

　　就好像现在，下午2点钟，我坐在窗前，写着日记。春日的阳光照射进来，洒落到每个角落，一切都还好，只不过空空如也的肚子饿得一阵阵难受，太想吃东西了，简直无法忍受。

　　现在，我每天靠着300克面包还有一份汤过活，白天吃面包，晚上7点的时候喝两碗汤，这就是我所有的食物。最近这阵子，我明显瘦了，也虚弱了很多，不知道还能不能撑下去，但我太想活下去了，所以得赶紧想办法到热尼亚那里去，那样我就得救了。

　　晚上的时间我只能喝汤，清汤，没有面包（因为我的面包往往留不到晚上），而在我身边的桌子上就放着不少的面包和一罐子糖，加利亚切下一片厚厚的面包，撒上糖吃，这样的每一个晚上对我来说都像酷刑一样折磨难熬。虽然我明白心存嫉妒是不好的，可还是觉得，即便加利亚每天给我一小块面包，对她来说也无关大碍。事实上，现在每天除了她自己的500克面包，她还能拿到700克额外的面包——300克妈妈的还有400克爸爸的（而爸爸现在根本不吃面包）。加利亚根本不可能吃掉这么多面包，也不怎么做面包干，想必是把这些面包都存在了柜子里（还上了锁），你说这有多让人生气，有人因为饥饿而日益虚弱，可柜子里呢，面包却在变得干硬。

　　当然，这些面包和我毫无关系，它们不是我的，而是加利亚的，加利亚也并非我的亲人，和我没有任何关系，但是……我写下这个小小的"但是"。如果我是加利亚，一定会出于怜悯，分出一小块面包的，我的心根本受不了有人经受这样的折磨，但是我也不会主动索要任何东西，我太骄傲，自尊心太强，是绝不会去乞讨的。

　　可是，为什么加利亚不主动提出给我食物呢？她明明知道我饿得要死。我一天只300克的面包，太少了，我现在太想吃东西了，我的胃一下下刺痛，一阵阵痉挛。

　　天哪！这一切什么时候才能结束？

3月16日

已经是 3 月 16 日了，或者可以这么说，春天的第一个月已经过去大半了，天却还是寒冷难耐，有阳光的地方很暖和，可阳光照射不到的地方就冷得要命。

现在，我住在加利亚家里，她爸爸的状况一天不如一天，大概活不了多久了。他已经不太能够说话，舌头根本不听使唤（就像阿卡和妈妈过世前三天一样），之所以说他大限将至还有另一个征兆：他总是觉得口渴（我记得妈妈和阿卡也是这样）。

昨天，我们差点儿被烧死。

事情是这样的：在昨天的晚上，27 号楼的邻居过来看我们，并向加利亚借了斧子，打算把门劈开，因为他们敲了快有 1 个小时的门，就是没人来开，他很着急，怕里面出什么事儿，房里只有他年迈虚弱的独居母亲。加利亚把斧子交给他，他凿开门，打开进去，房间里满是浓烟，厨房门口横着他母亲的尸体，尸体大部分都烧焦了，身下的地板也都开始着火，屋里的沙发和被子早都烧成焦炭，如果再晚来两分钟，所有一切都会陷入火海。但是，很幸运，所幸我们在大火刚有些苗头的时候就发现了，大家赶紧给消防局打电话，从公寓里汲了水，我们扑灭了火，把还在燃烧的衣服布料都拿出去丢在雪地里，这时候消防员们赶到，他们拆散地板，把火完全扑灭。

想想这事，我们真的很幸运，侥幸逃生，毕竟，我们很有可能在这场火灾里被烧成灰烬。假使我们没能及时发现火情，当然可以在情况最糟糕的时候从大门跳出去求生，可是加利亚的爸爸怎么办？我和加利亚一起也没足够的力气把他拖出去，情形紧急，又来不及等其他人来帮忙，如果等消防员到达这段时间，滚滚的浓烟够他窒息 3 次的。

如果那个年迈母亲的儿子今天没来看他妈妈，或是他晚来了 1 分钟，就万事皆休了。事实上，他本该是明天才来看妈妈的，今天其实是恰巧经过，生活中就是有这样多幸运的巧合啊。

基拉一直劝我，要我将自己登记为她家的临时住户，但是我不想这么做，还拿不定主意。

尽管在加利亚家里我并没体会到我所预期的温暖和关怀，但是我并没像基拉说的那样，对加利亚失望。我知道，加利亚既要照顾濒死的父亲，又要操心她的孩子，这些负担都落在她一个人身上（她的姐姐没有帮她任何忙），生活的负担太过沉重，她也难免变得急躁易怒，但是，一切都将改变，老人马上就要去世，加利亚到时就能得到解脱，卸下一直挑在肩头的重担。

3月18日

这天夜里，加利亚的爸爸去世了。

昨天，我去食堂吃饭，出门稍微晚了些，所以到那儿以后发现什么东西都没了，我委屈得直哭，白白排了两个小时的队啊。出了学校，我就去了商店，没用排队便买到了100克的肉，回到家里，没有收到任何电报。我提着铜壶来到市场，准备把它卖掉，但是根本没人愿意买这只壶，反倒是我花了钱，买了9张明信片，1卢布3张。

已经是春天了，风儿温润，即使太阳照不到的地方也不会觉得冷了。

我回到家，拿上自己所有的东西，又回到市场，因为我实在是太想吃东西了，所以尽管挺可惜的，但是我还是决定无论如何都把自己的铝制小桶换成面包，突然，我的眼睛又落在一堆正在出售的明信片上，我难以自持地低下头来挑挑拣拣，这些卡片太漂亮了，带着完全无法抗拒的魅力。所有卡片都是彩色的，印着不同图案，大部分是进口的，让我爱不释手，终于还是买了15张，1卢布1张。如果我把这些战利品和谁炫耀分享，那么一定会被骂得狗血淋头，不过，我也确实是活该被骂，在这种节骨眼儿花钱买什么明信片，这种蠢事绝对不能原谅。这些明信片可能在其他地方真的买不到，它们可都是老明信片，还都是国外货。干吗不好好抓住机会呢？一想到能将他们占为己有，那种喜悦油然而生。

说实话，把钱花在这些美妙的明信片上，我一点儿也不觉得心疼。现在我一共有34张明信片了。

最后用我的小铝桶换了250克面包，回到家，加利亚已经把炉火熄灭了，所以我也没法煮肉，也就没吃上正经晚饭，我吃了面包，之后便躺下睡了。

这一夜睡得很香，做了很多美好的梦，特别是还梦见了格利沙·哈乌宁，梦境里，我们好像朋友一样在美洲那层叠的山峦间散步，那些山的样子好怕人，但是我们的旅程却相当棒。

第二天早上醒来的时候，我听见加利亚在隔壁的屋子里哭泣："爸爸，我亲爱的爸爸，你是睡着了吗，是不是？你还会再醒来吗？"

我一下子全明白了，赶紧跑到她身边，把她搂在怀里，紧紧地抱住她，亲她。

3月21日

我亲爱的日记，你好，我又来了。

现在我感觉很好，所有我写下的句子都洋溢着我无限愉快的心情。

我知道，现在有战争；我知道，现在有饥荒，但是生活仍在延续，所有我们必须忍受的不过只是暂时的，没必要去抱怨。

别了，哀愁与忧伤，
我勇敢地望向远方！

战争一结束，我就用自己的小屋换一套在莫斯科的住房，想想吧，和热尼亚的住处只有两步之遥。我还可以拥有我自己的房间，成为一家之主，家里的一切都按照自己的喜好安排。

我的家一定会既舒适又美丽，充满生气，窗前的桌子上要摆上鱼缸，鱼缸里要有各种各样的水草和其他水生植物；鱼缸里的小鱼游来游去，仿佛多姿多彩的图画。到了晚上，鱼缸还会映衬在小电灯的灯火之中，这样一来，即使拉上了窗帘，鱼缸里的小鱼仍然徜徉在光明里，就好像白天一样舒适。

窗台上和桌上的空余位置会摆上盆栽植物，我要养好多室内植物：天竺葵、百合，还有其他花草。桌子上方悬挂着宽敞的鸟笼，里面住着我最心爱的小鸟。

我要养一只灰雀，一只金丝雀，一只金翅雀，一只小黄雀，还有好多普通的小麻雀，我要努力让它们习惯我的照料，让它们被我驯化。

对了，还得有个小饲养箱，里面住着几只小白鼠，又或许也会有那么几只普通的灰老鼠和田鼠，每只小鼠都有自己住的地方，嗯，还要有些其他动物。

我要把自己所有的感情和寄托，不管是对妈妈还是对阿卡的，都会投入到这些小家伙身上，它们对我的信任一定会补偿我缺失的母爱和关怀，而我也会将自己心底里最柔软的温情投注在它们身上，它们也会给我同样的回报。

我知道，所有这些小动物都会心存感激，这些大自然的小精灵，定会感受到我为它们付出的一切。

现在是3月，冰雪消融，春天来了！麻雀叽叽喳喳地聒噪。太阳很好，空气中弥散着大地回暖的气息还有粪肥的味道，这就是春天的味道。虽然天气仍旧寒冷，但却也是万里无云，天空湛蓝的日子。

我在加利亚家里找到了富兰克林（Franklin）写的《博物学》第一卷，他的书很棒，我打算读一读，并在日记里做些笔记。

我特别想找到些刚生出来的新枝，这样就能快一点儿看到春天的第一批嫩叶萌生了。

每当我考虑之后要从事的工作，思绪就是离不开动物学这门学科，相比较于其他专业，这门学科更加能够吸引我，因为成为一名动物学家是我内心深处最私密的梦想，随着时间的推移，这个梦想也会慢慢实现。我要成为科学院的研究员，成为那里的一名动物学家。我会被派去考察，访遍祖国的大好河山，等我回来时，会与所有人分享自己的所知，为公众的科学认知添砖加瓦。

"凭着自己的观察，富兰克林引导读者自己将动物视为一种活生生的存在，而非科学研究的材料或是对人类有用的机器，他引导人们只单纯地观察动物的本质，他所有的论述都充满了最质朴的对自然的热爱，对真理和正义的热爱。"

"想要理解动物，就必须转换到它们的视角，设身处地地感受它们的情感需求，体会它们的愉悦、焦虑，要懂得在它们的群落间找到开心。"

"博物学不单单可以促进头脑智力的发展，有时也是人类精神上的慰藉。"

"当面临考验或精神脆弱的时候，对于一个热爱自然并乐于研究自然的人来说，只需偶然地将目光停留在某朵小花上，听一听小鸟的歌声，昆虫的低鸣，这样，他的内心便会重新升起希望……"

3月22日

今天的生活很令我满意，昨晚，我烤了面包，还留了一块，当作第二天早上的早饭，我把一块烤好的面包给了加利亚，后来她又把面包还给了我。多亏这一小块面包干，我才可以下午再去买面包。

早上10点的时候，我先去了商店，从那儿买了200克砂糖和50克肉。

回到家，我劈了柴，把火炉烧热，用肉和木工胶煮肉冻，之后我喝了整整一碗热乎乎的汤，吃得很饱。饭后，我烧了水，并洗好碗碟，还洗了脸。

不到4点的时候，在回加利亚家的路上又经过集市时，无意间我在众多物件儿里发现了一件稀罕货，绝对是稀罕货，那是一整套布莱姆（Brehm）全集，共4卷，装在装帧精美的封套里，并且版本很稀罕。

我问："这套书多少钱啊？"

"价格绝对便宜！只要170卢布，或者600克面包吧。"

卖书的女人从书壳里抽出一本书，给我看书里面的内容：那无数的照片、别致漂亮的表格从我眼前掠过。

4点钟，我来到加利亚家，她还没回来，我们早已约好了，我3点会过来，而她会早就等在家里的，我不得不在厨房里等着她，大概等了一刻钟。

　　这个期间布莱姆全集始终盘旋在我脑子里，终于加利亚回来了，我也下定决心，用 300 克面包加 100 卢布买下这套书。

　　可当我买好面包再回到市场的时候，卖书的女人已经不见了，我找遍了整个集市也没发现她的身影，就这样，我错过了布莱姆。

　　今天的天气和昨天差不多。"严寒夹裹着阳光。美妙的一天。"或许我还可以买到布莱姆全集吧。大概她还没卖出去，到时候我还过去转转。

3月23日

- -

　　今天的天气很温暖，即使在庇荫处也一样温暖，直到傍晚，天上的云彩才把太阳遮盖起来。

　　加利亚今天把她家的所有房间重新调整了布局，我仍然继续梦想着我的那些小鸟，还有之后我自由自在的平静生活。

　　我梦想着在天气晴好的时候可以敞开窗户，摘下挡板，让温暖的阳光照射进来，我梦想着夏天的到来。

　　夏天，来吧，快些来吧！温热的天气，葱绿的植物、树木、美丽的花朵、小鸟还有昆虫。我的天啊，我多么想看到这一切！没关系，莲娜，耐心，沉住气，因为时间并未停止，它在一点点向前推移，万物都按照自己的规律运行，5 月会来的，而夏天也很快会带着雨水和炎热到来的。

　　一切都会好的。

3月24日

- -

　　昨天，我回了趟家，吃了肉冻，喝了些水，把买到的明信片放在加利亚送给我的相册里，之后便又回到她家。此刻我觉得春天终于是来了，寒冷的天气一去不返，气温也陡然上升。昨天晚上，气温已经升到零上 1 摄氏度了，柔软且蓬松的雪片洋洋洒洒，不急不缓地飘落，柔和的风儿轻抚着已经习惯了严寒的脸颊。

到处都是水洼，水流顺着屋檐往下滴落，垂在房檐下的冰凌噼噼啪啪折断掉落。

今天也是一样，真是不想回家啊！天空中布满云彩，飘落了几片雪花，很小，几乎看不到。很快，太阳就带着它特有的温暖与云朵和雪花相会，春天就正正经经地来了，一切就都会很好了。

3月25日

冰雪消融才结束不过两天，所有的积雪就差不多都化光了，空气里湿气很重，风很柔和，但是却相当潮湿，水流顺着房檐往下流，大街小巷上都淌着或大或小的积雪融水河流，路面特别湿滑，许多街区的有轨电车轨道已经解冻了。

我和雅科夫·格里高利耶维奇擦肩而过了，通常他都 9 点才会离开，但是今天，不知道为什么，他 8 点就离开了，明天他休息，那就是说，得等到 27 日才能开始办手续。这样一来，28 日，29 日，30 日，31 日几天加起来正好能办好所有事宜。

至于在加利亚家里的住房问题，我征求了罗莎莉亚·帕夫洛夫娜的意见，她对这些事十分在行。现在一切都取决于加利亚，她拥有过多的住房，但是根本不可能交得起 3 倍房租，这样她就必须把房子交给他们公寓的合作社，而她会转让给我。罗莎莉亚·帕夫洛夫娜告诉我说，最重要的是必须先到合作社登记成为合租户，等到新的房间确定已经为我保留下来，只要再从合作社交回自己的房间就行了。

就这么简单。

　　说实话，我现在的房间真的很不错，它又宽敞又温暖，光线还很充足。窗户朝向大街，透过窗，能望见很大一片蓝天。但是也存在问题，就是它对我一个人来说简直太大了；另外，夏天的时候还是西晒，也就是到了傍晚才能晒到太阳。

　　然而，加利亚那间房子则不然，绝对是为我准备的，房子大概10平方米，天花板很低，整个房间呈正方形，很温暖，特别值得一提的是，一整天都会阳光明媚，这点很重要，因为我那样喜爱自然，我未来的生物角最需要的就是阳光了，而且，我也受够了一个人生活的日子，闷了的时候还可以去找找加利亚。真的，这次搬家对我绝对意义重大。

　　不过新的问题也油然而生。

　　我的那些家具怎么办？不管怎么说，我那个很大很漂亮的柜子怎么办？它还是橡木的呢，怎么舍得不要呢？可是没办法，必须得卖掉。

　　想要运送这么大块头的家具简直太困难了，并且，这个大柜子对我的新房间来说也太硕大了。

　　我算计着这个柜子大概能卖到600卢布。正好加利亚打算把家里的桌子和大衣柜卖掉，用这600卢布，我可以帮她买到新的。剩下的钱，我还可以买到一张床和一只小沙发，没准还可以买到其他东西。

3月31日

　　今天我的运气可真不错，早上8点出门工作，11点就被放回来了。

　　公寓合作社管理员给我们分配了如下任务：找3个下水道口，将上面的积雪清理干净，然后就可以回家了。

　　工作刚结束，我就跑到28号楼商店，拿到60克葵花籽油，我还买了面包，今天绝对又能吃得很饱。

4月1日

目前情况没多大变化，和以往一样。

一直传言说面包配额要增加，可实际上一直没有任何提升，我现在领到的粮票是受抚养无业人员用粮票。

昨天晚上，雅科夫·格里高利耶维奇来找我，让我今天上午 11 点去 10 号道附近的 25 号楼，他在那里等我。早上 9 点 30 分我出了家门，原本打算回来的路上再买面包的，但是忽然又改变了主意，在去的路上，我在列许杜科夫街（Lechtouk）买了 300 克面包，我随身带着把小折刀，把面包切成了两块，并且将其中的一半切成小块儿，准备在路上先吃掉一半，剩下的一半等到出门工作时配着油吃。但是还没走到涅瓦桥的时候，第一块就已经吃完了，面包那么柔软美味，真是入口即化，所以当我快到 10 号道附近的 25 号楼的时候，面包只剩下四分之一了。

雅科夫·格里高利耶维奇送我去管理处填申请书，可当我赶到管理处的时候，那边的主管告诉我说 8 日之前他不受理任何申请，这等于我是白跑了一趟，唯一的收获是现在知道了该去哪儿填申请。

在回家的路上我挺不舒服，到家的时候已经 1 点钟了，之后马上跑去公寓合作社，告诉他们说我今天实在没有力气工作了。

等回到家里，我一头就栽倒在了床上。

下午 3 点的时候，罗莎莉亚·帕夫洛夫娜来找我，并带给我一张位于扎格洛德尼大道和纳西姆森广场街角食堂的通行证。通行证是伊莎贝拉·阿布拉莫夫娜让她转交给我的，她有多余的证。

拿到食堂通行证后，我立刻就赶去食堂，刚好在那儿碰见伊莎贝拉·阿布拉莫夫娜，我好好地谢了她一番。

只是现在食堂里已经没有粥了，只有豌豆汤和猪血肠，我拿了两份猪血肠和一份汤。

事实上，一张食堂通行证只能领到一份汤和一道主菜。

我真心地感谢伊莎贝拉·阿布拉莫夫娜，因为她送我的食堂通行证，我现在得救了。

4月2日

今天打早上起天空就有些阴沉，下了很厚的雪，不过倒是挺暖和。

8点钟的时候，我走出家门去工作，和十来个我们公寓的人打扫积雪。不过，工作了差不多1个小时后，好多人都跑了。到了10点，只剩下了两个岁数和我相仿的姑娘，还有一位妇女和我，中午12点15分的时候我也回了家，天气又暖又好，就是下雪太讨厌了，因为要不停地把雪从身上抖落下来。

一整天都在下雪，万物陷入一片白茫茫之中，仿佛世界又回到了隆冬时节。

蓬松的白雪
风中飘舞
轻轻地落在地面
飘落，洒满一地。
万事万物都覆盖在白雪之下
雪白一片
然而，现在
却居然已是春天。

今天食堂供应面条汤、豌豆泥和炸肉丸，凭通行证只能每种食物各取一份。

领取了食物回到家里，我是这样做的，把汤、豌豆泥和炸丸子混在一起，做成3碗汤，然后烤了面包干，最后拿着这堆食物钻进被窝享用。

4月4日

昨天从食堂回来时已经 2 点了，因为食堂从 1 点开始才供应外带取走的食物，我拿了一份豌豆汤还有面条，回到家后，我吃了饭就奔去工作了。我们一直工作到 7 点，这是我第一次装卸卡车，太困难了，不过，倒是能开着卡车四下转转。

今早起来，天空便阳光灿烂，没有一丝云彩，有点儿凉，已经 4 月了，竟然还这么冷。

今天，商店里可以买到粮食谷物，明天就有糖了。

早上我去了面包店，和一个男孩儿商量好，让他帮我捉只小老鼠，为此我会给他 100 克面包。

让那个男孩儿帮我捉只小老鼠的原因，我认为小老鼠是个活物儿，那样我就不会觉得孤单了，而且我会和它分享我的食物，反正小老鼠也是杂食动物，而且，一只小小的老鼠能吃多少东西呢?

4月10日

差不多有一个星期没有写东西了! 上次的日记还是 4 月 4 日记的。

因为这段时间发生了好多事，现在想想，甚至没法全部回想起来。

我简明扼要地说说吧，最近这些日子，我真是只差一点儿就去了热尼亚那里了，但是就晚了那么一天。

现在，撤离行动已经终止，说是得等到拉多加湖融冰之后才能继续开始。到 6 日为止，只要登记，当天就能出发。

那天，我第一次来到撤离中心，打算登记，当时人很多，排了很长的队。我最后决定登记 7 日离开，也就是第二天出发。

但是，后来我才知道，登记只有当日有效，如果想第二天出发，就必须隔天登记，于是，我放弃了排队，因为无论如何我也不能 6 日离开，什么都没准备呢。

虽然是这样，但还是没有打消撤离的念头，希望隔天出发。我下定决心今天就将能卖掉的东西都卖掉，晚上收拾行李，第二天登记并乘 5 点的火车离开。

我先是把缝纫机运到寄卖处，但是，我实在来不及等到它卖出去了，寄卖处的人说缝纫机只能卖 96 卢布。我觉得太少了，让我估价的话，最少也要卖个 125 卢布或 100 卢布，不能再少了。

我决定换个地方看看，于是决定去市场。

在去市场的路上，我碰见了位知识分子模样的女人，她把我拦下，问缝纫机的价钱，我告诉她缝纫机卖 200 卢布。她很感兴趣，但是想看看机器怎么样，于是便去了我家，看完机器，她出价 150 卢布。一听她给出的价钱，我暗暗高兴，因为比寄卖处的价钱高出了那么多，我没有理由不接受，我可不想错过撞上门的大好机会，也不想再拉着这么个笨重的家伙到处跑。

听说我正准备搬家离开，打算卖掉所有家当，她又开始挑拣起其他东西。先是书，之后是餐具和服装，然后她付清了钱，说一会儿回来拿缝纫机。

不久后她和自己的邻居一起来到我家，直到傍晚两人才从我家离开。她俩从我这里买了各式各样的东西，一共 570 卢布。

后来我去找雅科夫·格里高利耶维奇，和他敲定，他付给我 550 卢布，我离开之后，家里所有剩下的家什都归他所有。

我一夜没睡，直到早晨才收拾好自己的行李，并且决定，食堂一开门就过去用自己所有的粮票换来粮食，能换多少换多少。

到了中午 12 点的时候，我急匆匆到了撤离中心，到那里一看，队排得老长，大家都热火朝天地等着登记，但是撤离中心只开放 9 日的名额。

于是，我决定登记 9 日离开，但是让人沮丧的是到了 2 点却停止了登记，说是今天就截止到此，让大家第二天早上 9 点过来。

这会儿，我犯了第二个错误，我相信了撤离中心的通知，当天便没有再回来，然而当天下午 5 点，中心就开始了 8 日撤离的登记，之前在我边上排队的人都赶上了登记。

真是气人啊！

之后便是我犯的第三个错误，8 日的时候，我 8 点到达撤离中心，那里又排起了长龙,我拿到的号上写着 236 号,可是当天只有 10 个登记名额。我一直排队等着,直到 2 点离开,晚上 6 点的时候我又回到中心,在人群里推来搡去地待到 8 点,但是当天就再也没登记过。

经历了这么惨痛的教训,尽管之前几天我已经累得筋疲力尽,8 日那天夜里我还是一宿没合眼。天刚亮我就去了撤离中心,5 点钟开始排队,并拿到了 78 号。如果当天可以登记,那么只要开放申请,我就能排到,并离开,可惜,那天又没有受理申请。

我们在中心排了一整天的队,后来有人说今天中心不会再接受申请了,可我们也不知道什么时候他们会再开始登记。

这样的情况太让人绝望了。

那些和我一样变卖了所有家当的人,收拾好了行李,辞了工作,甚至连粮票都交了出去,太不幸了。但是,不管怎么说,我们也已然决定要走了,干脆就在这儿等到晚上吧,或许哪趟车能有个空位呢。可是最终还是有人过来通知大家说,由于春天天气回暖以及最后几节车厢超载严重,目前的撤离工作已经完全停止。

大家没有别的办法,只好解散了。

我跌跌撞撞地走上街,费了好大力气才走回家。

那天天气很好,正是春日里美好的时光,阳光普照大地,气温能达到 13 摄氏度,河水沿着街道上的沟渠汩汩地留着,麻雀叽叽喳喳地叫着,蔚蓝的天空中飞过几只长着红色翅膀啁啾着的小鸟。

可是,这一切都不能让我开心起来,反倒让我恼火。

太失望了,我什么都卖了,房间也折腾得一团乱,特别是我还收到从高尔基发来的电报,那是我期盼已久的电报:"我们等你。热尼亚·诺拉。"

我还以为我已经可以和列宁格勒彻底道别了呢,可结果,唉,却是这样!之后只能靠 300 克面包过活,连粮食都没法领了。

唉,我又能怎样呢?这就是我的命。

等着 5 月到来吧。

昨晚,我去找了雅科夫·格里高利耶维奇,和他讲了我的遭遇,请求他给我在他的合作社里安排个工作,恰好他早已向上面说过我的事儿了,主管让我 10 日去找他,他会收留我。

然而这几天我真的是好疲惫，累得连站都站不稳。

今天就是 10 日了，可我的身体状况真是糟糕透了，没法过去。明天再去吧，得睡一觉恢复恢复，而且现在才下午 2 点，但是我已经吃光了所有的面包，明天我也不过只有 300 克面包果腹，如此而已。

这样活着对我来说很辛苦，房间已经变得面目全非，留下的这些东西让我觉得很陌生，我甚至连碰都不想碰它们，因为我已经和它们道别了，把它们全部都留在了这里。

今天一早天就阴沉着，整整一天都死气沉沉，第一场春雨的雨点敲打在我房间的窗子上，激起我内心难以忍受的惆怅。

街上早已不见了雪橇，取而代之的是一辆辆的双轮马车。这丝丝的细雨落下来，让我如此悲伤！我环视着空荡荡的房间，简直想找个地缝钻进去。

我真是太不幸、太悲惨了！只剩下我一个人孤苦伶仃，没人关心我。

4月11日

天气很阴沉，真的是阴暗忧郁的一天。

雅科夫·格里高利耶维奇工作的事儿还得再等两三天。

忧伤与失望一直啃噬着我，大概 3 点的时候，我去了食堂，领了一份豌豆泥，然后去了撤离中心，看看有没有什么消息。

到了才得知今天并没开放登记，但是人们还是怀揣希望，仍旧等着，如果人们说的消息没错，我认为由于车厢超载严重导致的撤离中断只是暂时的。

回家的路上，我遇上了两个同学，我把自己的不幸告诉了她们，她俩安慰我，并且告诉我说撤离还会继续的，我也会有机会离开，告别的时候，她们还祝我一路顺风。

我心中的希望之火又重新燃起，虽然火苗很小，但起码仍是希望。或許三四天之後又會開始登記，那麼……再見了，列寧格勒！我會馬上離開。所以我得做好一切准備，得把自己的東西收拾好，打好行李，還得反復檢查檢查，看看有什麼東西不太重要，最好能把要帶走的東西都放在一個皮箱裏，帶一個皮箱再背一個背包就好了，因為據說火車站的扒手很猖獗，我又只有一個人，根本沒人幫我看著行李。

我心裏想，只要能離開這可惡、不幸的城市，什麼都不帶走也可以，因為待在這裏，等我的只有死亡！只有離開這裏才能得救。

4月12日

昨天晚上，天就開始放晴了，今天天氣非常暖，陽光很充足，房頂上的瓦已經全幹了。

我從食堂拿了豌豆湯和香腸，去商店買了面包，回家之後把面包和香腸切碎放進湯裏，又加了水，煮成一道新的湯，我吃得很飽。

我坐在窗前，看著外面湛藍的天空，臨近房屋的房頂沐浴在陽光裏，我試圖找尋到一兩只麻雀的身影，可一只也沒有。

明天或後天我就要去雅科夫·格裏高利耶維奇那兒工作，到時候就能拿到勞工糧票，每天能換到 500 克面包，大概一周或一周半之後，興許撤離工作又會開始，我立馬就走。

昨天，我從一位高級軍官那兒得到消息，說是撤離之所以暫時中斷是因為冰面已經變得太過脆弱，今天還會從湖面上用卡車運來最後一批物資，以後就得通過駁船運輸了，所以破冰船還得特別在湖面上破出路線。如此一來，也就是說滿載貨物的船只來到列寧格勒，難道讓它們空著回去嗎？駁船的甲板對我們來說就是湖面上結冰的道路了啊，這樣登記就又會開始了，我就能夠離開了。

焦慮在啃噬著我，苦惱將我吞噬殆盡。

我心裏好難受，感覺好像在被什麼碾軋、擠碎。

我坐在冰冷的窗前，哭泣，喊叫，因忧愁而喊叫。

妈妈，妈妈！！

饥饿像一只棕熊，撕咬着我，我找到罗莎莉亚·帕夫洛夫娜，向她要了张 42 号公寓食堂的通行证，从那儿领了两份汤面，汤很浓稠，很美味。

吃过东西后，我的心情立刻转好，明天要发新粮食，并且还会给工人提供糖。所以，只要我一找到工作，就能拿到糖了。

人只要吃饱了，就什么都无所谓了。

比如今天，我就吃得很饱了。事实上，我真的需要很多东西吗？只要区区的 60 克粮食而已，也就是 3 碗汤和 300 克面包。

明天如果我还是找不到工作，也不至于饿死，因为我还能在食堂拿到两张换粮食和肉的粮票。要是不行，我还能在商店买到豌豆，还有 300 克面包，也或许，邻居会用她 150 克的面包和我换几件衣服的，我肯定能活下来！

对了，我差点儿忘了报纸报道说从 4 月 15 日开始，电车就开始正常运行了，那可多好啊！我就能搭电车去工作啦。

生活里就是充满着奇怪微妙的事。经过莫名的失落和悲伤煎熬之后，我重新感到身体里被注入了力量的热流，那是一种鲜灵的活力和无与伦比的生机。刚刚不久前我还在失望地号啕大哭，可现在我却开心得想要大笑、歌唱。真是奇迹。

4月13日

能想象到吗？今天已经 4 月 13 日了，已经进入春天了，万物复苏，但是我却什么也没看见。

好吧，再等等，等我到了高尔基，那儿会比较温暖。那里的天也一样的蓝，阳光也会一样的灿烂。你们能想象吗？我将看见真的伏尔加河！伏尔加河！伏尔加河！一切都是新的，新的感受，新的人，新的际遇，新的生活。

哦，希望我能赶快离开列宁格勒这座可恶的城市！确实，列宁格勒是座美丽壮阔的城市，我很依恋这里。但越是爱它，便越不想见到它。在这座城市里，我遭受了那样多的苦难，失去了我的所有。在这座城市里，我成了孤儿，深刻体会到了恐惧和孤单。确实，每每想到这座城市，想到它的名字，想到我在这里的生活，我的心都会恐惧得颤抖。

不久，不久之后我就会从这里离开，希望是永远的离开。

刚刚听了广播，得知格利沙也授勋了。你们知道吗！格利沙会拿到10000卢布的奖金，他是格利沙·布尔沙科夫，妈妈年轻时的一个朋友。

今天我只能靠300克面包和140克豌豆果腹。

明天，我只有300克面包了。

难道明天还不能开始工作吗？

今天，我收拾了自己的行李，把里面的东西反反复复折叠了不下一百次，最后总算满意了。

两件行李：一个手提箱，一个小包裹，而且包裹可以放进皮箱，这样我就只有一件行李了。

我把所有餐具都放进皮箱，皮箱里还有剩余空间，但是我不打算占用这些空间了，或许还能有其他东西呢，比如面包、香肠或其他食物。

想想吧！如果事情的发展都很顺利，甚至连我都很难相信，现在我孤身一人，17岁，即将前往另一个城市，有点儿可怕，却也美好，之所以美好，是因为我现在体会到了以前从来没体会到的感觉。因为我的精神与行动都经历了前所未有的自由，我与任何事物和人都毫无关系，想做什么就做什么，我正处于人生中最关键的时刻，需要自己选择该怎么做，该走哪条人生之路，并且只能抉择一次。

我可以留在这里，找份工作，独自在自己的房子里生活，但是，我没法忍受孤独的感觉，那种被陌生人与对我投来冷漠目光的人包围的感觉。

不！如果我能够再大一点儿，可能会选择留下，但是，我现在还不够成熟，当然，我也不再是个孩子。不，我觉得让我完全独立地生活还为时过早，我还需要外界的帮助，希望有人供我依靠，我希望有人能够代替我那被命运无情夺走的至亲，给予我关怀与爱护，即使是一点点也好。

我知道，在热尼亚和诺拉家里，我不会是个外人。我不该去麻烦他们，也不应该有任何苛求。我全都明白，我只是暂时借住在他们家，我会自己挣钱，帮他们养家。

日子久了，我也会试着找一间房，独立生活，不给任何人添麻烦，那将是多么幸福的日子啊！无论如何我也要过上那样的生活！

4月15日

今天电车恢复运营了。

好开心！

4月17日

现在已经是 4 月 17 日了。

今天，我把自己心爱的表卖掉了，得到 125 卢布和 200 克面包。

今天一整天我是这样度过的：中午 12 点的时候去了食堂，喝了土豆面条汤，之后去了家小馆子喝了两杯什么都没加的茶。3 点，我去买了面包，坐在涅夫斯基大街的圆形公园对面晒着太阳，吃光了所有面包。5 点离开，去公寓合作社重新登记了新的粮票，然后又重新回到涅夫斯基大街卖掉了我的表，到家时已经晚上 7 点了。

最近这几天，天气都特别的好，每天都晴朗温暖，我那间房现在每天下午能晒到将近两个小时的阳光。

让我更高兴的事，是说大概 20 日会增加面包配额，而且还能配发粮食、糖和油。

今天，还拿到一盒火柴。

我的所有行李都收拾好了，只要撤离一开始，我当天就要离开。

今天在食堂碰见了伊雅·奥西波娃，她从区议会听说，20日之后就会继续开始撤离。

前天，我和一个当兵的用一块绣着紫菀花的小毯子换了200克面包，不过为此我得跟他去家里取，路上，我得知两天前他刚从沃洛格达过来，他告诉我说撤离者的伙食很不错，并且一般都是免费的。

昨天，花盆里冒出了豌豆的小芽。

现在，街上已经有苍蝇了，而且我还看到了许多蚂蚁。

街上已经有人在卖柳树柔嫩的细枝。

花园里，树木枝杈上的嫩芽已经慢慢长大，一群群的小鸟叽叽喳喳地叫个不停。

目前还没有空袭警报和炮击。

4月18日

今天天气真好，温暖的阳光十分灿烂。

我看见小嘴乌鸦已经在树上开始筑巢了。

今天我是这样度过的：11点的时候，去商店买了50克的香肠。

之后，买了300克面包，买完东西，我去了食堂，喝了两份豌豆汤。

离开食堂，我来到小馆子，就着面包和香肠喝了两杯茶，吃得简直太心满意足了。

3点过后，我就再没吃过东西，但是仍然很饱。

明天，应该会配发粮食，我能拿到100克，而且，听说餐馆里还会有甜食供应，那样我还能用第五类粮票买上50克。

晚上8点，我去了索菲亚家，托她帮我搞点儿克非尔奶酒，我运气不错，她卖给我半升，75卢布。不是克非尔奶酒，而是"植物油脂酸奶"，标签上这么写的，不过，这种大豆酸奶也是挺有营养的。

4月19日

离 1942 年的 5 月 1 日还有 10 来天，也就是说，我在列宁格勒生活的日子最多也就 15 天了。

15 天就好像 1 分钟，会飞逝过去的。

还有 15 天，或许会更少，10 天，11 天或 12 天，然后就再见了，列宁格勒，永别。

今天一天是这样过的：10 点去买了 300 克面包，然后回家，把面包分成几份，面包心被我切碎，混在克非尔奶酒里面，这样就做成了非常有营养又美味的糊糊。

后来，在 12 点过了的时候，我又来到小餐馆，配着蔓越莓果酱面包喝了两杯茶，果酱是用第五类粮票买到的。

出了餐馆，我来到食堂，喝了一份汤，汤很棒，不知道里面放了什么油，还有面条、豌豆、黄豆以及各种杂粮。

离开食堂，我来到商店，买了 60 克的干豌豆，吃得真饱，我坐在宠物商店对面晒着太阳。

在那儿，我卖出了一个中等大小的盆子，21 卢布。

晚上 5 点，我回到家，配着果酱和一点豌豆吃了一小块面包，之后便去了寄卖处。在那儿我把家里的一把扇子估了价，他们给我 70 卢布，不过，夏天用的细绒布手套才估价 100 卢布。

回去的路上，我把手套卖了，60 卢布，快到面包店的时候又把最小的盆子卖了，6 卢布。

晚上快 8 点我得带着瓶子去索菲亚家，或许今天她还能给我一瓶酸奶，第二瓶酸奶我打算坚持久点儿，3 天吧。之后我就能再攒点钱买第三瓶，并且，我们这些受抚养无业人员还将拿到糖和油，这样就能坚持到 5 月了。之后……永别了，列宁格勒！！

天气真好，晴朗温暖。

明天我打算 11 点出门，先去小餐馆买面包，然后就着面包果酱美美地喝两杯茶，然后再去食堂喝一份汤，当然还要就着面包。剩下的面包带回家，放下面包我就出门，晚上晚一些时候我会就着剩下的酸奶吃掉面包，然后睡觉。

4月20日

今天的天气棒极了，天空很蓝，阳光明媚，简直一点儿也不像4月的天气，而是真正的夏天。

阳光照射的地方非常热，阴凉的地方都有15摄氏度。风儿很暖。

刚刚过11点，我先去了小餐馆，买了面包，配着面包和剩下的果酱喝了两杯又热又浓的茶。

紧接着去了食堂，收粮票的女孩儿叫卡嘉，很年轻，也特别讨人喜欢，她给我拿了我想要的食物，虽然我的粮票还不能用，因为日子还差得远，不过她真的很善良，仍然给我拿了吃的，这应该就是人们喜欢她的原因吧。

在食堂，我喝了一份汤，还拿了一份肉菜。肉菜里这块肝很合我胃口，特别好吃，1卢布一大块儿，相当于50克肉食和5克油的粮票，但是真的很值，因为每份肝里还会盛上一大勺真正的肉汤呢。

离开食堂，我回到家，把剩下的肝和面包放下，然后出门散步，我来到巨人电影院，买了张票，终于看了电影《香槟华尔兹》，那是部很棒的电影。

在看电影的时候，我忽然萌生出一个念头，真想也和电影里的主人公一样过着奢华的生活，周遭的一切都那样光鲜舒适。没事儿的时候拿音乐、舞蹈、节日以及各种消遣活动打发时间，这才是生活！奢华、美女、穿着入时的女人、头发滑顺衣着体面的男人、餐厅、娱乐、爵士乐、舞蹈、富丽堂皇、美酒、美酒和爱情、爱情、没有止境的香吻和美酒！喧闹嘈杂的街道、灯火通明的华丽商店、光彩夺目的轿车、广告、无边无际的广告，到处都能看到广告，散落在街道的每个角落，发光的、旋转的、花哨的。吵嚷、喧哗、叫闹，好像旋涡搅动一样的生活，一切都有自己的节奏。

这场战争过久地剥夺了我们所有的娱乐。

不过，其实在战争爆发以前，我们就在各方面模仿着美国，我们，苏联人，非常喜欢从国外来的东西。

说老实话，我们没什么东西是苏联自己的，都是从国外借来的。

我们喜欢吵闹与浮华，比照着最新潮流，基本是美式时尚打扮自己。我们的那些各式各样的娱乐活动也大多数是来自美国的，还有爵士乐！我们这里的年轻人都是爵士乐的忠实粉丝。还有狐步舞、探戈，加上那些各种腔调的情歌。特别是最近，广告忽然开始在我们的生活中占据了重要地位，收音机里播放的广告配着音乐，仿佛短小的诗歌。街上也和国外一样，整洁有序，到哪儿都能看见警察，洁白闪亮的轿车连成直线，熙来攘往，还有来往于街头的无轨电车。商店灯火通明，散发着光辉，里面货品充足丰富。

这场战争令我们的生活溃乱不堪，但是，我坚信，只要战争结束，一切就会慢慢步入正轨，我们仍会依照外国，特别是美国的模式改善我们的生活。

出了影院，我打算还去小餐馆，但是那儿已经关门了，我一直溜达到利戈夫斯基路（Ligovskaïa），找其他餐馆，但是也都打烊了，实在没辙，我问她（小餐馆里工作的女人）能不能用 22 卢布买块面包，糟糕的是，她居然答应了，并拿走了我的钱。我拿到了块又扎实又柔软的面包，它那样新鲜，散发着香气。

当天晚上，我就把 300 克面包都吃了，所以，明天就没有面包了。

今晚，防空高射炮的响声此起彼伏，有时还有噼噼啪啪的声音，好可怕。

明天一定会有什么事发生！

4月21日

今天早上天气和昨天一样的好，很温暖，阴凉处也有 16 摄氏度。

可是没多久，飘来几朵浮云，到了傍晚，天空整个变得昏暗无光，根本看不见太阳的踪影，还下起了毛毛雨。是场不大的阵雨，雨丝细如牛毛。

早上我来到了食堂，在那里我喝了两份汤，一份是豌豆汤，一份是燕麦汤，之后我来到小餐馆，喝了两杯茶。

7 点要去找索菲亚，还不知道能不能再从她那儿搞到酸奶。

哎呀呀，这原本的小雨越下越大，雨点那样密集，倾斜着落下，敲打着窗子。

那是什么？打雷了。

雷声，雷声！好哇！第一声春雷！第一场暴雨！多么令人心旷神怡的声音。那是天空发出的声音，既不同于防空高射炮的炮声也不同于火炮的轰鸣。

听到春天的雷声，我从心底里觉得开心！是啊，我居然活到了听到第一声春雷和看见第一场暴雨洒落的时候。

暴风雨，真正的暴风雨！我简直都不能相信。

我究竟在渴望什么？我自己也不清楚。

我只希望能够在我身上发生些好的、特别的事儿，希望 5 月快快到来吧，快点！我真的好想离开，越快越好，我还想要填饱肚子，哪怕只有一次也好，我真的厌倦了那种半饥半饱的生活，因为我整天都饿着肚子，即使我尽力驱赶脑子里所有关于食物的念头，但是没用，一到晚上我还是饿得要命。比如现在，我的胃就因为饥饿而阵阵痉挛，没错，痉挛，我简直可以吃下任何东西。

我去了索菲亚家，她没有酸奶。我用 1 卢布 20 戈比买了 300 克面包，然后去了叶卡捷琳娜公园，我坐在公园里，差不多吃光了整个面包，只剩下很好的一块，我打算明天带去小餐馆吃。但是，无论如何，明天我也不会以任何理由预支面包了，这种事只此一次。

该睡觉了！一天就又过去了。

4月22日

自己说不清楚是怎么回事，今天早上我的内心深处涌起一股悲苦的感觉，很难过！我自己也不知道为什么？

那种无法驱散的忧愁就这样啃噬着我，将我吞掉。

我的天啊，身边全是陌生人，陌生人，只有陌生人，没有一个亲人！所有人都漠然地从我身边走过，没有一个人关心我的存在，没有一个人想要认识我。

看啊，春天已经来了，昨天听见了今年的第一声春雷，看见了今年的第一场春雨，天地间的万物都在按照它们惯有的规律运转着，除了我，根本没人注意到我的妈妈已经不在了。这个可怕的冬天带走了她，我亲爱的、温柔的、挚爱的热尼亚，你能明白我是有多么的愁苦吗？

我站在敞开的窗户边写下这些句子。

柔和的风儿吹抚着我，阳光照得我暖暖的。我身边放着一个盛着水的广口瓶，水草新生的嫩芽显露出生机勃勃的绿色，几十只小金鱼虫、剑水蚤和其他小水生物才刚刚出世。旁边的一个花盆里，豌豆的嫩芽迎着阳光，傲然挺立。

当我环顾四周……不，其实，活在这个世界上还是挺好的。

是啊，很好，但是只限于肚子吃饱的时候。

感觉自己不饿，但是却没有吃饱，这样更加糟糕，每天我都吃不饱，简直就是折磨。我的天啊，如果能遇到妈妈的什么朋友，我大概还能管他要点钱，有了钱就能买些面包。

我什么时候才能见到我的亲人呢？什么时候才能坐在餐桌前用餐，体会身边围绕着家人而并非陌生人的感觉？什么时候才能和大家一起用餐，而不是眼巴巴地看着别人吃东西？我的天，快赐予我这点幸福吧！让我去找热尼亚，让我能见到利达、丹尼亚和诺拉。

神啊，发发慈悲吧！求你了！！

今天是4月22日。

5月之前还剩23日、24日、25日、26日、27日、28日、29日、30日这8天，好难熬的几天！我生命中最艰苦的日子。

对了，我忘了说，昨天在利戈夫斯基路排队买面包的时候，我看到了真正的荨麻蛱蝶。

我亲爱珍贵的朋友，我的日记，我现在唯一拥有的只有你了，你是唯一可以为我出主意的朋友。我把自己的所有悲哀、苦痛和忧愁都吐露给你。对你，我只有一个请求：把我悲伤的故事都留在纸页里，日后，如果有必要，把我的故事告诉我的亲人，让他们知道我所经历的一切，当然，如果他们愿意的话。

今天下午，我去了食堂，拿了两份汤，汤里有面条，但不是很浓。我把自己的勺子借给一位忘记带汤匙的女士喝汤，为了答谢我，她往我的汤碗里放了一大块椰子人造奶油，当我把油从汤里捞出来，但是汤已经变油了。

然后，我又换到了张换粮食的粮票，因为我把自己的通行证借给了别人用，粮票已经好久没用了，因为卡嘉从来不向我要。

据说这间食堂25号就彻底关门了，因为大家对此都相当不满，怨声载道，我倒是特别满意，而且觉得食堂的工作人员都特别好。

离开食堂，我来到列戈夫斯基路上的小餐馆，买了面包，只有在这家餐馆可以预支两天后的面包，所以，经常能看到这里排着大队，而且往往买面包的人多过喝茶的人。面包很好，而且相当划算。回去的路上，我经过涅夫斯基大街，顺便去了"美食家"，店里没什么人。我舒舒服服地坐在一个角落，享用我刚领到的面条、汤、面包还有椰子油。

吃完后，我来到拉斯耶斯日亚街上的一家小餐馆，加入到排队的人流中。

已经下午3点半了，餐馆4点关门。

人们排着长队，当然不是为了喝茶，而是为了买糖，每个受抚养无业人员可以用第五类粮票换到50克砂糖，可我的第五类粮票已经用光了。不管怎么说，我还是在队伍里等了好久，终于买到两杯茶，因为面包只剩下一小块了，所以，我把它切成两半，抹上剩余的椰子油，当场就吃得精光。

离开小餐馆的时候，我的胃里叮叮咣咣的都是汤水，我觉得自己是这世界上最渺小、最不幸的人。怀着这股强烈的悲伤之情，我来到之前撤离中心的所在地，那里已经空无一人，寂静无声。我坐在长凳上，泪水止不住地落下来。放声大哭过后，我打算离开，正巧碰见一位女士，我问她什么时候才可以重新开始登记，她回答我说：5月初再过来吧。

就这样，我打算在5月前离开这里的希望永远地破灭了。

天啊！离5月还有8天，这些饥荒的日子多么可怕啊！

我眼前还摆着这封电报："我们等你。热尼亚·诺拉。"

我的热泪又涌出眼眶。

诺拉……热尼亚，他们是唯一认识我的人，不光是认识我，他们还了解我经历的苦难，了解我的一切。他们爱我，他们关心我的死活，他们是我的亲人，在一片陌生人会聚的汪洋中，唯有他们向我伸出了炽热的双手，但是，那双手太远了，好远。

这就是我泪如雨下的原因。

所有能帮我的人都离我好远，格利沙，假若他能在列宁格勒，会不会帮我呢？当然会的，他会给我些钱，因为他现在有很多钱，基拉也会帮我，但是他们都那么遥远。他们都在那么远的地方，没法帮我。可是我需要他们的支持，我是多么的需要啊，就在此刻。我希望他们在5月1日前，能够帮我撑过这8天，但是，没有人能救得了我。

我们等你！

这几个字带给我多么奇异的热度。我们等你！亲爱的，什么时候能见到你们呢？待在列宁格勒的这段日子，我就是这样生活的，不，不是生活，是在苦挨。每天，我都拖着一个沉重的包袱，每天我都掐指算着，每小时，每分钟，每秒钟，但是，时间走得这样慢，太令人难过，只能哭。我要怎么做时间才能不着痕迹地飞快流逝？我知道，那就是暂时先忘记自己即将离开，但是办不到啊！不可能办到的！！

4月25日

今天我又翻开了日记，拿起了笔。

最近这段时间以来发生了好多事情。首先，天气有了变化，白天经常艳阳高照，但是仍然刮着冰冷的强风，涅瓦河带走了拉多加湖上的冰块。

昨天下午，德军又开始蠢蠢欲动，来了一次怕人的空袭警报，持续了两个钟头，而且警报期间还有非常可怕的炮击。

而今天的空袭警报持续了 1 小时 30 分。

纳西姆森大街上的食堂关门了，不过罗莎莉亚·帕夫洛夫娜提前得知了消息，替我搞到了真理街上另外一家食堂的通行证。今天我第一次来到这家食堂，虽然需要排很长的队，但是食堂提供的菜都很不错，种类也很多。

比如，今天的菜单是这样的：

豌豆浓汤——20 克粮食用粮票

豌豆泥——40 克粮食用粮票

黄豆粥——20 克粮食用粮票

黄豆饺子——20 克粮食用粮票加 5 克油票

肉丸——50 克肉票

香肠——50 克肉票

我要了一份黄豆粥，在食堂吃完，然后去了伊里奇街（Ilyitch）的一家面包店，但是那里不能兑换 27 号的粮票，之后我去了戈罗霍街（Gorokhovaïa）与扎格洛德尼大道街角的面包店，也不能兑换 27 号的粮票，但是，我决定不走了，我下定决心耗在店里，怎么都要买到面包，无论如何都要买到 300 克面包。我的方法奏效了，为此我感到十分高兴，到了 6 点的时候，我买到了 250 克面包，每 100 克 4.5 卢布。

晚上终于有吃的了，我心里真高兴！已经 7 点半了，我吃得特别饱，而且手头 27 号换面包的粮票还没动。

我的梦想实现了，终于跨越了这个困难。

明天，不管去哪家面包店，我都能买来 300 克面包，难道这不值得高兴吗？这绝对值得开心。

关于撤离的事儿，现在还没任何新的消息，不知道 5 月上半月会不会重新开始登记，我打算在有撤离通告之前先去学校上学。

从5月3开始起，各年级各班都回校开始上课，终于算是有人开始关注我们这些还在学习的人了。这是我们敬爱的斯大林同志的安排：保障所有还在列宁格勒的学生们的生活，供给他们最好的饮食。

罗莎莉亚·帕夫洛夫娜拿给我看了学校行政部门出示的指示，还是她用打字机打出来的呢。

学生饮食配给

孩子上交粮票，扣除后可获得如下食物：

油：200克

糖：300克

学校早餐：

1. 荞麦粥

2. 茶

学校午餐：

可在1~2道菜中进行选择

12岁以下儿童面包分配——300克供其在学校食用

——100克供其拿回家

12岁以上孩子面包分配——400克供其在学校食用

——100克供其拿回家

每个孩子每日食物配额：

1. 面包：400~500克

2. 肉：50克

3. 油：50克

4. 粮食谷物：100克

5. 糖：30克

6. 蔬菜：100克

7. 麦粉：20克

8. 马铃薯粉：20 克

9. 豆奶：50 克

10. 茶：10 克（每月）

11. 咖啡：20 克（每月）

对于那些体检结果为特别虚弱的孩子会获得额外食物配给。

学校行政部

发生了什么……高射炮又开始轰鸣了。

是啊，那些该死的德国兵又开始在我们头顶盘旋了。看哪，那些嗡嗡作响的秃鹫们！

虽然开始上学，但学校的课程主要着重复习之前学过的内容，也就是说复习上一学年学习过的内容。

春天没有任何考试，事实上，与其说这是学校，倒不如说这是专门给列宁格勒学生们开设的门诊所。这一学年的课就算是白费了，真正的学期开始要等到暑假之后。

哦，我忘记说了，今天在去食堂的路上，我碰见了沃夫卡！我的沃夫卡！他简直变了模样！他整个人很憔悴，瘦骨嶙峋，他现在待在门诊所，打算回学校上课。

我亲爱的沃夫卡，就算他变成魔鬼般的模样，我也仍然爱他。

4月26日
- -

万物皆白，覆盖着白雪。

白雪飘落在街头，洒落在屋顶。

公园重新披上白衫。

但是，你瞧，虽然到处是雪，这可不是冬天的雪。

已经下午 1 点多了，房顶上的雪早已融化了，而且上面的瓦也已经干了。

我特地去戈罗霍街买面包，运气不赖，买到的面包特别松软，轻盈得仿佛绒毛，所以我拿到很大一块，我把面包带回了家，然后去了食堂，走进食堂一看，里面的人不太多，我要了两份黄豆粥还有一根香肠。

现在我正坐着听广播，双腿裹着被子，我不停地问自己该怎么做？如果现在拉多加湖的湖冰已经开始消融，那么也就是说，5 月的时候可以通过水路撤离，到时我是要立刻去找热尼亚，还是留在学校里学习，多吃一些，恢复恢复体力再走呢？真不知该如何是好。

而一方面，我多么希望回到班级中间，坐在我的课桌前，和班里同学一起拿出课本和笔记；还有，说到食物，我不得不说，还是挺诱人的呢！早上到了学校，有热乎乎的甜茶和抹了黄油的面包。啊，对了，我差点忘了，早餐还有粥呢，加了黄油的热粥，然后才是茶，吃饱肚子后学习，这是多么开心的事儿啊。

几节课过后，就又该吃午饭了，把一部分食物带回家，一部分在学校吃。

想想现在的生活环境，多好啊，但当然也有不好的地方，每当放学后我回到家，家里都冷冷清清，身边的人都是陌生人，根本没人关心我，而且偶尔还伴随着空袭、炮击，难道要继续拿自己的生命冒险吗？每时每刻我们都有可能丧命。

一想到这里，感觉太可怕了。我想活下去，该怎么办呢？我亲爱的日记，真遗憾你不能给我任何建议。

另外，如果我抛开一切即刻出发，在路上我能够吃饱，可以到达高尔基城，寻找莫吉列维奇街（Moguilevitch）。

现在我就沿着这条街走着，一只手拎着皮箱，另一只手拿着自己的包裹，心脏因为激动狂跳着，快要从胸口跳出，终于到了 5 号院，1 号楼，我终于回到了亲人中间。我身边包围的再也不是那些陌生人，而是我的家人。有热尼亚、诺拉、利达、谢廖夏、丹尼亚，我们几个人围坐在桌前，我也是他们家庭中的一分子。家庭万岁！

天啊，这有多么幸福啊！

该怎么办呢？

之后，是啊，之后呢？我会和利达一起工作，她带我熟悉这座城市。我俩会无处不去，然后，夏天就来了，美好的夏天，迷人的夏天，周遭的一切都变得绿意盎然，而伏尔加河，雄伟的伏尔加河，就从我眼前流淌而过。

然后，战争结束了，我会和热尼亚一起去莫斯科。你好，莫斯科，你好，美丽的城市！就这样，我会从一个列宁格勒人变成莫斯科人，到时侯，就和列宁格勒再无瓜葛了。

哦，是的，是的，我当然要离开，和孤独相比，一杯甜茶和半斤面包又算得上什么？永别，永别了，孤单！我要去找你们，我身在远方的亲人们。

热尼亚，你听到我的心在跳动吗？它快要跳出我的胸口，它渴望与你相见，热尼亚。

我的灵魂、我的心，还有我的整个身体，都已经在那里了，在高尔基，我所有的愿望和心愿只是尽快地将你们拥抱，尽快！！热尼亚，我要紧紧地抱着你！因为，你就是我的第三个母亲。天啊，天啊！你听见我的祈求了吗？让我平安地到高尔基吧！这是我对你唯一的请求。

高尔基，高尔基，高尔基……高尔基，我要尽快奔向你的怀抱！！！！

明天我能拿到茶、油和糖。我不会忘了去餐馆的，到那儿就着抹了黄油的面包喝两杯甜茶。

4月27日

今天，又响起了空袭警报，还有炮击，已经是今天的第2次警报了。

今天天空很晴朗，万里无云。

我想象着5月1日会是什么样子。

是啊，到了那会儿我还是走不了，可是，那些有幸离开的人们，他们会活下去的，而我……一切都是未知。

算一算，离撤离开始的日子已经屈指可数了。

难道我会就这样死去吗？太可怕了，时刻都有可能丢掉性命，或许会被炮击，或许会被炸弹炸得灰飞烟灭。

5月上半月可能都是这样恐怖的日子。

熬过了严冬、饥饿和骇人的寒冷，却在离开之前这刻死去，这该是多么白痴和糟糕啊。我都已经坚持到了春天，看到了植物们的绿意盎然和勃勃生机，收拾好了自己的行李，便这样与生命诀别，命运对我也未免太过不够公平。

是的，我真的不想死！

或许今天我写下的这些文字就算是我的遗言了，拜托：发现这本日记的人，烦请将它寄到以下地址：高尔基市，莫吉列维奇街5号院1号楼，E.N. 茹科娃。

4月28日

想一想，做一个心存希望的人，是一件多么美好的事啊。就拿我自己来说吧，最近这几天，就是心里的这些希望让我坚持着活下去。

因为心里有希望，等待并未让我萎靡不振，反而坦然了不少。我不着急，我知道，万物发展都有它的秩序，等待着我的是件多么有趣的事情啊，我将出门远行，去另一座城市。我要乘火车出发，去欣赏那沿途的风景，然后坐船穿过拉多加湖。说真的，我还从没看见过拉多加湖呢。然后继续乘火车，在沃洛格达换车，然后，再坐火车一直到高尔基。

我十分向往这次旅行，路上我能享用免费的美食，还能拿到面包，我希望旅程仿佛马上就要开始了，当然，还需等待区区几天。

虽然那旅程是漫长的，但完成旅程之后，就是我崭新的生活。

旺盛的好奇心征服了我，我知道自己的前方有着许多未知数，但是，耐心，莲娜，一定要耐心，所有事物都按照自己的秩序发展。今天已经28日了，明天就是29日，再之后就是30日，这几天我能吃到些什么？东西还真不是特别多。

比如今天，我的食物包括 300 克面包、之前剩下的 50 克油还有 150 克葡萄干。

明天，我能拿到 300 克面包、100 克香肠和 75 克奶酪。

30 日，300 克面包、半升酒和 250 克鲱鱼。

5 月 1 日，我就又能去食堂买粥喝汤，或许，从 1 日起就会增加面包配额，希望增加面包配额这件事，不只是一个传说。然后，我肯定就能离开了，不管怎么说，直到离开之前我都不会饿肚子的，出发之后更加不会。

想想，这多好啊，在等待中生活是件多么开心的事！

今天已经拉了两次空袭警报了，早晨一次，下午一次。

今天的天空灰灰的，很冷，没有太阳，不过，麻雀仍然愉快地叽叽喳喳着。我窗前的公园里，草坪已经变绿了，满是春天新生的嫩草。我的小豌豆不是一天天在成长，而是每小时都在长大，它真是漂亮！高贵、挺直，稚嫩的绿叶匀称整齐。我泡在水盆里的小枝也已经变绿，生出了嫩芽。一切都很好，如果没有德国人的进犯，也正是因为他们，我才那样害怕 5 月 1 日的到来。

好啦，但愿一切都能顺利过去。

很快，再过不久我就会拿好自己的行李，搭 9 号道电车出发，我从前月台上车，给自己和行李买张票，经过熟悉的街道来到熟悉的芬兰火车站。好了……汽笛响起，火车缓缓开动。我们将驶过那座桥，就是那座桥，多少次，我一个人或者和妈妈一起从 20 号道坐电车驶过桥洞。别了，列宁格勒！人们在有轨电车站望着我们。他们在想什么？肯定有人在嫉妒我们，也有人会自言自语："滚蛋吧，我们还能多拿到点儿面包！"左手边，我看到克拉拉·蔡特金妇幼保健学院的校舍飞快地向后退去。

是啊，我和妈妈在那儿工作了两个月。看哪，那边有个穿着白色罩衫、戴着白色头巾的女孩儿走在小路上，手里拿着些文件。那样的情景，有多少次，我和她一样，也走过同样的路去送健康报告。唯一不同的是，当时我在那里的时候是冬天，一切都笼罩在白雪之下，而现在却是春天，树木枝丫上冒出了花朵，你看，铁路道两边路堤上，款冬已经绽放出美丽娇小的黄色花朵。

别了，列宁格勒！

　　天空蔚蓝，飞机在阳光的照射下盘旋在我们的头顶上方，火车越驶越快，多好啊。我打开皮箱，切下两大块面包，一边吃着，一边望着窗外，吃得真饱。

　　火车站临行前，每个人都能领到一份面汤，相当浓稠，还能领到一份豌豆泥，也很稠。我还剩下些没吃完。除了上述这些，每个人还有 800 克猪血肠和 1 千克面包，这些是到拉多加湖之前的食物，到了那儿之后，还会发新的热食。

　　多棒啊！我的思想早就飞离列宁格勒了。

　　但事实上，我还坐在这里，双腿裹在暖和的被子里，广播接连不断地发出单调的声音，有轨电车叮当驶过，偶尔还会响上几声汽车喇叭。我肚子不是很饱，说实话，我现在很愿意吃下任何东西，不管是什么，但是我却什么都没有。一点儿渣滓、一个葡萄干都没有，我早就把它们吃光了。不，最好现在不要想食物。

　　我告诉自己，莲娜，明天就能拿到食物了，但是今天，你已经吃过了，这就够了。想想，才不过两个钟头，你就把那么多的葡萄干都吃了，整整 150 克。我的小可怜，可怜的姑娘！别苦恼，我亲爱的，最后这几天了，再忍一忍，5 月 1 日之后你就又能去食堂了。啊，是啊！第一天，我一定得拿一份汤，两份豌豆泥，在食堂把汤喝掉，然后把豌豆泥带回家，傍晚的时候去买面包，这是多么高兴的事儿啊。

4月29日

　　时间过得像流水一样，不知不觉就流逝过去了。今天我过了 11 点才起床，之前一直坐在床上缝缝补补。

　　起床后，我先倒了垃圾，然后打了水，5 卢布卖掉一本戈里鲍耶朵夫（Griboïedov）的一本书。之后搭 9 号道电车到总站，回来的路上在戈罗霍街用 1 卢布 70 戈比买了面包，非常棒的面包。接着我又去了商店，买了 75 克奶酪，奶酪也非常不错，19 卢布 1 千克，又新鲜又绵软。之后，我在买酒的队伍里站好位子，把面包和奶酪都送回家，拿了容器回到商店，买了四分之一升的粉红酒，28 卢布 20 戈比每升。

买完了这些东西后，我回到家，赶紧钻进被窝享用美餐。我差不多吃了 1 个小时，一丁点儿一丁点儿地啃食，每个渣滓都不放过。

晚上 5 点之后，我又去了商店，得知傍晚的时候会出售鲱鱼和香肠，但我只剩下 1 卢布了，于是我赶紧挑了几本书，在大街上卖掉，得了 20 卢布。

我回到家，继续缝缝补补，差不多把奶酪全部吃光，只剩下非常小的一块。

晚上 7 点的时候，我又来到商店，排队等着买 19 卢布 1 千克的香肠，不过没买着，最后只能买了 11 卢布 1 千克的小香肠，也很棒。

明天能买到鲱鱼和啤酒。

据说明天凭新粮票还能换到白面包，而不是之前的黑面包，但是现在，我得睡觉了，得睡觉！这一整天把我折腾得筋疲力尽。

今天天气很暖，太阳很足，令人惊奇的是，那些德国的飞机并没出现，我们的高射炮非常尽忠职守。

我从广播里听到，仅仅最近这 3 天，我们的高射炮就击落了 71 架敌机。

想一想，明天就是 30 日了。

真幸福！

因为离我出发的日子越来越近了，1 小时又 1 小时。昨天排队买香肠的时候，我结识了一位上了岁数的妇女，她住在 17 号院 5 号楼，名叫米亥伊洛娃，也是孤身一人，打算去沃洛格达，那边有她的女儿和两个孙子，还有她女儿的军官丈夫，她希望我俩可以一起走。在旅途上有个伴，我当然也很乐意，这样的旅程甚至对我有很大的好处。她是一个温柔、性格宽厚的老妇人，我可以照顾她，在去沃洛格达的路上她对我用处很大，到了那边，我还可以去她女儿家喝杯茶，因为她说她家就在火车站边，这位老妇人让我登记前去找她。

4月30日

　　我决定现在用一种崭新的形式来记我的日记，用自己的名字和第三人称来记述，就像写小说似的，我想这样人们就能把我的日记当书那样读。

　　今天11点一过，莲娜去到公寓合作社领粮票，但今天她没领到。办公室负责人塔季雅娜·维亚切斯拉沃夫娜认为莲娜已经找到工作了，所以没有把莲娜记入到受抚养者名单里，她告诉莲娜在傍晚五六点的时候得再去一趟。

　　离开那里，莲娜去了商店，但是很不幸，鲱鱼和啤酒刚刚卖完。老板说傍晚肯定还会有啤酒，但是鲱鱼是不会再有了，并且告诉莲娜说有什么就买什么吧。于是莲娜买了250克的咸鳊鱼，买到的这条几乎是一整条鱼，只有尾巴被剪掉了。

　　莲娜回到家，非常开心地吃起了鱼，鳊鱼很肥，异常可口，但莲娜起初决定只吃一半，剩下的一半晚上配白面包吃。但是，当吃完一般半后，感觉自己的胃口大开，又吃起了另外一半，这美妙的活动持续了将近3个小时。不过，吃了这道味道稍咸的美味过后，又没吃面包，可想而知，莲娜渴坏了，喝了几乎一大壶的生水。

　　然后，莲娜去了小餐馆，买了4杯茶灌到自己带的容器里。

　　接着，莲娜回到家里，用茶代替面包，把剩下的鱼吃完了，吃完之后，莲娜小睡了1个小时。起床后，她又来到商店买啤酒，但是仍然没有，只得买了盐回家。在回家的路上，她路过公寓合作社，但是门已经上了锁。

　　已经大约是晚上6点了，莲娜又来到商店排队等着买啤酒，在队伍里和其他人一直等到11点啤酒被送来。

　　但是在今天上午11点的时候，有人说，啤酒送来了也要第二天早上才开始售卖。

　　有什么办法呢？莲娜感觉自己好累，只好步履蹒跚地往家走。

　　夜空中挂着皎洁的月亮，繁星点点。"明天又会是如何的呢？"莲娜一边想着，一边钻进被窝。

　　夜里12点，莫斯科电台发出了广播：那是克里姆林宫敲响的钟声，列宁格勒的人民又听到了那著名的钟声，已经好久没有听见这曾经熟悉的钟声了，再度听到是多么惬意啊！《国际歌》过后，莲娜沉沉睡去，直到第二天清晨。

我决定用一种崭新的形式来记我的日记。用第三人称记述，就像写小说似的。这样我们就能把日记当书那样读。

5月1日

5月1日终于到来了。

可想而知，莲娜6点钟的时候并没去买啤酒，因为今天早晨她睡得很沉，但是稍晚的时候，她还是起来了，她告诫自己千万不要错过买啤酒的机会。

莲娜出了门，今天的天气很晴朗，空中没有一朵云，迎风飘扬的彩旗把街道装点得特别漂亮，仿佛乐队马上就要奏响乐曲，游行的队伍也即将出现在街头。

可是，不，今天仍然和往常一样，是普普通通的工作日，今年，劳动者们主动放弃了这一天的休假，把5月1日变成了真正的劳动日和斗争的日子。

商店里还是没有啤酒，根本没给供货。

莲娜回了家，不太想睡，于是打开了广播，她太饿了，可是什么时候才能拿到新的粮票呢？可能得傍晚吧。哦，无所谓，她自己安慰自己说今天就能拿到600克面包了。要是罗莎莉亚·帕夫洛夫娜5点前能给她搞到食堂的通行证，那她就只买今天一天的面包，然后，去食堂多拿些食物来庆祝节日。

为此，莲娜打算要三份粥、一份汤还有一份肉菜。

广播里一首又一首地播放着战斗歌曲、进行曲和新的口号、诗歌。

莲娜回忆起了去年的5月1日。

学校的学生一起步行去博罗金诺街，之后队伍就停止了前进。天上忽然下起了雪，雪很大，转眼间街道上就变得一片泥泞，到处是融化的积雪和泥洼。渐渐地，人群散去。不少人都火急火燎地回了家，要不怎么办呢？人们都穿着春天的衣服，妇女和女孩儿们都穿着轻薄的外套，男人和男孩儿只穿了短上衣。莲娜当时也只穿了件很薄的大衣，连胶鞋都没穿，她着急忙慌地跑回家穿上毛皮大衣和胶鞋。她还记得自己到家时，妈妈正坐着缝补衣物，阿卡正用葡萄干做烤薄饼。莲娜说自己要赶着回去，要先吃，妈妈还是劝她要她再等几分钟，莲娜吃了第一张热腾腾的烤薄饼，阿卡还塞给她一把葡萄干让她带着路上吃。

想一想，那是多么美好的时光！可是那时候莲娜却并不懂得珍惜，她理所当然地认为这样的生活再平常不过了，大家过的日子都是如此，有阿卡和妈妈的陪伴与悉心关爱对她来说稀松平常。一切都是为了阿留努什卡准备的，妈妈和阿卡这样称呼莲娜。是她，阿留努什卡，每次都享用最好的那部分，每次她的饭碗都是最满的，但是小阿留努什卡根本不懂得珍惜。

而现在，当她彻底失去阿卡和妈妈的时候，才开始明白之前生活的价值。如果那段时光可以回来，她愿意付出一切！但是这根本不可能，她再也见不到阿卡和妈妈了，除非在梦里。

现在，如果她能够到热尼亚那里去，她一定会将所有能够让她回忆起家庭生活的事物视若珍宝的。单单是能和热尼亚与谢廖夏同坐在桌前，面前摆放着餐具，就足以让她体会到最大的幸福。

是啊，现在这一无所有的生活给她上了真实的一课，甚至是残酷的一课。

如今，回想当初的一切，莲娜自言自语："有了这些教训，今后，即使是最微小的食物残渣你也要去珍惜，你要知道所有事物的代价，这样才能在世界上活得容易些。"

"祸兮，福之所倚；福兮，祸之所伏。"苏联的一条谚语这样讲。当然，经历了这样的"生活磨砺"，莲娜再生活起来确实会容易许多，而且不光是她，对于所有经历了这样可怕遭遇的苏联人民来说，战后的生活一定会是容易、欢愉和富足的。

上午 10 点多，莲娜去了公寓合作社，终于拿到了自己的粮票，出了合作社，她来到商店，没用排队就买到半升啤酒。莲娜把啤酒放回家，来到最近的一家开在鞋店里的面包店，买了 150 克白面包和 150 克黑面包。

白面包的味道特别好，每千克 2 卢布 90 戈比，黑面包每千克 1 卢布 10 戈比，很重，皮也很厚。买完面包，莲娜来到自己公寓对面的公园，坐在公园里晒着太阳吃她那两块面包。

白面包那么美味，简直胜过任何蛋糕，可不是嘛！从 11 月以来她就没吃过白面包了，莲娜清楚地记得最后一次吃到白面包，还是妈妈在医院工作的时候偶尔给她带回一小块儿。但是当时那种白面包的品质没现在这种好，面包是灰色的，而且黏乎乎的。

其实早在战争爆发以前，莲娜就没吃过这么好的白面包了。

战前几个月，莲娜一家的生活很拮据，家里没什么积蓄，而且妈妈和她还打算在六七月份的时候存些钱，8 月好去伏尔加河旅行，所以白面包对她来说就成了可遇不可求的美食，一家人经常吃到的只有黑面包。

燕麦片是那时的主要食物，要多少有多少，还很便宜。差不多一整个月，阿卡每天都用燕麦煮那种和粥一样黏稠的汤当午饭，每人满满两碗，以至于莲娜最后真是吃够了，一碗都吃不下。晚上，阿卡会把燕麦炒一炒好烤干硬的燕麦面包，这就是穷苦人的生活。

现在，每当想到此，莲娜都露出一丝苦笑。

吃过黑面包和白面包后，莲娜打算去撤离中心转一圈，和上次去的时候一样，撤离中心里没什么人。待在中心里的三位妇人告诉莲娜，四五天后才会有撤离的消息。

"所以这段时间，我还是先回学校吧"，莲娜这样想着来到了小餐馆，其实，她并没指望餐馆开着门，只不过是路过瞧瞧。可令她高兴的是，餐馆正在营业，等了不算很长的一段时间，莲娜喝了两杯热茶，第一杯是配着黑面包喝的，第二杯是配着白面包喝的。

她回到家，放下白面包，决定出去再买块好点儿的黑面包。她转遍了所有她知道的面包房，好像都和她故意作对似的，面包房里的白面包都很棒，可黑面包却都很糟糕。

这些并没让莲娜感到悲伤，她悠闲地走着，开心地享受着洒落在街上的阳光，半眯着眼睛，她沉浸在温暖、阳光与麻雀开心的叽喳叫声中。

值得指出，今年的 5 月 1 日很特别，一切都好像是为了节日而特别准备的：天空湛蓝无云，阳光明媚，天气那样温暖，在太阳照不到的地方，如果没有微风拂过，甚至觉得有些闷热。街道上一片红色旗帜汇成的海洋，随着风儿缓缓飘舞，那红色在阳光照射下更加鲜艳，那是一种耀眼的红色。花园里满是欢快吵闹的孩子。

可是，美丽的 5 月来了，而炮声却仍然不止，炮火很猛烈。但是大家早已经习惯了，莲娜也没有特别在意，她一边听着收音机里的节日音乐会转播，一边缝缝补补着。

5月2日

昨天一天都没有空袭警报，这当然全要归功于斯大林的那些空中勇士们。

今天，莲娜过了 11 点才起床，还没来得及穿好衣服，就有两个合作社的女孩儿来找她。她们查看了莲娜的房间，并且因为屋内的凌乱谴责了莲娜几句。"卫生委员会可能会过来罚你款的。"

莲娜深感羞愧，回答她们说要罚就罚吧，反正也没有钱。其中一个女孩儿耸耸肩，问她打算怎么收拾这间屋子？当她们得知莲娜 4 月的房费还没交，便告诉她今天必须缴清。

莲娜答应了。

莲娜来到合作社，交了 4 月份的房费，一共 17 卢布 40 戈比。房费交完后，身上还剩下 5 卢布。

然后，莲娜去了食堂。

在路过鞋店门口的时候，莲娜碰见了杨尼亚·雅各布森，还没来得及打招呼，莲娜的文学课老师薇拉·弗拉基米罗夫娜朝他们走来。三个人聊了几句，原来杨尼亚一直都没停止去学校上课，她现在气色不错，胖乎乎的，面色红润。莲娜为此很是惊讶，薇拉·弗拉基米罗夫娜倒是瘦了不少，但是态度仍然一如往常地乐观。

这次的见面让莲娜非常开心，在食堂，她要了一份汤面还有炸黄豆丸。

汤很稀，没什么意思，反倒是黄豆丸子很好吃。

莲娜最后断定，还是买炸黄豆丸子更实惠一些。两个炸得金黄的大黄豆丸子味道很好，只要 20 克粮食用粮票和 5 克油票就能换到。

出了食堂，莲娜来到公园停留了几分钟，然后便去买了半升灯油。莲娜数了数剩下的粮票，发现今天还有一张能用，够买一份白乳酪蛋糕。说干就干，莲娜跑回食堂，但是蛋糕已经卖完了，肉菜也没有了，她待在原地想了一会儿，最后决定买份黄豆粥。

离开食堂，她去了戈罗霍街买面包，但是，所有面包店出售的都是 1 卢布 10 戈比 1 千克的那种，于是莲娜挑了一家卖的面包比较干燥的面包店。

回到家，她分两次打了水，之后去了奥莉亚家。奥莉亚在家，躺在床上。莲娜先是庆祝她拿到了粮票，奥莉亚告诉莲娜今天是她的生日，于是莲娜又祝她生日快乐。莲娜想和奥莉亚一起去小花园待上一会儿，但是奥莉亚炎症很重（她得了骨结核病），没法出来。莲娜在家里陪了她一会儿，奥莉亚的房间很大，昏暗不堪，被各种高档家具挤得满满当当，莲娜很不喜欢，整体环境又晦暗又阴冷。莲娜从奥莉亚这儿借了本书：《在锡霍特阿兰山》，然后就去了小花园。

天气很闷热，花园里有不少孩子，他们洪亮的叫喊声和笑声洋溢在整个街道。

莲娜找了条长凳坐下，想读读书，但是读不下去。于是开始看着孩子们，看他们开心地奔来跑去。她心里想着，等到眼前的这些孩子长到她这般年纪，会过得比她好很多，他们的青春将快意幸福。他们不必承受她所经历的一切，他们的亲人也不会接连去世。是啊，他们会比她幸福很多。

太阳落山了，天气也变得凉快了。

莲娜回到家里，把水在炉子上烧热准备沏茶，可是，光是点炉子就点了好久！莲娜就着面包喝了一杯热茶，还做了一道鱼汤。她还有剩的鳊鱼、鱼骨、鱼鳞和其他一些边角料，她把这些东西都放在一个白铁做的容器里，加上水烧开，做了一道非常香的鱼汤，味道特别美，莲娜喝了整整一碗。之后，她把自己的鞋子修理了并刷洗干净，因为在别人面前还是得穿得体面点的。

去年冬天，天气那么寒冷，人们都不太注重自己的外表，可是现在就不同了，5月的天气温暖和煦，人们都开始穿得漂漂亮亮，也开始重视起自己的外表了，特别是那些年轻人，到处都能看到那些时髦的发型和帽子，男人们都穿起西装，搭配着得体的小围巾，莲娜当然也想穿得好点、体面点。现在，每当看到那些仍然穿得乱七八糟的人经过，她就会深感厌恶，这让她很恼火，但是，这种人大多是老人、疾病缠身的人还有那些虚弱的人。莲娜呢，虽然最近也都虚弱得不想动弹，但她毕竟还是一个注意自己形象的年轻女孩儿。"我得穿得好看些"，她这样想，并且对自己头发长得这么慢深感失望：没有满头的长发就是少了些什么，头发确实能让一个人更好看啊！当她面对着镜子的时候，莲娜很满足地发现她的脸不像自己想象的那么糟糕。她身上真的瘦了很多，只剩下皮包骨头，丰满的胸也不见了踪影。

之前，莲娜曾梦想着和利达·克列门季耶娃一样瘦，但是她总是为自己过于丰满的胸而烦恼，但是现在，她变得比利达还要瘦了。

这一天很平静，没有空袭警报也没有炮击。

5月3日

早上起来，天空中就布满了云，敌人当然没有放过这种有利环境，上午9点之前就响了两次空袭警报，不过，两次警报持续的时间都不长，也不太可怕。警报刚一拉响，防空高射炮便开始猛烈地反击，之后炮火渐熄，天空中传来我军战斗机有力的轰鸣，没有任何震动的感觉，这证明敌人没有投射炸弹，敌军八成没能够接近我们的城市。

莲娜在第2次空袭警报解除后起了床。

昨夜，她睡得相当甜美，还做了个美梦，起床后，她跑去买面包，还喝了一杯凉茶，然后等着沙夏阿姨，打算管她借碗和桶。

已经11点30分了，沙夏阿姨还是没来，莲娜就去了食堂，食堂里人很多，而且只凭新通行证提供食物，但是，莲娜在队伍里看到了她的朋友，一个最近在一起上课的女孩儿，这个女孩儿用自己的通行证帮莲娜拿了一份黄豆汤和两颗肉丸。

食堂还卖 5 日的面包，莲娜忍不住又买了 300 克，一到家，莲娜先把饭吃了，然后烧了热水，洗了澡，换上干净的衣服，然后去了学校做身体检查。

外面很凉爽，下着细雨，天空阴云密布。

莲娜排了 1 个小时的队等着体检，最后终于拿着标有"健康"的证明回了家，到家后，莲娜煮了开水，沏了两杯茶，把剩下的面包切成薄片，上面放上剩下的肉丸，做了相当美味的一餐。

明天，学校就都重新开课了，但是莲娜的学校要到 5 日才正式上课，明天 4 点举行全体学生集会。莲娜在广播里听了一档给学生专门设计的节目，学到不少东西。

通过广播，她知道学校内的工作已经得到全面改革，学生们一天中的大部分时间都将在学校度过，但是课时却比以往少了很多。

高年级学生 17 点 30 分下课，每天上不超过 5 节课，课程从早上 8 点半开始，12 点是点心时间。

学生能领到热甜茶和粥，然后接着上课，之后休息 1 个小时。

高年级学生 16 点吃饭，饭后是各社团的活动时间。

最后一堂课的结束时间是 17 点 30 分，下课后学生们就能回家了，学校会发给每个人 100 克面包，一点油和糖，课程重点主要就是复习之前所学到的知识，本学年 7 月 1 日结束。

夏天，学生们会去参加为他们特别安排的先锋队夏令营，在那儿他们可以休息、娱乐，并在各种国营农场里参加蔬菜种植工作。

这一切都让莲娜非常开心，假若有对她很重要的亲人陪伴着她，她很乐意留在她的学校，但是，每当想到这里，她的心就抽紧了，因为在这里，她一个亲人也没了。

是的，莲娜得离开，就算在高尔基的饮食比在列宁格勒糟糕很多，她也得离开；就算她能够获得学费与伙食费的减免——罗莎莉亚·帕夫洛夫娜已经答应她会尽其所能地帮助她——就算眼前有这样好的机会，她还是得拒绝，然后去找热尼亚。

热尼亚现在一定在为莲娜担心，等着她的到来。

但是，莲娜却还被困在列宁格勒，今天已经 3 日了，每天都得盼望着撤离工作的开始，现在，等着莲娜抉择的问题只有一个：是撤离一开始就立刻离开，还是先在学校里学习一阵休养休养身体？莲娜决定和冬妮娅一起走，就是今天在食堂帮她领饭的那个姑娘，冬妮娅和她妈妈刚好做好准备打算离开。她爸爸从前线寄来信，建议他们尽快离开，因为他说待在这里还要受很久的苦，所以必须有多快走多快。莲娜最好还是和冬妮娅还有她妈妈一起走，一来都是熟识的人；二来三个人上路还是好些，但是，还有事情困扰着莲娜，如果她 5 日把粮票上缴给学校，而当天宣布发放粮食、糖和油，并且，如果最终撤离时间定在了 8 日或 9 日？这种情况该怎么办？如果她上缴了粮票，那么这几天她在学校就没法像以前在商店里买到一样多的糖和油。不过，也不能先下定论，毕竟她现在手头还有 200 克的油和 300 克糖，或许，他们恰好会给莲娜留下第一次发放的粮票，这就意味着，在离开之前，莲娜不仅能去商店买到糖和油，还能去食堂领到吃的。又或许，学校会开给莲娜证明，让莲娜一次性在商店买到所有的 200 克油和 300 克糖。这就太好了，莲娜想着。是啊，能在学校里用餐直到离开，出发前还能拿到 200 克油和 300 克糖，还有什么比这更美的事儿呢？

但是，梦想是一回事，事实又是另一回事。

莲娜决定还是过后再想这些，现在没必要为那些未知的事儿伤透脑筋。

今天，天气潮湿阴郁，但是莲娜的心情却很轻松，可是在 5 月 1 日，一个是那样值得纪念的好日子，莲娜却心情沉重。

5月4日

今天出奇的阴冷，刮着寒冷的强风，寒风无孔不入，那样强劲，逆风的时候很难前进。

这样大的风吹着，人们也只好待在家里不再出门。这就是为什么莲娜奔跑着去了食堂，她喝了一道卷心菜汤和一份玉米渣粥，她没能买到面包，因为 6 日的粮票还不能用，于是她离开食堂，跑到学校。

学生集会已经开始了，莲娜得知了几个伤心的消息：第一，学校要到 5 月 15 日才会开课，食堂从 8 日起开始供餐；第二，高年级的学生每天只能拿到 400 克面包和 30 克油。

莲娜遇见了米夏·伊利亚雪夫，他变得简直快认不出了，可以用惨不忍睹来形容，除了冬妮娅，我们年级的其他学生都没来。

莲娜和冬妮娅商量好，如果 5 月 15 日撤离开始，那么她们第一天就走。

莲娜回到家里，用剩下的粥煮了点汤，然后坐下来补一条黑丝袜。

她得抓紧时间了，因为撤离登记随时恢复，而她还有好多事儿没做呢。她得缝缝补补，把路上要带的衣物洗干净。冬天的时候，她和妈妈都很虚弱，一直都没在意这些。但是，当时是冬天，天寒地冻，可现在已经是春天了，如果还穿着破破烂烂的脏衣服，双手也肮脏不堪，那可就太羞人了。

特别是莲娜还是个年轻姑娘，一个年轻女孩儿最大的财富就是她身心的纯洁。

这是昨天晚上罗莎莉亚·帕夫洛夫娜和她坐在卧室聊天时告诉她的。莲娜完全同意罗莎莉亚·帕夫洛夫娜说的话：

"就算你带着的随身物品很老旧，但是却干净、整齐、修补得体，只要你的衣服没有缺纽扣，只要你外表修饰得很好，你的热尼亚阿姨绝对会对你另眼相看的，她绝对会尊敬地看着你，心里想：'虽然经历了那样多的磨难，但是这个年轻姑娘还是保持住了人应该有的样子。'"

这就是罗莎莉亚·帕夫洛夫娜的原话。

莲娜正是想以这样的形象出现在热尼亚面前，所以，第一天就得养成习惯，凡事都得做到无可挑剔、干净、整齐。莲娜希望自己可以穿得不必奢华，但必须有品位。

"好男人绝对不会爱上一个邋遢女人，真正的男人在女人身上最为重视的就是这两个特质：身与心的纯净。一个年轻姑娘的房间必须整洁，不能有一丝灰尘，所有东西都得光洁可鉴，窗帘就算被缝补过，就算布料再普通不过，只要干净洁白，人们也会觉得它比那些虽然昂贵，却肮脏破洞的窗帘好很多。"

莲娜对这些话赞同不已。

傍晚的时候，天空亮了一些，就在黄昏之前，太阳突然出现了。今晚的黄昏很漂亮，就好像一条火舌在舔舐着地平线。

5月5日

今天，莲娜只吃了面包，但是，由于整天都待在家里，坐在床上缝补她的袜子，饥饿感反而没那么强烈。

早上，她出门去买了面包，下午1点把它吃掉后就开始缝补袜子，她挑选了那些还比较完好的，打算带走的袜子缝补。缝了好多双。

早上起来，天气很冷，却阳光明媚。总的来说，天气还算不错，就是刮着无孔不入的寒风。

傍晚时分，天空看起来非常纯净。

学校有人来到莲娜家，告诉她明天中午12点高年级学生开集会。莲娜在单子上签了字之后仔细查看，塔玛拉的名字没在单子上，相反，沃夫卡倒是登了记。

莲娜因为明天能见到沃夫卡而深感高兴。

广播让莲娜很是气恼，因为半天的时间里，广播播送得断断续续，之后广播里传出县区炮击的通知，然后是炮击结束的通知，再后来播放的是音乐会录音，最后，突然就没声了。值得注意的是，在这次警报过程中，莲娜没有听到任何交火的动静。

确实，防空高射炮回击了几下，但是并不激烈。真的好奇怪。

莲娜决定明天学校集会结束后和冬妮娅一起去撤离中心，或许能在那儿打听到什么消息，然后再去买面包，回到家后剩下的时间都要缝缝补补。要抓紧了，因为不知道什么时候撤离行动就会开始，她得尽快把所有家什收拾好，以便尽快出发。

莲娜心里想：做好了一切准备，才能在撤离开始的时候马上登记离开，不浪费一天时间。

而她最终的，也是唯一的目标就是尽快赶到热尼亚身边，去高尔基。

学校的课要到 15 日才开始，到时候莲娜可能已经早就离开了。

食堂据说 8 日才会供应餐食，这让莲娜很难过，她不得不经历两天只有面包度日的生活。

300 克面包，根本是不够的，只能吃个半饱，但是也没其他办法。莲娜细细地算了算手头的粮票，最终确定，如果这两天还在食堂买其他东西吃的话，她就会超支粮票，到时可能会设法再在学校食堂用餐，这些可是会上特别反复强调的。

要是明天就能撤离多好啊！那样，莲娜 7 日就能离开了，也不会挨饿了。可是，这些只不过都是幻想而已。要尝试不去想着食物，莲娜告诫自己，一阵恶心涌上喉咙，她感到腹中那该死的空虚感。但是当仅仅一墙之隔的邻居家传来煤油炉燃烧的噼啪声和锅碗瓢盆的声音时，又怎能不想到食物呢？莲娜听到了勺子和刀子碰撞的声音，甚至还听到了切面包时，面包外皮碎裂的声音。

饥饿时却只能大吞口水，简直是种酷刑。

5月6日

夜里下了雪，但是马上就化了。

天空很阴沉，仍然刮着冷风，但是天气稍微暖些了。

早上，莲娜吃了面包后开始读书，她心想：奥莉亚说这本书没意思，真是错了。《在锡霍特阿兰山上》这本书很对莲娜胃口，正是这本书里的小故事很令莲娜喜欢。

12 点的时候，莲娜去了学校。高年级学生（一、二、三年级）的集会在校长办公室里举行，一共来了 15 个学生，其中莲娜认识的人有妮娜（莲娜误以为她叫冬妮娅），加利亚·库兹涅佐娃和米夏·伊利亚雪夫，沃夫卡没来。

会议由校长亲自主持，他告诉大家学校从 15 日起开课，而且说高年级的学生肩负着学校免受敌军空袭的所有责任。简而言之，高年级学生就是学校的唯一守护者。然后，他将出席的学生分成几组，莲娜和妮娜被分在联络组。

再后来，校长宣布，8 日起他们将会被列入自卫队的名单，而从 10 日起学校食堂开始供应餐食，他们也将开始执勤。

绝对能想象这些消息带给莲娜什么样的感觉，食堂要到 10 日才供应伙食，而不是 8 日。还得在连站都站不稳的状况下担当联络人员！实际上，最近几天莲娜虚弱了很多。连上 3 层楼的楼梯对她来说都成了消耗能量的苦差，要耗尽她最后的一点儿力量。每次爬楼，她都得揪着栏杆才能迈上最后一级台阶。

如果外出上街——莲娜已经尽可能减少上街的次数——但是如果不得不出门，她都尽量走得快些，差不多要跑起来，因为如果她走得慢了，双腿就会不由得蹒跚，很容易摔倒。

出了学校，莲娜马上去了食堂，今天往食堂走的时候格外困难，她好像醉鬼一样跌跌撞撞，步履蹒跚，旁人偶然看到的话一定不会留下什么好印象。

食堂里没太多人，莲娜和排在身旁的一位有通行证的妇人说好，那个人答应帮她拿一份粥。但是在最后几分钟的时候，妮娜来了，恰巧她的妈妈还没来食堂，莲娜在分发食物的队伍里排着。妮娜帮她拿了两份面条，在吃之前，莲娜又成功地用其中一份换了豌豆泥，妮娜为自己拿了两份面条。离开食堂之后，她们就往撤离中心跑，在食堂排队的时候，她们听到旁边的人说 10 日开始撤离，也有可能是 7 日开始，而登记工作好像 5 日就已经开始了。

两个姑娘重获信心，心头乱撞地跑到撤离中心。

可是，当她们跑到那里一看，失望却向她们袭来！一个人都没有，整个中心空空荡荡的，连张告示都没有，什么都没有。

莲娜回了家，吃了些冷面条和豌豆泥，她把炉子点燃，煮了整整一锅汤，汤很棒，莲娜喝了多半锅，然后把剩下的一部分留到明天喝。

她今天已经预支了两份第二天的饭了，所以明天就不去食堂了。

饭后，莲娜感到困倦袭来，她什么都不想做，不想动，不想思考，连手指头都不想动弹。但是她清楚，接下来的日子将非常的忙碌。既然人们已经开始谈论起撤离，那么应该离出发的日子也不远了，得抓紧收拾自己的行李。另外，昨天晚上莲娜去了雅科夫·格里高里耶维奇那里，他俩说好，6日的时候他会再和她谈谈家具和其他物品收购的事情，如果他决定买下这些东西，他们就一起在7日处理，因为那天不用工作。

今天晚上，莲娜打算去找他拿平底锅，到时候就知道了。

雅科夫·格里高里耶维奇要莲娜把准备带走的东西另外放好，剩下的东西一部分放进箱子，一部分放进小包袱。

莲娜拼命克制住了自己的倦意开始活动起来，尽管这对她来说非常困难，忽然她感到口渴难耐，今天的汤太咸了，口渴让她寻找到了内心深处的力量，于是便打起精神下楼取水。莲娜把水放在水壶里烧开，沏了热乎乎的茶喝了个够以犒劳辛勤劳动的自己，之后几天她还有很多事儿要做。得洗好多的衣服，因为要带走的衣服都是脏的，然后还得修修补补，缝补衣物。

5月10日，莲娜把自己所有的希望都押在这一天上。当然，她现在已经决定在学校注销学籍了。是啊，不久后，她就要和列宁格勒告别了。莲娜听说已经宣布要配发油了。"明天，就能通知发糖的消息了"，她这样想，她开心地舔了舔嘴唇，心里琢磨着，再过不久就能配着糖果喝真正的茶了，还有涂了黄油的面包。

莲娜决定明天一早就去撤离中心，看看有什么消息，然后再去雅科夫·格里高里耶维奇那里把交易敲定，再之后去打两桶水，劈柴，洗衣服。8日1点的时候去学校取消学籍，在学校应该能碰见妮娜，到时再商量之后几天的安排。

5月7日

- -

莲娜快 10 点才起床，起床后先去商店买了 90 克葵花籽油，然后去了撤离中心。

那边的人告诉她 10 日再来。

于是，莲娜顺路去了面包店，买了 300 克面包后回家。

刚要开始吃早饭，忽然听到有人敲门，原来是公寓合作社传来了召集通知，让莲娜 11 点去征兵办公室一趟。莲娜匆匆地吃好了饭，面包屑掉得四下都是，油也一会儿滴到地上，一会儿洒在外套上，吃完饭，莲娜带着召集通知来到征兵办公室。

她就是想破脑袋也不知道自己为什么会被传唤过来，还有这个委员会到底是做什么的。

一到办公室，就有人告诉莲娜，她已经被征招进地方防空队，得到隔壁的房间接受体检。

听了这个消息，莲娜深感震惊，以至于当被问到姓名的时候，一个字都说不出，她花了很大力气控制，却仍旧以哭泣的形式爆发了出来。

医生安慰她，对她说没必要哭，一切都还为时尚早，兴许因为视力不合格她还会被淘汰呢。

莲娜回答说她并不是因为这个才哭，只是因为实在控制不了。

眼科医生过了一会儿就来了，莲娜是第一个接受检查的。

医生告诉她不合格，可以走了。

莲娜回到家，蘸着油吃了剩下的面包，把昨天剩下的汤热好，开心地吃了一碗半油乎乎且美味的热汤。

莲娜去了雅科夫·格里高里耶维奇那里，但是他去工作了。于是，她回家继续缝她的袜子，忽然听到有人敲门。她打开门，走进一个中等个头、瘦瘦的年轻女人，戴着眼镜，头上戴着一顶棕色的皮窄边软帽，脚上穿着靴子，身上穿着棉服和棉裤。"你认得我吗？"女人笑着问莲娜。莲娜仔细打量着她：啊，是啊，是薇拉奇卡，薇拉·米留钦娜，妈妈的同事和朋友！

莲娜把她让进屋子，请她坐在一个大箱子上，自己则坐在她的旁边。

薇拉没待多久，但是两人却聊了很多事情。莲娜简短地把自己的生活情况讲述了一遍，告诉她自己是如何度过这个冬天的，开始还是三个人，后来阿卡去世了，再然后妈妈也死了。

薇拉很能理解。

"可怜的小姑娘！受了这样多的苦！但是没关系，苦难很快就要结束了，你就要走了，老天保佑你路上一切顺利，等到了热尼亚那里，你的新生活就开始了。"

当莲娜知道在列宁格勒，她至少还有一个可以亲近的人，一个妈妈的朋友时，她是多么的欣慰啊。

薇拉很关心莲娜究竟打算怎样上路，是独自一人还是有人陪伴，当莲娜告诉她自己不是一个人走，有一个班上的同学以及她的妈妈一块儿出发的时候，薇拉才松了一口气。她继续问：

"妮娜的妈妈是什么样的？是强壮还是虚弱？你可得找一个能信服依靠的同伴上路啊。"

总之，薇拉非常关心莲娜，事无巨细地问了她很多东西：路上是不是带了很多行李，现在的钱还够不够用，有没有朋友，有没有人帮她。

她还坚持要莲娜头两天的时候别吃太多，别为了一碗粥而毁了自己的身体。

原来，好多人在路上生病，死掉，就是因为突然开始大量进食，骤然的暴饮暴食让本来因为食物短缺而匮竭的机体一下子就受不了了。

"你得付出异于常人的努力，但是还是得坚持住，特别是在面包问题上，你知道吗？火车站给每个人发1千克的面包，有的人一天就都吃完了，千万别这么做！我的一个朋友就是在路上因为吃了太多的东西而死掉了，他喝了很多棒渣粥，还吃了大量的面包。你自己得坚持住，也要告诫别的人少吃点。毕竟以这样的方式死去太令人气恼了，简直太傻了。已经躲过了轰炸、炮击，在战争中死里逃生，却因为多喝了一份粥而死掉！"

薇拉的话深深地刻在了莲娜的心里。不，她可不想这么傻地死掉，她答应薇拉一定照着她的建议做，头两天面对丰富食物的时候一定克制住自己的食欲。不，她可不想因为一碗粥而死掉。莲娜觉得这绝对是最痛苦的坚持，但是无论如何也要跨过这个障碍。

薇拉告诉莲娜她现在的工作是画工，有工人粮票，但是粮票仍然不够。

所幸，因为工作异常繁重，她被获准在特定的食堂用特殊粮票购买食物。

薇拉问莲娜还有没有妈妈留下来的画笔。莲娜开心地把妈妈留下的画笔、颜料和其他工具都拿给了薇拉，还告诉她自己很高兴妈妈的遗物能交到她手上，而不是落在雅科夫·格里高里耶维奇那样的外人手里，因为对于某些人来说，这些东西并不简简单单是个物件儿，而是回忆。

莲娜还给了薇拉一张妈妈还是学生时候的照片当作纪念，还有自己的一张照片和一本叫《小船长》的书。之后，两人商量好再见的时间后热情且友好地道了别，薇拉说明天 5 点左右会再过来找莲娜。

薇拉的关怀让莲娜备感激动。尽管她已经快身无分文了，还是给莲娜留下了身上唯一的 20 卢布，并和她分了兜儿里的一小块儿面包，而且，她还向莲娜保证，要尽自己一切所能帮助她。

"明天等我来，或许我会空手而来，也或许我能带点儿什么吃的过来，至少，我能把我的面包分点儿给你。"

她热情地亲吻了莲娜，这让莲娜觉得异常美妙，此次碰面让莲娜觉得既美好又友善。

值得等待到明天。

第一，距离出发的日子又少了一天；第二，她又能见到那个亲近的人，还能去食堂。明天，莲娜打算要么就用一张兑换粮食的粮票，要么就用一张肉票，另外，明天还会配发糖和巧克力。但是，莲娜打算买糖果而不是巧克力，50 克糖和 50 克糖果，剩下的之后再说。这样一来，明天就能配着烤面包喝上甜茶了。

"明天就是 5 月 8 日了。"莲娜想着，若有所思地望着窗外。

一整天都天气阴沉，很冷。炮击刚刚结束，这次炮击相当猛烈，能清晰地听到炮弹的呼啸和爆炸的闷响。

一直到晚上，莲娜都在补她的袜子。

薇拉·米留钦娜的地址：列宁格勒，诺夫哥罗德街（Nijegorodskaïa），23a 号 42 号楼。

5月8日

　　和每天一样，莲娜 10 点起床。她来到商店，买了 50 克巧克力和 100 克糖果，然后又去买了面包，回到家里打算弄顿丰盛的饭菜，她沏了茶，就着用油煎过的面包喝了两杯，还吃了巧克力和糖果。之后她去了食堂，希望在那儿能碰见妮娜·卡达雪娃，但是她并没在。莲娜没有通行证，而按照规定，如果没有通行证是什么都拿不到的，可今天莲娜却拿到了食物，并没要求出示通行证。莲娜要了份棒渣粥，在食堂吃了一部分，把剩下的带回家，没直接吃掉，而是加了水熬成汤。然后，她又来到学校，注销学籍。

　　（瓦尔瓦拉·帕夫洛夫娜·茹科娃要她到高尔基去看望她的一个朋友。）

　　回到家，莲娜煮了汤喝。

5月9日

　　昨天晚上，莲娜经历了很多有趣的事。

　　薇拉·米留钦娜说好了下午 5 点左右过来，但是莲娜等了好久，她却迟迟没有现身。到最后，莲娜已经失去信心了，她却突然出现了，不是一个人，还带了另外一个女士，她向莲娜介绍说这是她的朋友。

　　薇拉给莲娜用瓶子盛来了一点汤，带来很小的一块面包，还有基萨的一封信和 30 卢布，谢廖夏叔叔的 10 卢布以及她自己的 10 卢布，这些让莲娜很感动，为此热切地道了谢。

　　薇拉告诉莲娜说，她为莲娜这些家什找到了买主，就是她的朋友，她会用面包来换这些东西的。薇拉的朋友是个挺讨人喜欢的人，中等身材，乍一看就是那种知识分子，她问莲娜能不能把那只大箱子卖给她，作为交换，她会当天付给莲娜 300 克面包。莲娜想了一会儿，最后决定自己有权自由支配这些物件，雅科夫·格里高利耶维奇对此无权抱怨，毕竟东西都是她自己的，现下她要做的事儿都是对自己有利的事，简而言之，她打算先暂时不考虑雅科夫·格里高里耶维奇。她同意了买主的要求，并从箱子里取出里面放的东西。她将箱子里所有昨晚放好的衣服都安置在一个角落里，这费去了莲娜不少工夫。

这个买主可真是什么破烂儿都要，看看她那兴奋劲儿吧，买主在一堆旧衣服里挑挑拣拣，选出很多对莲娜毫无价值的东西。莲娜的这些"掠夺者"热情地忙活了一晚上，每个人都挑了一堆衣服，这让莲娜吃惊不小，因为一直以来她都觉得自己已经把能卖的都卖掉了。

说实话，莲娜非常高兴自己的这些东西没落在雅科夫·格里高利耶维奇手里，她不太喜欢这个人。薇拉买了三顶阿卡的帽子，她每顶都试过，觉得都很适合自己，她还为基萨挑了好多东西。

莲娜把自己的小鹰送给她当作纪念。

除此之外，薇拉还带走了妈妈留下的颜料、缝纫样模和玩具模型。收尾的时候，薇拉的朋友还决定买下她相当中意的那个小柜子，而这场"掠夺"带给莲娜的结果就是，可以到面包店买半千克的面包，莲娜为此非常高兴，来到真理电影院后面的面包店买了面包。面包很好，干燥柔软，做面包的面发酵得很棒。

路上，她碰见了奥莉亚，她穿着夏天的衣服，嘴里嚼着很大一块面包，奥莉亚问莲娜为什么没来找她。莲娜答应说会去看她，并且要求奥莉亚帮她再找点儿书看。莲娜告诉奥莉亚说撤离马上就要开始了，问她想不想走。但是奥莉亚回答说不打算这月走，说她已经预支了面包，还说了其他些什么，莲娜并没完全明白。

莲娜的这些客人很晚才离开。

莲娜和薇拉商量好，如果薇拉没有过来找莲娜，那么7点的时候，莲娜可以去她那里。薇拉还悉心地给莲娜绘制好去她家的路线图，并交给莲娜两封信，嘱咐莲娜到了高尔基把信交给她那边的朋友，她要求莲娜一定要亲自拜访，告诉他们列宁格勒发生的一切。

她告诉莲娜说，这些朋友都有一些影响力，之后可能会在什么地方帮上忙的，而且，她还保证说她的这些朋友定会好好照顾莲娜，保护莲娜。

莲娜也和薇拉的朋友约好，明天上午10点，她会和她的丈夫一起来拿走她买的东西。

这一切都让莲娜筋疲力尽，她就着葵花籽油和盐吃了面包，然后就躺下睡了，她睡得很沉，早上一起来就啃起了面包，在昨晚那个朋友和她丈夫到来之前就差不多吃完了所有面包，只剩下一小块儿喝汤时候吃。

真是令人惊奇，时间竟然也会骗人。莲娜一直觉得那两个人迟到了，没有按照约定好的时间来，认为现在已经11点了，但是，当从那对夫妇口中得知才不过早上9点时，她真的是大吃一惊。

莲娜甚至为此觉得很懊恼。

她的新朋友在丈夫的帮助下把大箱子拿走了，并约定好1个小时后过来取架子。

莲娜试着再睡个回笼觉，可是睡不着。试着读了读书，也看不进去，她的脑子里只转悠着一个想法：柜橱上还有汤呢。莲娜无可奈何地爬了起来，点着煤油炉，在那锅倒霉的汤里兑了水，放在火上加热，那是道燕麦汤，里面加了小碎肉丁，尽管加了很多水，却还是很油很浓，汤熬好了，一共两碗半，而煤油炉也已经烧到油芯了。

根本不用说莲娜喝着这样热乎乎的美味肉汤时是有多么的开心，她已经好久没喝到过这样的汤了。

之后，她开始读书，不过马上她就穿上了衣服，打算去面包店，可是就在她关门的时候，她的新朋友回来拿架子了。她们聊了几句，得知她的丈夫好像是一家舞蹈学院的负责人，这对夫妇救了薇拉的命，是他们送薇拉去门诊所，也正是因为他们，薇拉才能在食堂不用粮票吃饭，而这对夫妇能活下来，全要归功于他们家的一只狗，他们吃了整整一个月的狗肉，另外，和妈妈及莲娜一样，他们还吃了很多木工胶维持生命，当然还有好多其他东西。

莲娜问她能不能帮她搞到张食堂的通行证，那个人答应问问她丈夫，她还提议带莲娜去舞蹈学院的食堂吃饭，但是莲娜拒绝了。

根据她所说的，莲娜最终明白了，她就是那个学院校长的妻子，因为房屋被炸毁了，所以暂时住在学校，等到撤离开始，那家学校也要撤走，这也就是为什么她的丈夫清楚地知道撤离时间，并且她说，10日之前是绝对不可能的。

之后她说，或许能和丈夫商量商量，安排莲娜和他们以及学校的学生一起撤离，这样对莲娜比较好。总之，她承诺给莲娜很多事，告诉莲娜她一定会帮上大忙的。

离开时，她告诉莲娜说自己会将打听到的消息和能帮忙的事情都转告给薇拉，莲娜去了商店，用剩下的粮票换了 50 克糖，还买了面包。

回到家，她用胶合板烧了火，并用锅煮了热水，就着面包喝了 5 杯热甜茶。然后就开始读书，此时，读书对她而言成了一件非常有趣的乐事，书的内容也变得异常有趣。一边读书，莲娜一边蘸着糖吃剩下的几小块面包。面包吃完了，所有的糖也打扫得一干二净，她心满意足，感觉太"充实"了！

她接着开始清点自己的资产，只有 250 卢布。

莲娜心想，明天得去交 5 月的房费，然后再去索菲亚那儿看看有没有酸奶，如果有的话，就买一小瓶。之后，做了两三件事，她决定去看看时间。

她再一次错估了时间。她觉得已经 6 点了，可事实上才不过 4 点而已。

莲娜最终被瞌睡征服，她打算躺下小睡一会儿，但是马上又改变了主意。她把自己从头到脚裹在被子里，陷入了沉思，久久地盯着地图，研究之后这趟旅行的路线，想象着这究竟是怎样的一场旅行，要是真的能和那些跳舞的姑娘们一起旅行该多好啊。

如果那位女士的丈夫地位如此重要，并且如果他愿意，他一定能给莲娜安排得很妥当，他们肯定有专门的车厢，也许还不止一节，没必要为行李担心，食物也能轻而易举地获得，特别值得注意的是，能和同龄的女孩儿一起旅行会很开心。如果并非如此，那么食物和行李的问题一定会让她对此次特殊旅行的印象变得很糟糕。

莲娜还是很开心的，因为眼下撤离的问题不过是时间早晚的事，其余的障碍早就被甩在身后，她现在和空气一样自由。没有任何牵绊，不欠任何人什么，也没有人欠她什么。

她很高兴意识到自己是完全自由的，成天做着自己想做的事，等待着出发的日子，剩下的只是等待了。不论如何都不能晚过 20 日，最有可能的日子是 15 日或 16 日。而且最后这几天，她也不是孤身一人，她有朋友：薇拉、基萨。她与她们在一起的时候就好像是在家，没必要抱怨，要劲头十足地向前看，一切都会很棒的。

5月10日

昨天晚上整7点，莲娜穿好衣服，乘电车去薇拉家。

她很快就找到了薇拉的住址。

薇拉他们很好地接待了莲娜，把她安置在铁炉子旁边。莲娜特别喜欢薇拉住的地方，她现在和年迈的谢廖夏叔叔以及基萨住在一栋只有一层的木制房屋犄角的两个房间里。其中一间有一扇窗，另一间有两扇，窗前种着大树和灌木。他们住的屋子和其他几栋一样的房子圈出一个小院子，一条小路穿过院子中央。走道两侧是草坪，还种着灌木与树木。这里给人的感觉很舒服，与周遭的一处沦为废墟的石屋形成鲜明对比。薇拉本来住在芬兰车站旁边，对面的一栋房子紧挨着铁路，这也就是为什么那片地界总是遭受炸弹轰炸，敌人总会投炸弹在火车站以及邻近地方。所以，虽然这里看起来那样安静怡人，可是事实上却是个可怕的是非之地。就好像花园附近那里的几栋石头房子，被炸得只剩了废墟。之前薇拉和她的谢廖夏叔叔就住在其中一栋里面，在现在他们住处的右边。

莲娜觉得和这几个人在一起很开心，一点儿也不想离开，所以打算在这里过夜。他们喝了茶，薇拉给了莲娜一块儿面包——用薇拉的话说是"残羹冷炙"——还有一小勺砂糖，另外，他们还喝了些柠檬汁，然后，他们在一个很高的箱子上给莲娜铺了床。这让莲娜联想到了特快列车上的卧铺，很是喜欢。她开心地脱了衣服，然后钻进柔软蓬松的棉被里，进入梦乡，那感觉真的好像是睡在一节车厢里准备远行，她甚至都觉得床铺在轻轻地颠簸摇晃。

其实，莲娜这几天来都有些头晕。她一直惦记着即将到来的旅行，而这间房子的边上就是铁轨，火车频繁地呼啸而过，所以，这些让她有了乘着火车旅行的幻觉。

莲娜睡得并不好，头顶上挂着个高音喇叭，里面传来阵阵节拍器的声音，扰人清梦。

第二天早上，薇拉把莲娜叫起来，她用肥皂细致地洗了脸和手。然后，薇拉坐在门槛上劈柴，莲娜则跑去买面包，回来后，基萨去煮茶，莲娜趁这个工夫帮薇拉把劈好的木头摆进屋里。

天气很好，风吹散了天空中的云，阳光重新普照大地，几朵云的空隙间露出蓝天，鸟儿愉快地啁啾，偶尔还能听到火车欢快的汽笛声，那声音就好像在呼唤着莲娜：上路吧，上路吧！……

这天早晨，莲娜喝了5杯茶，里面加了基萨给她的柠檬汁和砂糖。然后，她花了不少时间去翻阅给薇拉孩子准备的那些童书，就像人们经常说的那句话一样："各有所好。"比如说，对基萨来说，她所热衷的就是各种刺绣图样、漂亮的布料和丝线。莲娜则特别喜欢收集明信片，还对鸟以及其他动物有种莫名的狂热。而薇拉的爱好就很特别，她喜欢购买收集童书，而且是那些给特别小的小孩儿看的书。她有很多这样的书，其中不少是她妈妈留下的，很古旧，当然也有不少现代的，比如《小小笨老鼠》和《小阁楼》等。

谢廖夏叔叔躺下休息了，基萨坐在那里写信，薇拉也开始工作，她的工作是描绘如今的冬宫，如今那沐浴过炮火的冬宫，回家之后再把画作誊清，她正在用画家的画笔记录历史，描绘纳粹强盗们犯下的种种恶行。所有这些都会载入史册，薇拉绝对是非常出色的艺术家，画的画儿特别漂亮。

每个人都忙着自己的事情，可是莲娜却懊恼地发现，翻看久了书本的她变得疲惫不堪，于是，她停了下来，困倦向她袭来，一点儿也不想动，眼皮也开始变得沉重，头晕得天旋地转，整个人变得麻木迟钝，她很不舒服，但是她努力忍着，尽量不让别人察觉出来。她起身把书本们放回原处，但是当她在屋里走动的时候，双腿不住地打战。"我这是怎么了，是不是病了？"她不安地自忖。悲伤和忧愁一下子将她淹没。

天空又变得晦暗无光，太阳躲了起来，而警笛又开始不祥地呼号起来，又开始空袭了。

空袭警报持续了大概一个小时。

警报解除后，莲娜穿好衣服，与众人告别后，离开了薇拉家。她回到自己家，取了容器去食堂。食堂里排了很长的队，她等了很久，最后两手空空地离开了，因为豌豆泥还有面条及肉丸都卖没了，只有黄豆粥还剩了一丁点儿，也快卖没了，剩下的这点儿吃的根本不够莲娜吃。而且，收款台来了个新人，没有通行证的一律不给食物。

莲娜去商店买了 60 克豌豆，在家煮起了豌豆泥，可是煮出来的东西既不像泥也不像汤，不知道该叫它什么。但是不管怎么说，豌豆们全都胀起来了，也变得软面耐嚼。她一共吃了三份，饱足感够撑上一晚的。

可是，莲娜仍然觉得疲倦不堪，于是早早睡下，晚上，又有一次空袭警报，没持续多久。

日落之前，太阳忽然出现，阳光照亮这充满悲伤的房间，洒在成堆的物件和书本上，已经满了的尿盆正摆在屋子中央，莲娜实在没有勇气将这污秽不堪的桶提到楼下，这一天对莲娜来说充满了悲伤与折磨。

"明天会发生些什么事情吧。"她这样想着，渐渐睡去。

5月11日

快中午 12 点的时候，莲娜才起了床，起来后便马上出了门，她打算先去撤离中心，那边应该有什么事儿发生吧，可能已经开始登记了，这念头让她非常不安。

天气很暖，阳光明媚，但是撤离中心还是一如往常的空空荡荡。莲娜问了问守在门口的门卫，打听有没有关于撤离的新指示，门卫回答她说 15 日之前都不会有什么举动。

莲娜一下子泄了气，而那灿烂的阳光、蔚蓝的天空以及温暖的天气也都无法再使她开心。

莲娜去找玛丽亚·费奥多罗夫娜·巴尔达谢维奇，她运气不错，在上楼的时候碰见了从食堂端了满满一锅通心粉的玛丽亚，两人走过长长的走廊，左转右转，如果莲娜是一个人过来的话绝对可能迷路，终于到了玛丽亚的房间。进了门，莲娜看到自己的两个靠垫被放在床上，洗得非常干净，靠垫的每个角还缝上了绸带，真开心又看到他们。屋里还摆着莲娜的小柜子，架子上盖着块绣花桌巾，上面还摆放着陶瓷做的小玩意儿，阿卡的蓝色糖罐也在其中。

玛丽亚·费奥多罗夫娜的房间既舒适又温馨，有带镜子的衣柜、钢琴、写字桌还有很多很多书，地上还铺着地毯。

玛丽亚·费奥多罗夫娜把皮带还回给莲娜，并告诉她说，自己丈夫已经同意了，如果莲娜愿意，可以来这里的食堂吃饭，莲娜激动地感谢了她。于是两人一起来到食堂，玛丽亚·费奥多罗夫娜向食堂负责人介绍了莲娜，并告诉负责人说莲娜会暂时在这里吃饭，饭费算在巴尔达谢维奇的账上。然后，她又告诉莲娜如何不用通行证进入食堂，她签了张许可证给莲娜，并且托付她向薇拉、基萨还有谢廖夏叔叔转达自己的问候，说她期待着薇拉的造访，之后她就走了，临走和莲娜说如果有什么需要，就过来找她。

莲娜在食堂里排队，不过没什么人，总共才七八个。她环顾四周，食堂不大，却很干净，有两扇窗子，屋里靠窗的位置放着 4 张桌子，铺着整洁的塑料布，桌面上还摆着花瓶，窗台上也有花，窗户上挂着干净的白窗帘。

屋子另外一边站着一个年轻的姑娘，漂亮可爱，穿着一件白色罩衫，头戴一顶红色贝雷帽。姑娘身旁有 3 张桌子，身后则摆着一个柜橱。

食堂里的一切都那么干净，无可指摘。

汤、荞麦粥、通心粉，所有这些食物都盛放在闪闪发亮的、盖着盖子的电镀铁桶里。

那个女孩儿也工作得细致严谨。

食堂里有棒楂粥，200 克粮票，很浓很稠，通心粉，也是 200 克粮票，还有加了米和面的汤，也很浓稠，肉菜供应小香肠。

莲娜拿了份棒楂粥。

回家的路上，她买了面包，一到家就开始吃买到的面包和棒楂粥，吃得很饱。之后，她数了数剩下的粮票，可以每天花 40 克粮食用粮票，还能拿两次肉菜，只是够到 15 日之前的。

5月16日

今天天气相当不错，阳光明媚，还很暖和，阴凉处也有16摄氏度。草儿开始变绿了，花苞也开始胀大起来，到处洋溢着浓浓的春意。

而让人讨厌的是，那些德军可并没打瞌睡，炮击和空袭一阵接着一阵，日复一日，每天都有好几次。

好比现在，炮火就正在咆哮。

莲娜走在涅夫斯基大街上，她打算把自己90戈比买到的200克面包换成粮食。

炮声一响，莲娜就赶紧冲过马路，躲进卡特琳娜公园那边的一个壕沟里。炮弹一颗接着一颗，富有节律地擦着她的脑袋呼啸而过，爆炸声此起彼伏，好可怕啊，甚至连鸟儿们也都停止了叽叽喳喳。

炮声短暂停歇，莲娜从掩体里伸出脑袋扫了眼街上，那景象让她吃惊不小，人们已经习惯了随时可能要了他们性命的危险，好像他们根本没听见什么炮声，电车一如往常地运行，汽车飞驰，人们不是悠闲地走路就是安静地坐在长凳上，所有人都忙着自己的事情，这让莲娜很是难为情，心想如果有人看到她，会不会觉得她很奇怪？居然还急着跑进壕沟里躲着呢。

于是，她回了家。炮火已经渐熄，然后就完全平息了。

莲娜还是去的薇拉家过夜。

那一夜，薇拉和基萨决定多睡会儿，但是莲娜却并不困，怎么能够困呢？基萨今天告诉了她一个好消息。

晚上莲娜刚到这里的时候，基萨就询问她的撤离计划怎么样了？莲娜把自己得到的悲伤消息告诉了她，说撤离得等20日以后开始，而登记得等到18日，不过撤离暂时只对那些已经预先登记过的列宁格勒市民、战争致残人士、带有12岁以下儿童的妇女开放。

可是，基萨却对她说："啊，你看，我可爱的莲娜，你算是和我们一起登记了，我把你的申请都交上去了。"然后，她这才细细地把原委解释清楚。今天，她恰巧被紧急从铁路网调度到撤离中心去，之后她便要在那边工作，负责处理递交上来的申请。于是，她便以莲娜的名义写了申请书，并给她登记为60号。现在，莲娜根本没必要再四处奔波，也无须每天心情志忑地跑去工业学院了。她现在要做的就是收拾好行装，等待撤离开始，撤离 20 日左右开始，莲娜最初几天就能离开。

现在，大家都能明白为什么莲娜起那么早了，她好好地梳洗了一番，然后坐定下来织毛衣。

时间无声无息地溜过去。

大家都起床了，莲娜跑去买面包。面包特别湿，不过莲娜又重新把它回炉，烤得很棒，滋味十足。大家一起喝了茶，谢廖夏叔叔给了莲娜一块肉冻，薇拉给了她一块黄油。然后，在基萨的指导下，莲娜写了份申请书，接着继续织毛衣。

她对手头儿的这件事儿很是热衷，因为做得很顺手，具体点说，织出来的东西很合她意。

莲娜本打算 11 点半出门去食堂，但是事实并未如她所愿，因为 11 点的时候拉响了空袭警报，一直持续到 12 点 25 分。尽管警报一解除莲娜就飞奔了出去，尽管她搭乘了电车用最快的速度赶到了食堂，但可想而知，她还是迟了一步，什么都没有了。

莲娜去楼上找玛丽亚·费奥多罗夫娜，她得知了关于莲娜马上就能撤离的消息后非常开心。然后，她跑去位于真理街的食堂，排了两个小时的队，买到了一份豌豆泥和一份脑花。豌豆泥很浓稠，异常美味，脑花很油润，味道鲜美，富有营养，所以用 50 克的肉票买 30 克的脑花也算是划算了。莲娜在食堂里碰见了妮娜·卡提雪娃，从她口中得知学校要 20 日才能开课，至少得等到 18 日，学校食堂才向学生供应伙食。这也就是说，从学校消除了学籍并没让莲娜吃亏，相反，她还占了便宜，现在她完全自由了，不过必须加入地方防空小组。

出了食堂，莲娜去交了 5 月的房费，之后又回来织毛衣。晚上 6 点的时候，她下楼去了公寓合作社，拿到了凭据，证明她没拖欠任何费用，合作社准许她离开，这是受抚养者需要在撤离中心出示的唯一凭证。

晚上，和之前几天一样，莲娜仍然去自己的新家，路上一直惦念着到那儿后享用加了柠檬汁的热茶，品尝抹了黄油面包时的愉悦。

天很阴沉，忽然下了雨。这个时间的电车需要等很久才来，终于，同时来了两辆。第一辆挤满了人，第二辆车上人少一些。莲娜成功地挤上车，顺利到达芬兰车站。

当她经过大桥的时候，莲娜再一次被涅瓦河的美丽所折服了。多宽阔的河流啊，落日的余晖洒在河面上，皮埃尔和保罗要塞的倒影荡漾其中，平静的水面好像镜子，河畔停靠着战船，河那边建筑的每一个细节都被投射在河面上。莲娜盯着眼前的景象欣赏着，收不回目光，因为她马上就要离开了，而现在她每天还有两次机会能看到美丽的涅瓦河，她想把这壮阔的景观印刻在脑海里。莲娜不知道什么时候还能再看到这番景象，可能会是几年后吧。

薇拉家来了客人，是一位画家和他的妻子。两个人都刚从医疗站出来，现在正补充营养。人们把他俩从死亡线上救下来，被安置在医疗站，两个人都已经虚弱得连路都走不动，艺术家的妻子除了被诊断出二级营养不良，还患了坏血病。不过现在，他们已经差不多恢复了健康，并且打算 25~27日之间离开这里，他们准备去雷宾斯克（Rybinsk），这次来找薇拉就是想请基萨帮忙。

莲娜觉得，他们俩八成会与自己同行，基萨答应会安排他们仨一起上路。

莲娜早上剩下的那口烤面包根本不够吃，于是，可怜的莲娜饿着肚子躺下，下定决心明天早上 6 点就要去面包店买面包，可是第二天她却睡到了 7 点，并且也不觉得那么饥饿难忍了。

8 点 30 分，她出了门去买面包。

9 点钟三个人一起喝茶。薇拉给了莲娜两咖啡匙荞麦粥，基萨分给她些没做熟的生肉，那是非常棒的小羊羔肉，基萨和莲娜心满意足地吃了生肉。莲娜用荞麦粥代替黄油涂抹在面包上，不过，用餐完毕后，莲娜觉得并没吃饱，于是，她把本该留到晚饭吃的那块面包都吃掉了。

莲娜急着离开，因为她生怕新一轮的空袭警报拉响，自己再错过食堂的午饭。但是，警报没响，可食堂却正是休息日，所以，莲娜只好去真理食堂拿了午饭：一份荞麦粥和一份汤。

她回到家，把两份食物混在一起，兑上水烧开，煮了满满一锅汤。最后她的午饭就是两碗汤和一道主菜（主菜是用棒楂粥和黄豆豌豆汤的渣滓做成的），她倒了些汤在一个小罐子里，留到晚上喝。此刻，她觉得肚子吃得饱饱的。于是又开始织毛衣，时间不经意地流逝。5点钟的时候，收音机发出了声音。

接着，炮击开始。窗外的爆炸声此起彼伏，收音机里则传出儿童说话的声音，孩子们为守护人民的战士们准备了一场音乐会。他们稚嫩的声音很是响亮，虽然有些走调却异常动人！他们欢唱着，朗诵着诗歌，演奏着钢琴和小提琴。窗外却是炮声震耳，德军想要消灭我们，没错，他们想要消灭我们，还有麦克风后面那些奋力演出的小演员们，这一切都给莲娜留下了深刻的印象。

另外一件事也让莲娜对自己的国家和人民肃然起敬，那就是五位波罗的海水手的事迹，他们面对纳粹的坦克大军，一直奋战到只剩最后一颗子弹，冰冷的钢铁怪物一点点逼近，他们奋力抵抗，却终是寡不敌众，五位勇士知道自己活不了多久了，于是他们互相道别，最后一次拥抱，一个接一个地亲吻对方，并在腰间缠上了手榴弹，冲到敌人坦克的履带下，与敌人同归于尽。他们就是勇气的化身，虽然牺牲了，但是也成功阻挡住了坦克的前进，祖国是不会忘记他们的名字的。他们会名垂青史，人民们会为他们谱写赞歌，书写诗词，把他们永远记在心间。光荣属于他们！

> 战争这样严酷，我们的五位勇士
> 要对抗敌军的坦克。
> 他们骁勇无畏，激烈奋战，
> 但是敌军却更加强大，命悬一线。
> 不，还不能够死，
> 他们要付出一切，履行自己的职责。
> 虽然右手已经没了力气，
> 却仍然咬牙把手榴弹挂在腰际。
> 他们遍体鳞伤，血流满地……

5月18日

今天的天气真是又闷又热，墨黑的乌云飘过天际，估计暴风雨就要来了，不管怎么说，肯定是会下雨的。

现在已经算是名副其实的夏天了，树木和灌木丛都变绿了。花园里，草坪上的嫩草也冒出了头，列宁格勒的人民们也都开始奔赴城郊采拾荨麻和野生酸模。

最近莲娜过得不错，早上起来，她去买面包，鸟儿啁啾，树木返青，火车拉响汽笛，电车叮叮当当地响着铃铛，飞机在空中嗡鸣，她心想能在这充满光亮的世界里生活真好，真可惜妈妈没能活到现在，过上这美好的日子，她是多么希望看到春天初生的第一片嫩叶啊。

薇拉和莲娜说："我可爱的莲娜，你运气多好啊，能在这么美的季节看到伏尔加河，而且，你还要远行，去很远的地方，你会开始一段崭新的生活。想想吧，你的未来就掌握在自己手里，这多有趣，不是吗？"是啊，莲娜运气不错，确实是这样，但是唯一阻挡她享受幸福的就是食物的短缺。如果她能多吃到些东西，世界也就会变得更美好。虽然觉得幸福，但是心底深处还是有种忧愁，这样的忧愁会把任何欢愉都驱赶得烟消云散。

忧愁……莲娜真的等不及那一天了，到时候她能在火车站领到两千克的面包、粥还有汤，然后坐上火车，和列宁格勒道别。

今天早上，莲娜配着糖果喝了茶。薇拉和基萨凭着劳工粮票每人买了100克巧克力还有200克糖果，并且两人都分给了莲娜一块糖果和一块巧克力。多亏昨晚莲娜喝的那碗汤，今天莲娜吃了一点儿面包就觉得饱了，还剩了一大块儿留到晚上吃，不过，离开薇拉家前，她还是没忍住，把剩下的面包吃掉了，只剩下一小口和一丁点儿巧克力。

说真的，和自己斗争绝对是枉然的，想要尝试欺骗腹中的饥饿也是徒劳，事实就是事实，莲娜无时不刻都感觉到半饥半饱。

莲娜最终决定，明天爱怎样就怎样吧，反正今天要吃得饱饱的，于是，她来到食堂，要了两份棒楂粥，用了4张粮票。在食堂，莲娜只喝了满满一勺子热乎乎的棒楂粥，然后把剩下的都带回了家，这对她来说可是很少见的，到家后，她把粥都倒在一只锅里，兑上水煮汤。汤很棒，又稠糊又好喝。莲娜整整喝了两碗,还把汤里剩下的渣滓吃得一干二净,但是,无论如何,莲娜还是没有以前那种真正吃饱后的感觉。比如说,如果喝过这样的汤后,还有一份热乎乎的粥,那么她肯定就觉得饱了。但是事实是,胃被撑满了,可是人还是想吃东西,想吃点儿什么其他的东西。

基萨说明天,也就是19日,会有些关于撤离的消息,她答应会帮莲娜争取在撤离最初几天离开。

晚上,空袭警报又拉响了。防空高射炮的炮火异常猛烈,所有的建筑都瑟瑟发抖,玻璃窗也都跟着咔咔作响。

莲娜透过窗子往外看,天空中有无数蓝色的触手搅动,那是探照灯的灯光,爆炸的火光把天空晃得明亮。警报得什么时候解除呢?莲娜根本听不到信号,心里想着:没关系,死就死吧,然后转身向另外一边,沉沉睡去。

晚上,狂风大作,夹裹着怕人的暴雨,之后不久就开始了可怕的炮击。是谁在开火?我们的士兵还是敌军?不管是什么吧,那炮声如此之近,房屋震颤,玻璃也抖得厉害。莲娜首先想到的就是高射炮,不过,收音机里传来消息说那是炮击。

5月22日

昨天在莲娜身上发生了件很奇怪的事。

她早上9点从薇拉家出来,等了好久的电车,电车来了的时候上面挤满了人,后面再来的一辆车也是这种情况,莲娜于是决定搭乘反方向的电车。"没关系,"莲娜自忖,"我又不着急,先去那边总站,然后踏踏实实地回家。"

半路上,她才得知这辆电车是开往车库的。莲娜赶紧跳下车,等待下一班反方向的电车,但总是不来车。她不得不步行上路。从穆林斯基(Mourinski)第一大街,她得走上大约4.5公里(这还只是到薇拉家的距离),而且,当天早上她除了300克面包之外什么也没吃,下午只配着薇拉给她的两片烤黑面包喝了茶。

莲娜就这样上了路，她简直不是在走，而是在飞，全速地飞奔。起初，她边走边哭，心里只想着尽快走过莱斯诺瓦大街（Lesnoï）。她甚至闭上眼睛，不想看到剩下要走的路还有多长。但是，渐渐地，周遭的景色使她忘却了自己的不幸。

那是一个美丽的春日夜晚，空气中弥漫着盛放植物的气息，那香味真的特别令人心旷神怡。轻柔的风儿吹拂着，路两侧是整齐的排成行的灌木丛，稚嫩的叶片摸上去黏腻腻的，刚刚绽放开来。灌木丛后方，铺散开来的是一片片已经开垦好并种植上蔬菜的苗圃，一直延伸到铁路路基边缘，无边的辽阔与静谧环绕着她。

莲娜一边走，一边享受着这春日的夜晚，她深深地呼吸着这绝妙的气息和春天的芬芳，不知不觉地就来到了铁路桥。在那儿，她看到一辆卡车停在人行道边，引擎发动不起来了，卡车司机则在一旁忙碌着。莲娜和他讨价还价了好久，最终司机才答应以 5 卢布加一盒火柴的价格搭载莲娜，那 5 卢布还是薇拉给她的。

后来，又走过来一个女人，司机拿了她一块面包，答应载她。那女人得去五角场，最终莲娜还有那个女人跟司机说好，把这位新伙伴送到利泰伊尼大街（Litéïny）和涅克拉索夫路（Nekrassov）的交叉路口处。女人爬进卡车翻斗，莲娜则坐在司机旁边，车厢里很暖、很舒服。

车疯狂地开着，因为路上煞是冷清，时不时地，车子会超过几个孤单的行人。

莲娜告诉司机说她也想去五角场，然后请求他尽可能地把她放在离那儿最近的地方，司机答应了。他们开过了跨越涅瓦河的大桥，司机改了主意，没走利泰伊尼大街，而是在第二个路口转了弯。他说他的车库在库尼乌彻纳亚路（Koniouchennaïa），所以他得顺着方丹卡河走，经过夏园和战神广场，并且，他还建议两位乘客在这里下车。莲娜同意了，那个女人下了车，沿着利泰伊尼大街前进。莲娜当然是占了便宜，因为司机把她带到了战神广场和米亥伊洛夫花园的转角处。莲娜谢过了救命恩人后便沿着萨多瓦亚街（Sadovaïa）快步跑回家，经过卡特琳娜花园，走罗西街（Rossi）和车尔尼雪夫街，街上很冷清，只能听到那些孤独行人们脚步落在人行道上的声响。

莲娜到家时，广播里的《国际歌》已经结束好久了。她费了好大力气才爬到3楼，进了门，她立刻脱去衣服，爬上床带着深深的困倦睡去，她一直熟睡到11点半，起床后就跑去舞蹈学院的食堂拿午餐，半路上，她买了面包。而就在此时，可怕的炮击响起，炮弹一枚接着一枚从她脑袋上方飞过，在涅瓦河的另一边炸开花。

在食堂，莲娜遇见了玛丽亚·费奥多罗夫娜，并且和她说了薇拉目前的身体状况，她告诉玛丽亚，昨天晚上噬菌体已经送到，薇拉很虚弱，从心底里觉得无望，也没法去工作，等等这些。玛丽亚·费奥多罗夫娜请求莲娜帮她转达问候给基萨与谢廖夏叔叔，因为身上钱不够，莲娜管她要了1卢布，买了一份面条和50克肉。

这时，炮火也平息了，莲娜准备回薇拉家。

一到家，她就看到谢廖夏叔叔正打算点起炉火热午饭，莲娜用薇拉给她的油把面条煎炒好，惬意地吃完，然后还就着面包喝了两杯热茶。

已经下午2点半了，接着，谢廖夏叔叔去看医生，薇拉正在睡觉，莲娜翻看着那些书，把要看的挑拣出来，然后去洗衣服。

谢廖夏叔叔回来后，莲娜去打水，并帮谢廖夏叔叔把劈柴从棚子里搬进屋子，她好想赶快离开。天空中落下毛毛细雨，空气中弥漫着春天的气息。

好热，鸟儿叽叽喳喳地唱着。到处是稚嫩的绿叶，树上、灌木丛上，还有地上。

莲娜此刻感觉真好，尤其当火车汽笛鸣响起来时，她就感觉更加幸福。

正是在这种绵绵的阴雨天，她特别想跳上一列火车，去任何地方，去很远很远的远方。

搬完木柴后，莲娜舒适地落座在薇拉脚旁的沙发上继续挑拣书籍，她听着广播并和薇拉说着话。基萨回来了，从她口中，莲娜得知领导说第一趟撤离列车5月25日出发，所以，今天他们将收到的申请依照4种路线分了类：南向的一二梯队与东向的一二梯队。莲娜与包利斯·别罗焦洛夫及他妻子妮娜应该都被编在了东向的第二梯队。

这一消息让莲娜欣喜万分，也就是说，5月25日撤离就开始了，不用担心了，因为根本不用苦等到6月，在薇拉家配着烤黑面包片喝了茶后，莲娜与众人告别，回到了自己家。

她觉得很好，也很开心。

第二天就是 23 日了。

明天，如基萨所说，会有关于撤离的细节消息，因为那天基萨的领导会去打听消息。

5月25日

今天已经是 5 月 25 日了，几天后，莲娜就能出发了。基萨说明后天她就能走，但是她现在非常虚弱，所以这些都无所谓了。

莲娜的大脑对任何事都已经没了反应，好像生活在半梦半醒之中。

她一天天地虚弱下去，余下的气力在分秒间逐渐流失。莲娜的身体就像被抽光了气力，甚至马上能够离开的消息都没能让她有任何感觉。老实说，这甚至有些可笑，因为她毕竟不是残疾人，也不是老头老太太，而是一个拥有大好前程的年轻女孩儿。

莲娜确实是幸运的，确实马上就能离开。

可是现在看看莲娜吧，像个什么样子！？呆滞无光的眼神，满脸哀愁，走起路来的样子就好像残废人士一样，跌跌撞撞，爬个三层楼就累得不行。这一切绝不是虚构，也不是夸张，她甚至连自己都不认识了，真是哭笑不得啊。之前，差不多 1 个月以前吧，每当白天觉得饥饿难耐的时候，身体里的气力会迅速膨胀，支持她到外面去找些吃食，能为了一块额外的面包或是其他能吃的东西跑到世界尽头，但是现在，她几乎感觉不到饥饿了，因为差不多什么都感觉不到了。莲娜已经习惯了，但是，为什么还会日复一日地虚弱下去呢？难道没人可以只靠面包过活吗？好奇怪。

今天，莲娜起得很早，买了面包后就回"家"了。基萨的茶炊已经准备好，谢廖夏叔叔还在睡觉。薇拉、基萨还有莲娜坐在一起喝茶。坐在圆桌前，茶炊咝咝作响，这样的感觉真好，桌上还摆着一大捆嫩绿的新枝和一把白色的鲜花，那样赏心悦目。喝过茶后，莲娜就马上离开了，因为只剩了很小一块面包。莲娜把面包、织的毛衣和一本阿莱克谢伊·托尔斯泰（Alexeï Tolstoï）的书《工程师加林的类双曲线》都放在了小皮箱里带走。

莲娜搭上了第二趟电车，在真理电影院下了车，来到小花园开始读书。

周围的一切都绿意盎然，小鸟跳来跳去，搭建自己的鸟巢，男孩子们四下奔跑，尖声叫喊，这一切真好。

然后，莲娜去了食堂，用自己剩下的最后两张粮票换了一份豌豆粥，把它盛在一只白铁打的圆罐里，离开食堂，她沿着小巷来到公园，靠在篱笆上慢慢享用着热乎乎又美味的豌豆粥。

好奇怪啊，以前怎么没有豌豆粥呢？人们会做豌豆汤，可是在任何一家食堂都没见过豌豆粥，家庭主妇们也不用豌豆煮粥。食品店一直出售豌豆，而且不贵。并且，豌豆的营养价值挺高，买上两千克，煮熟，想吃多少吃多少，以后，我一定得做豌豆粥当午饭。

喝完粥，莲娜穿过楼群围绕的院落回家，在垃圾站，她发现一株暗绿色的植物冒出了小头。莲娜弯下腰，认出那是一棵荨麻的幼苗，幼苗有 5 厘米高，生着 3 片指甲大小的嫩叶，她将这些小苗拔出，放在一个小包里面，一到家，莲娜便把这些幼芽放进锅里。然后去找沙夏阿姨，问她怎么用荨麻熬汤，而沙夏阿姨正好在煮这种汤。原来荨麻汤很好煮，首先得先过水，然后把荨麻切碎，再放到锅里熬好就行了。

莲娜决定今天晚上回"家"后用荨麻和肉煮一道汤。

后记

寻找莲娜

合上莲娜·穆希娜日记的最后一页，我们眼前浮现出这样的问题：她是离开了还是继续留下？死去还是终于撑了下去？如果活了下去，那命运又是如何？

首先必须清点我们拥有的已知资料，我们所能掌握的资讯特别少：莲娜是列宁格勒第30中学的学生，同妈妈和阿卡（保姆或奶奶？）住在扎格洛德尼大道、弗拉基米尔广场（当时的纳西姆森广场）、社会主义街及拉斯耶斯日亚街一代。她在高尔基 [如今的下诺夫哥罗德（Nijni– Novgorod）] 也有亲人，地址在日记中有所提及。另外，我们还知道她确切的生日，不过不知道她的父姓以及

莲娜·穆希娜，1955年

在列宁格勒的确切地址。

我们立刻以散发性的方式展开了调查，我们向圣彼得堡户政事务委员会提出了询问，假使莲娜出生在这座城市，那么我们就能得到她的确切住址，并且可以通过户籍簿了解到她是否离开了这座城市。与此同时，我们还向收藏日记原稿的圣彼得堡历史与政治文献档案馆打听以下消息：这本日记是如何被发现的？档案馆给的回复并不很明了。日记于 1962 年随其他文件一并归入档案管藏，但是没有一个人知道这些文件的内容是什么。不过，档案管理者仍然给了我们一线希望。最近出版的列宁格勒围城档案文集中的一本里刊选了几页莲娜·穆希娜的日记，并且带有如下附注："几天后，莲娜·穆希娜得以从列宁格勒撤离，但后续经历不详。"我们询问了该书的作者 G.I. 利索夫斯卡娅（G. I. Ligovskaïa）是从哪儿获得的这些信息，她回复我们说："是一位我的合作者告诉我的，他在档案馆工作了很久。"但是究竟是谁说的？又是什么时候说的？我们无从知晓。但是，莲娜还是活下来了！不过，我们希望能够找到更多的消息佐证。

这时，我们也得到了圣彼得堡户政事务委员会的回复，哦，是个不太好的消息，莲娜·穆希娜并非在列宁格勒出生。我们在网上找到电话号码，给下诺夫哥罗德那里打了电话，也并没获得任何帮助，我们第一阶段的调查没有什么成果。

需要再次仔细研读日记，从中找出新的线索。通过对手稿的细致研究，我们终于顺利得到了一些线索。笔记本最后部分，其中的一页空白页面上，我们发现了一行明显是出自他人之手的字迹："E.N. 别尔纳茨卡亚（Bernatskaïa E. N.），扎格洛德尼大道 26 号院 6 号楼，电话：5.62.15。"这立刻让我们想起了日记里的一句话："我把日记写在了妈妈的记事本里。"或许，E.N. 别尔纳茨卡亚就是"莲娜妈妈"？这一疑问最终得到了证实，在《围城纪念册》中，我们读到了莲娜·尼古拉耶夫娜·别尔纳茨卡亚（Léna

Nikolaïevna Bernatskaïa）于 1942 年 2 月去世的消息，而她就居住在日记里记载的那个地址。

可是，为什么她们两人的姓氏不一样呢？为什么莲娜不简单地叫她妈妈为"妈妈"，而是称呼她为"莲娜妈妈"呢？并且，如何解释日记中两篇关于母亲去世的文段，第一次提及母亲去世后，莲娜的行文提到母亲时就好像她依然活着，这都如何解释？会不会别尔纳茨卡亚不是莲娜的亲生母亲，而是她的养母，而 1941 年 7 月去世的才是莲娜的亲生妈妈？这样的推测符合逻辑，但是不过仍是猜测。

而症结所在还是这位年轻女孩儿的命运如何，目前还是个谜。如果深入研究下薇拉·米留钦娜（Véra Milioutina）——这位列宁格勒女画家的档案会不会发现有趣的线索呢？1942 年春天，莲娜就不止一次地提及过这个人，如她日记所写，薇拉在莲娜撤离的过程中扮演了一个很积极的角色。

薇拉·米留钦娜和她丈夫——音乐学家亚历山大·罗札诺夫（Alexandre Rozanov）的私人文献都收藏于圣彼得堡文学艺术文献档案馆。当我们盘点这 700 多份文献的时候，忽然，第 315 号文件吸引住了我们的目光：薇拉·米留钦娜写给莲娜·穆希娜的信。两个人还都是画家！7 封信一共 24 页，写于 1942 年至 1984 年之间。一周后，当我们收到夹在薄薄文件夹里的信件与明信片的时候，一切都明了了，这就是写给我们的莲娜·穆希娜的信。信里面的内容与日记里写到的有太多重合，我们也在其中找到了最关键问题的答案：莲娜·穆希娜于 1942 年 6 月初从列宁格勒撤离了，40 年后依然活着，住在莫斯科。

文件里不光只有信件，还收录了写有地址的信封以及写着关于穆希娜家人事情的纸页，有些部分在《列宁格勒》里也有提及。可能莲娜如今还健在吧？在给莫斯科致电前，我们相当忐忑，大家自忖，给他们打电话是不是明智呢，他们会对我们的提问作何反应？电话的另一边先是有些慌乱："是的，我们认识莲娜·穆希娜。但是什么日记啊？她在围城时候写的吗？她从来没和我们说过呢……"

不过，至少我们谈论的是同一个人。莲娜·穆希娜已经不在人世了。但是，她的侄女塔季雅娜·谢尔盖耶芙娜·穆希娜（Tatiana Serguéïevna Moussina）和她的丈夫拉希德·马拉托维奇（Rachid Maratovitch）欣然接受了我们的采访，并表现出了很大兴趣。他们所收藏的相册、莲娜·穆希娜、她母亲以及"莲娜妈妈"三个人的信件，还有我们获得的文献资料使得困扰我们的那些问题都得到了解答，并且，我们还可以通过这些资料重建列宁格勒女中学生莲娜·穆希娜的大体命运轨迹。

伊莲娜·弗拉基米尔洛夫娜·穆希娜（Éléna Vladimirovna Moukhina）1924 年 11 月 21 日出生于乌法（Oufa），20 世纪 30 年代初，随母亲玛丽亚·尼古拉耶夫娜·穆希娜（Maria Nikolaïevna Moukhina）居住在列宁格勒。由于身患重病，莲娜的亲生母亲只得将自己的孩子托付给了姊妹伊莲娜·尼古拉耶夫娜·别尔纳茨卡亚（Éléna Nikolaïevna Bernatskaïa）收养。

现下有必要简单地叙述一些题外话，说一说穆希娜家族的事情。除了两姊妹玛丽亚和伊莲娜，穆希娜家族还有尼古拉（Nikolaï）和弗拉基米尔（Vladimir）两兄弟以及同父异母的姊妹叶夫根尼亚（热尼亚）·茹科娃（Evguénia（Jénia）Jourkova），她是父亲第一次婚姻带过来的孩子。他们的妈妈索菲亚·波利卡尔波夫娜（Sofia Polikarpovna）是位乡村女教师，在离莫斯科不远的杜利金诺村（Dourykino）工作。根据该家族成员的叙述，索菲亚·波利卡尔波夫娜是一位极"左"民粹主义运动分子，曾于 19 世纪时期参加了由出身为平民的知识分子组织的民粹主义运动。她的丈夫，尼古拉则在莫斯科市参议会担任会计。莲娜的养母伊莲娜·尼古拉耶夫娜·别尔纳茨卡亚自幼喜爱骑马，这一爱好一直伴随她终生。但是，也正是这项嗜好使身为舞蹈演员的她骤然命运改变，一次坠马后，她不得不离开了舞台。不过，她始终保持着与戏剧界的联系，在列宁格勒的马里剧院担当装潢模型技师。莲娜对她母亲身边这些艺术圈的人都很熟识，比如歌剧演唱家格里高利·布尔沙科夫（Grigori Bolchakov）、画家薇拉·米留钦娜、舞台装潢艺术家谢尔盖·谢纳德尔斯基（Seguéï Sénatorski）和其妻子柳博芙（Lioubov）（也就是基萨 Kissa），还有在马里歌剧院文学组工作的基拉·利普哈尔特（Kira Liphart），等等。莲娜的日记就是对此最好的佐证。

很遗憾，剧院的工作并没能给他们带来宽绰的物质生活。虽然别尔纳茨卡亚后来找到了份图稿复原的工作，经济情况也并未得到改善。"现在，也就是我给你写这封信的时候，还没有任何工作从事，手头只有够 3 周花的钱。但是，我并不为此发愁。事实上，从 1934 年起我就过着这样的生活……马上就要到夏天了，但就连 1 戈比的积蓄都没有。"1941 年春天写给姊妹热尼亚的信中她这样写道。莲娜知道这一情况："今年我们不会去度假了，因为没钱。"她在 1941 年 5 月 28 日的日记中伤心地写道，不过，话锋一转，她马上振作起来："不过没关系，这样反而更好，我已经好久没有留在城里过夏天了。我一定要工作。"唉，不过 1 个月后，战争就爆发了。

通过阅读日记，我们可以得知战争爆发头一年莲娜的生活轨迹。但是，后来又怎样呢？

1942 年 6 月初，莲娜离开了列宁格勒。撤离梯队的目的地为基洛夫区（Kirov）的科捷利尼奇（Kotelnitch），列宁格勒的东边，当月，莲娜来到高尔基，进入磨坊业技术学校学习。直到 1945 年秋天，她才回到列宁格勒，进入实用艺术学校学习，3 年后毕业，取得镶嵌技师专业的文凭。

而后，莲娜在一家工厂担任镶嵌技师，工作一个多月后，又回到学校深造，1949年1月，她进入列宁格勒制镜工厂工作。"我不只按照设计稿进行制造，还会创造自己的作品，而且都还不错。"她后来在给热尼亚阿姨的信中这样写道，她很喜欢这份工作。但是，由于离开了列宁格勒，她失去了自己的那间房子，所以必须租屋居住，并且，工厂激烈的裁员运动又使她失去了工作。

站在人生的十字路口，莲娜首先想到进入技工学校继续学习，获得其他专业的文凭，再找新的工作，但是，她无法在学校宿舍区租到房子，并且，每月140卢布的补助金也无法负担房租。另外，莲娜也不想时刻都麻烦亲戚。想到自己曾经在磨坊业领域有所专长，莲娜于是去了莫斯科，在雅罗斯拉夫尔（Yaroslavl）找了份相关工作，而后又辗转至雷宾斯克（Rybinsk）（当时被称为谢尔巴科夫Chtcherbakov）。在那里，她的命运轨迹发生了重大改变。1950年3月，莲娜辞掉了面粉工厂的化验员工作，继而被位于科迈罗沃（Kemerovo）地区的南库兹巴斯热电站聘用。起初，她做的都是简单的非技术性工作，但是同年末，她便转入总局人力与薪金部门担任画师。"我的第一任务就是把与社会主义竞赛有关的一切——标语、指标与工作展板——都赋予艺术性。每月薪水500多卢布。"她在写给热尼亚阿姨的信里这样写道。

1952年3月，莲娜的工作合同到期，她不得不考虑再找份新工作。"我对列宁格勒充满了深深的思乡之愁，那里的剧院和博物馆让我魂牵梦绕。可是，在那边我却无处落脚"，在写给E.茹科娃的信里她抱怨道。在莫斯科，她其实也没有住处，但是却有亲人，所以莲娜还是选择了首都。1952年6月，她在昆切沃（Kountsevo）机械工厂找到了一份工作，一干就是15年，主要负责美术图案设计。

因病退休之前几年，莲娜·弗拉基米尔洛夫娜曾在家进行设计工作，为昆切沃一家工厂进行布料图样设计。

莲娜·弗拉基米尔洛夫娜·穆希娜于1991年8月5日在莫

斯科逝世。

亚历山大·齐斯提科夫（Alexander Chistikov），亚历山大·卢帕索夫（Alexander Rupasov）及瓦朗坦·科瓦尔楚克（Valentin Kovalchuk）

列宁格勒围城大事记年表

1941 年

6 月 14 日：塔斯社（TASS）发表通报，对有关"德国企图毁约并进犯苏联"的传言进行辟谣。

6 月 22 日：大祖国战争爆发（战役名称为第二世界大战期间苏联人民所起）。

6 月 22 日夜间：列宁格勒首度发布空袭警报。

6 月 26 日：列宁格勒广播电台在广播中引进节拍器：通过高音喇叭在全城范围内 24 小时不间断播送节拍器有规律的响动，只有播送前线通报以及列宁格勒广播站节目之时才会中断。节拍器较慢节奏的声音表明平安无事，快节奏的声音代表有炮击，之后广播人员会告知市民躲进掩体。

6 月 27 日：北线军事委员会决定在列宁格勒成立志愿军队，也就是之后的民兵卫队。当日开始将列宁格勒的儿童运送至亚罗斯拉夫（Yaroslavl）、基洛夫（Kirov）及斯维尔德罗夫斯克（Sverdlovsk），但是大多数儿童还是被撤离到列宁格勒州境内的其他城市，当时的列宁格勒包括如今的诺夫哥罗德（Novgorod）及普斯科夫（Pskov）。

6 月 28 日：列宁格勒市政议会执行委员会决议通过《市民上缴无线电接收与发射器材的规定》

7 月初：派遣列宁格勒居民进行通往城市道路的防御工事修

筑。

7月10日：纳粹部队入侵列宁格勒州，并开始对列宁格勒展开直接进犯。

7月18日：两架敌机突破防线，进入列宁格勒南部地区，在塞兹兰大道（Syzran）27号地段的建筑密集区域投下了两枚炸弹。苏联人民委员会决定在莫斯科、列宁格勒以及莫斯科州与列宁格勒州的其余城市引入粮票机制。每人每天的面包配额如下：工人和技工每日800克，办公室职员每日600克，无收入者及12岁以下儿童每日400克。

7月至8月：卢加（Louga）防线保卫战，卢加防线从芬兰湾一直延伸到伊尔门（Ilmen）湖，绵延250公里。

8月30日：纳粹部队控制占领了姆加（Mga）车站。列宁格勒与苏联其他地区的最后一条铁路连接被切断。

9月2日：面包配额第一次下调，工人和技工每日600克，办公室职员每日400克，无收入者及12岁以下儿童每日300克。

9月6日：围城时期的第一轮轰炸：共有38人伤亡。

9月8日：德军空军力量首次袭击列宁格勒。巴达耶夫（Badaïev）食品仓库失火。38座仓库及其余11栋建筑化为火海。纳粹分子占领什利谢利堡（Chlisselbourg），列宁格勒完全进入围城状态。

9月11日：列宁格勒市政议会执行委员会决议通过限制生产者与普通市民用电的规定。

9月12日：面包配额第二次下调，工人和技工每日500克，办公室职员每日300克，无收入者及12岁以下儿童每日200克。

9月13日：列宁格勒前线军事委员会决定，除特定用户之外，立即切断个人及公用电话通信。

9月16日：列宁格勒前线军事委员会决定将列宁格勒南部地区的医疗机构及有孩子的妇女迁移至北部。

9月17日：纳粹部队占领斯卢茨克城（Sloutsk）（即帕夫洛夫斯克 Pavlovsk），并进入普希金市中心。

9月19日：位于苏维埃大道（Sovietski）（如今的苏沃洛夫大街 Souvorov）与克拉斯纳亚·科尼撒街（Krasnaïa Konnitsa）转角的医院因轰炸而起火，造成 442 人伤亡。

10月1日：面包配额再次下调，工人和技工每日 400 克，其他各类人员每人每日 200 克。列宁格勒市政议会执行委员会决议通过利用胶合板修复破损玻璃的规定。

10月4日夜间：苏联飞行员 A.T. 塞瓦斯基亚诺夫（A.T. Sevastianov）展开对一架德国轰炸机的夜袭（列宁格勒空战中唯一一次夜袭）。被击落的敌机坠落在托利德公园（Tauride）（当时被称为第一娱乐公园）。A.T. 塞瓦斯基亚诺夫中尉也因此被授勋苏联英雄头衔。

11月13日：面包配额再次下调，工人和技工每日 300 克，其他各类人员每人每日 150 克。

11月17日：从此日起，仅对斯莫尔尼（Smolny）学院（共产党指挥总部）、参谋部、警察局、党区域委员会、区域执行委员会、区域征兵办公室、防空指挥部、电报局、邮局、电信站点、消防队、司法机构、医院、房管理事开放供电。

11月20日：苏维埃军队解放小维舍拉（Malaïa Vichera）。面包配额最后一次下调，工人和技工每日 250 克，其他各类人员每人每日 125 克。

11月21日：第一梯队的雪橇队伍通过冻结的拉多加湖（Ladoga）给被围困在列宁格勒的人民送来数十吨面粉。

11月22日：第一批 GAZ-AA 卡车梯队经 101 号军用公路（之后的"生命之路"）及冰冻的拉多加湖抵达列宁格勒。

12月6日：居民住宅中央供暖停止。

12月9日：苏维埃军队解放季赫温（Tikhvine），并在该地火车站建立供给中心，极大程度上缩短了此处至列宁格勒的路程。

12 月 20 日：列宁格勒有轨电车全线停驶。

12 月 24 日：布尔什维克公社及列宁格勒市政议会执行委员会共同决定拆毁木制建筑及受创地区的损毁建筑。

12 月 25 日：面包配额首次上调，工人和技工每日 350 克，其他各类人员每人每日 200 克。

1942 年

1 月 3 日：列宁格勒有轨电车全线停驶。

1 月 13 日：《列宁格勒真理报》第一次刊登了列宁格勒市政议会执行委员会关于每月依照规定凭粮票配给食物的通知。之后，报纸上会定期刊载类似的通知。

1 月 22 日：国防委员会颁发政令：疏散列宁格勒 500000 居民，首先考虑无劳动能力人口。

1 月 24 日：由于断电，《列宁格勒真理报》没有进行出版，这是围城几年中唯一的一次停刊。

1 月统计：列宁格勒、科尔皮诺（Kolpino）及克朗施塔德。（Kronstadt）共计有 126989 人丧生（根据 1942 年 7 月至 8 月完成的身份证重新注册数字统计）。依照列宁格勒户籍统计数字，1 月，列宁格勒 15 个区共有 101868 人丧生。

1 月底至 2 月初：由于断电无法生产面包，凭票供应面包出现困难，列宁格勒居民的死亡率上升。

2 月 10 日：政府决定开放列宁格勒公共澡堂。

2 月统计：列宁格勒、科尔皮诺及克朗施塔德共计有 122680 人丧生（根据 1942 年 7 月至 8 月完成的身份证重新注册数字统计）。依照列宁格勒户籍统计数字，2 月，列宁格勒 15 个区共有 108029 人丧生。

3 月 7 日：列宁格勒市政议会执行委员会决定在造砖场建造

火葬场。

3月8日：安排通过有轨电车运送货品，第一个清理城市积雪星期日义务劳动日，之后的星期日义务劳动日为3月15日及3月22日。

3月25日：列宁格勒市政议会执行委员会动员全体市民在3月27至4月8日期间参加清理城市积雪的工作。此后，义务劳动期延长至4月15日。

3月统计：列宁格勒、科尔皮诺及克朗施塔德共计有66365人丧生（根据1942年7月至8月完成的身份证重新注册数字统计）。依照列宁格勒户籍统计数字，3月，列宁格勒15个区共有81541人丧生。

5月27日：列宁格勒展开新一轮居民撤离活动。

5月统计：列宁格勒、科尔皮诺及克朗施塔德共计有43127人丧生（根据1942年7月至8月完成的身份证重新注册数字统计）。依照列宁格勒户籍统计数字，5月，列宁格勒15个区共有53356人丧生。

1943年
1月18日：列宁格勒封锁突围。列宁格勒及沃尔霍夫（Volkhov）前线部队在西尼亚维诺（Siniavino）1号和5号劳工区会合。

1944年
1月27日：列宁格勒封锁土崩瓦解，城市全面解放：为庆祝，324门礼炮齐鸣。

围城期间
德军在列宁格勒投射了超过107000枚燃烧弹和炸弹，发射超过 150000 枚炮弹。列宁格勒平均每平方米便遭受 480 枚炮弹，320 枚燃烧弹及 16 颗炸弹的袭击；列宁格勒 187 栋历史性建筑完全被毁或严重受创；750000 名列宁格勒人民因饥饿、疾病及轰炸或炮击死去，而这一数据仅仅是估值；另外，还有几千名市民在撤离过程中死去，没能到达新的居住地。关于列宁格勒死亡人数的数字还有其他说法，从 641000~150 万人不等。